HEYNE <

Carla Berling

Königstöchter

Kriminalroman

WILHELM HEYNE VERLAG
MÜNCHEN

Dieses Buch ist auch als E-Book erhältlich.

FSC
www.fsc.org
MIX
Papier aus verantwortungsvollen Quellen
FSC® C014496

Verlagsgruppe Random House FSC® N001967

Vollständig überarbeitete Neuausgabe

Redaktion: Steffi Korda, Hamburg
Printed in Germany
Umschlaggestaltung © Bürosüd
Umschlagabbildungen © Arcangel/Ayal Ardon,
GettyImages/Ventura Carmona, www.buerosued.de
Satz: KompetenzCenter, Mönchengladbach
Druck und Bindung: GGP Media GmbH, Pößneck
ISBN: 978-3-453-41994-0

www.heyne.de

Für Martin

Prolog

Es ist hübsch. Geradezu liebevoll präsentiert.

Es wird mich natürlich umbringen, daran zweifle ich keine Sekunde. Ich weiß es. Hat diese Person tatsächlich geglaubt, dass ich sie nicht sehe? Dass ich nicht mitkriege, wenn sie sich in mein Zimmer schleicht? Lächerlich. Stellt mir fast lautlos dieses Ding hin, als Geschenk getarnt – wie durchschaubar das alles doch ist!

Von der Mutter hat dieses hinterhältige Stück so ein Verhalten nicht, das sind die Gene des Vaters.

Wer mag es verpackt haben?

Keine Ahnung, was dieser Mensch damit erreichen will. Das bisschen Zeit, das mir noch bleibt … Er müsste wissen, dass ich niemandem mehr gefährlich werden kann. Welcher perfide Plan steckt dahinter?

Ein Geschenk für mich, an *ihrem* Geburtstag. Der ihr letzter war. Geburt und Tod am selben Datum. Spielt keine Rolle. Kann man bedeutungsvoll interpretieren, ist aber Unsinn.

Natürlich war es Mord.

Ich hab diese unsägliche Person ja gesehen. Nicht den Mord, aber *die Person* habe ich gesehen. Es kann niemand anders gewesen sein. Aber mir glaubt keiner mehr. Verstehe ich auch. Sie müssen zusammenarbeiten, anders ist es nicht möglich. Haben sie etwa gehofft, dass ich das Zeug sofort saufe?

Geschenkt. Die ganze Selbstbeherrschung, zum Teufel noch mal, wozu denn? Um mir zu beweisen, dass ich auf den letzten Drücker doch noch was zustande kriege?

Ich höre sie auf meiner Beerdigung tratschen: Kurz vor dem Abkratzen war sie so unglaublich tapfer … hat nichts angerührt … hat auf ein Wunder gehofft … wollte die ganze Scheiße zum Stillstand bringen.

Ich hab das Ding tagelang nicht angepackt. Ich brauche keine Geschenke, jetzt nicht mehr, schon gar nicht von denen. Wann hab ich die Karte gelesen? War das gestern? Oder erst vorhin?

Es war eine steife Schrift, sie wurde natürlich verstellt, diese gestelzte Diktion, absichtlich krude formuliert, natürlich, um mich zu täuschen. Wie billig. Was haben sie sich dabei gedacht? Dass ich mit zitternden Fingern danach greife und es mir sofort an den Hals setze?

War wieder jemand hier, um zu sehen, ob ich es schon getan habe? Hab ich das wieder nicht mitgekriegt, haben sie einen der Momente erwischt, die ich vergesse? Habe ich die Verpackung selbst aufgerissen, oder wer war es?

Ist es Tag oder Nacht? Ich mag die Augen nicht öffnen. Jemand sitzt an meinem Bett, jemand streichelt meine Hand. Ich bin zu müde, um zu sehen, wer es ist.

Ein Gruß, allein und mit Genuss zu trinken.

Wie raffiniert. Das Schlüsselwort zu benutzen. Trinken. Trink ich? Trink ich nicht? Trink ich? Es ist Alpenbitter. 40 Kräuter, 29 Prozent.

Dieses Pochen im Kopf, mein Gott, wer soll das ertragen.

Mir ist übel. Ich muss kotzen. Ich kann nicht, es ist doch gar nichts in meinem Magen.

Wessen Hand liegt da auf meinem Arm? Mein Arm zittert so. Wer hält ihn? Ich muss die Augen öffnen. Ich kann nicht.

Trink ich. Trink ich nicht. Tue ich es nicht, lebe ich ein paar Tage länger. Drauf geschissen.

Ein Gruß, allein und mit Genuss zu trinken.

Ich bin nicht allein. Irgendwer ist bei mir. Er ist es nicht, das spüre ich. Die Flasche steht rechts von mir. Mit einem Griff habe ich sie. Dafür reicht die Kraft. Das schaffe ich. Sie hat einen Schraubverschluss. Im Mund wird es bitter sein. Dann rinnt das Zeug durch die Kehle, scharf, würzig. Danach hört das Zittern auf, der Schmerz wird vergehen, das Verlangen auch. Ich bin ja nicht blöd. Ich weiß doch, was geschehen wird.

Ein Griff. Aufschrauben. Ansetzen. Noch einmal die Wärme spüren, bevor ich sterbe.

Einmal noch. Jetzt.

1

Es war Donnerstag, der 25. November, 11:38 Uhr. Bis vor einer Stunde hatte es geregnet, ein fieser, eisiger Nieselregen – dunkler Himmel, kalter Wind, nasses Laub auf den Straßen.

Ihr Auto hatte sie ein Stück entfernt parken müssen, rund um die Morgenstern-Stiftung waren die Straßen durch Polizeiwagen versperrt.

Die Kollegin von der *Neuen Westfälischen* kam ihr in der Mitte der Straße entgegen. Sie ging langsam, mit gesenktem Kopf, und ihre Schultern zuckten.

Ira kannte Nadine Saalfeld nur fröhlich und forsch, aber jetzt blieb die junge Kollegin zitternd vor ihr stehen und zerfetzte mit den Händen ein Papiertaschentuch. Spontan griff Ira nach ihrem Arm. Nadine blickte sie an, rang nach Worten, bekam aber keinen Ton heraus. In ihrem Gesicht stand das blanke Entsetzen.

»So schlimm?«, fragte Ira.

Nadine knüllte das zerfetzte Taschentuch zusammen und presste es vor ihren Mund. Sie nickte nur.

»Horstmann hat mich eben im Auto angerufen«, erklärte Ira. »Er hat gesagt, dass es einen Unfall mit einem Kehrwagen gab und eine Person tot ist. Sie wollen Fotos, Interviews, Stellungnahmen.«

Nadine räusperte sich, bevor sie sprach, ihre Stimme klang

fremd und heiser. »Na denn … viel Spaß beim Fotografieren. Die Frau ist unter die Besen der Kehrmaschine geraten … Die Metallbürsten haben ihr das Fleisch von den Knochen gefegt … Sie hat noch gelebt … und sie hat den Fahrer des Wagens noch einmal angeschaut … Es ist so grauenhaft!« Nadine wischte sich mit dem Handrücken ein paar Tränen ab. »Ira, so was hab ich noch nie gesehen … und ich hab schon viel erlebt … Jetzt ist alles abgesperrt, aber eben konnte man noch sehen, wie sie die einzelnen Teile …« Nadine schüttelte den Kopf, verschloss den Mund mit dem Handballen, drückte mit der anderen Hand ihre Kameratasche vor den Bauch, als wolle sie sich daran festhalten, und ging weiter.

Ira schluckte. Sie hasste solche Einsätze. Und sie fürchtete sich vor dem, was sie hinter der Straßenecke erwartete.

Ich kann da nicht hingehen. Das will ich nicht sehen. Keine Fotos, nein, ich will keine Fotos machen. Ich kann nicht. Hoffentlich sieht man nichts von der Leiche. Von den Leichenteilen. Unter die Stahlbesen geraten. Lebendig. Oh mein Gott. Haben diese Fahrzeuge nicht so einen Auffangkorb? Die Leute, die sie bergen müssen … wie entsetzlich.

Einen Moment lang schloss sie die Augen, atmete tief ein, lockerte ihren roten Schal, nahm die Schultern zurück, straffte sich und ging entschlossen weiter.

Die dichten Koniferen im Park der Morgenstern-Stiftung hatten ihr die Sicht versperrt. Als sie um die Ecke bog, blickte sie unmittelbar in die Hölle.

Feuerwehrleute hielten dunkle Planen hoch, die Blutlache auf dem nassen Asphalt konnten sie jedoch nicht verbergen. Der wuchtige, orangefarbene Kehrwagen war mit hydraulischen Geräten angehoben worden.

Ira wusste, dass die Leiche hinter den Planen geborgen wurde. Sie versuchte sich nicht vorzustellen, wie jemand aussah, der vom Drecksauger der Kehrmaschine unter die rotierenden Bürsten gerissen worden war.

Das Führerhaus ragte über die Planen hinaus. Am Spiegel pendelte ein Duftbäumchen.

Der Fahrer. Der wird doch seines Lebens nicht mehr froh. Was ist hier geschehen? Hat er die Frau nicht gesehen? Natürlich nicht, er wird sie ja nicht absichtlich überfahren haben. Der hat sicher einen Schock, der kann nie wieder ruhig schlafen. Vermutlich wird er hier irgendwo versorgt.

Rettungswagen standen halb auf dem Bürgersteig. Männer in Uniformen saßen in der Hocke, den Kopf gesenkt, ihre Schultern vorgebeugt. Feuerwehrleute, Sanitäter, Polizisten. Ein junger Mann lehnte am Zaun und weinte.

Entsetzte Gesichter. Und diese Stille. Niemand sagte etwas. Das Blaulicht der Rettungswagen klickte.

Klick. Klick. Klick.

Wie kann es hier so still sein, obwohl so viele Leute da sind?

Ein Polizist kam mit fragendem Blick auf Ira zu. Sie nestelte ihren Presseausweis aus der Jackentasche und zeigte ihn vor. Der Polizist flüsterte: »Okay. Gehen Sie bitte rüber zu Ihren Kollegen.«

Ira nickte. Sie sah sich um, während sie die Straße überquerte. Im Tor der Morgenstern-Stiftung standen Leute, die Augen weit aufgerissen vor Entsetzen, die Hände vor dem Mund, als wollten sie ihre Schreie zurückhalten. Über ihnen, im Torbogen, das Logo der Stiftung: ein vergoldetes, metergroßes, vierblättriges Kleeblatt.

Das ist heute kein Glücksbringer, dachte Ira.

Auf dem Rasen südlich des Kirchturms standen sie in Habachtstellung: Kamerateams, Fotografen mit armlangen Objektiven, am Übertragungswagen des Regionalfernsehens lehnten Reporter mit Mikrofonen. Auch dort: Stille.

Ira ging hinüber und reihte sich wortlos in die wartende Gruppe ein.

Als hinter den Planen plötzlich jemand laut stöhnte, kam für Sekunden Bewegung in die Szenerie. Auch Ira riss automatisch ihre Nikon hoch und knipste blind drauflos. Nur mit Mühe gelang es ihr, die Kamera mit ausgestreckten Armen über ihrem Kopf ruhig zu halten.

Offenbar war hinter der Plane jemandem schlecht geworden. Ein Mann taumelte an den Zaun, klammerte sich an den eisernen Stäben fest und kotzte gegen die Koniferen.

Jemand eilte herbei und kümmerte sich um ihn.

Wie mag die Tote aussehen? Lieber Gott, nein, schick mir keine Bilder, die werde ich nie wieder los. Wie konnte das passieren? Es riecht nach nassem Laub. Und nach Blut? Riecht es wirklich nach Blut, oder bilde ich mir das ein? Ich halte das nicht aus. Scheiße, seit über zwanzig Jahren mache ich diesen Job, aber so was braucht kein Mensch. Verdammt, warum haben sie mich angerufen und nicht irgendeinen Kollegen? Tief durchatmen. Ich mache meine Arbeit und dann haue ich hier ab. Ich will das nicht sehen, ich will nicht. Wenn nachher der Pressebericht der Polizei kommt, werde ich wissen, was passiert ist. Wer ist die Frau, deren Teile da drüben aufgesammelt werden? Hat sie Familie? Einen Mann? Kinder? Eltern? Wie geht man denn damit um, wenn einem jemand sagt, deine Mutter oder deine Frau oder deine Oma ist von einer Kehrmaschine zerfetzt worden. Scheiße. Scheiße. Scheiße. Für die Angehörigen ist nichts mehr, wie es heute Morgen noch war. Und für den Fahrer des Kehrwagens auch nicht. Ich mach jetzt ein paar Bilder von der anderen Seite, und dann hau ich hier ab. Mehr kann man nicht von mir verlangen.

Zitternd tauschte Ira das Weitwinkelobjektiv gegen das Tele. Beinahe wäre sie auf dem nassen Gras ausgerutscht. Sie fokussierte, knipste, stolperte, lief weiter, fotografierte die Absperrungen, den sichtbaren Teil des aufgebockten Kehrwagens, Polizisten, Sanitäter, Leute vom Technischen Hilfswerk, Feuerwehrmänner.

Als sie plötzlich durch einen Spalt zwischen den Planen die Rücken einiger Männer erspähte, unterdrückte sie einen Aufschrei und drehte den Kopf weg. Bloß nicht hingucken.

Ira hastete dicht an den Mauern der Kirche vorbei und lief bis zum Parkplatz vor dem Portal, auf dem sich nun etliche Schaulustige drängten und mit ihren Handys filmten und Fotos schossen.

Jemand sagte: »Siehste, die Geier vonne Presse sin auch schon da!«

Sie drehte sich um, ganz langsam. Ein älterer Mann in einer grauen Windjacke schaute sie herausfordernd an. Ira ging wie in Zeitlupe auf ihn zu, sah in seine geröteten Augen, kam ihm so nah, dass sie seinen schlechten Atem riechen konnte. Er wich einen Schritt zurück, Ira folgte ihm, sah im Augenwinkel, dass die Umstehenden gafften. Sie sprach leise, aber betont deutlich: »Ich bin nicht freiwillig hier, das können Sie mir glauben. Ich mache meine Arbeit. Und Sie? Sie sind doch wohl freiwillig hergekommen. Warum? Was tun Sie hier? Kam nichts im Fernsehen?«

Der Mann schnappte nach Luft.

Ira ließ ihn stehen, drehte sich um, zischte »Arschloch« und überquerte die Straße.

Vor dem Eingang der Goldschmiede stellte sie sich auf eine Bank. *Einatmen, ausatmen, ganz ruhig. Es ist dein Job. Nicht weglaufen, bring es zu Ende.*

Die erhöhte Perspektive war gut, sie schoss noch ein paar Querformate. Klar, dass die Redaktion diesen Artikel als Aufmacher bringen würde und dafür mindestens ein dreispaltiges Foto brauchte. Dann packte sie die Kamera in die Tasche.

Als sie aufsah, entdeckte sie Kommissar Brück. Er stand keine zehn Meter entfernt vor der Tür der Apotheke und telefonierte. Ira hatte ihn und seinen Kollegen Rondorf letztes Jahr bei einer Nachtschicht begleitet. Die geplante Reportage, die von der Routinearbeit der Polizei handeln sollte, hatte Ira in eine grauenhafte Tragödie verstrickt. Sie war dabei gewesen, als die Polizei eine halb verweste Leiche in einer Messie-Wohnung gefunden hatte – und hatte plötzlich mittendrin gesteckt in einem Mordfall, an dessen Aufklärung sie maßgeblich beteiligt war und der schließlich ihr ganzes Leben verändert hatte.

Kommissar Brück klappte sein Handy zu. Sein graues Gesicht wirkte versteinert. Er war groß und kantig, ging etwas gebückt, vielleicht, um seine Größe zu kaschieren. Brück trug einen Mantel mit ausgepolsterten Schultern, der seine Statur noch breiter wirken ließ. Sein blondes Haar wurde an den Schläfen grau, der Bart glich farblich dem Fell eines Yorkshire-Terriers. Er fuhr sich mit der Hand über die Stirn, die von tiefen Querfalten durchzogen war.

Nun erkannte er Ira und kam auf sie zu. »Frau Wittekind,

herrje, haben Sie wieder die Arschkarte gezogen und müssen über diese Sauerei berichten?« Er zeigte mit einer Geste hinüber zum Haus Morgenstern.

»Das ist einfach grauenhaft! Wissen Sie schon Näheres?«

»Nein, Sie müssen den Pressebericht abwarten, hier ist überhaupt noch nichts geklärt. Sie sehen ja, auch die Kollegen und die Sanitäter stehen unter Schock.«

Ira warf einen Blick hinüber. Der Mann, der in die Koniferen gekotzt hatte, lehnte bibbernd am Zaun. Er war kreidebleich.

»Wissen Sie, wer die Frau war?« Ira bemerkte, wie schnell man von einem Menschen in der Vergangenheit sprach. Vor einer Stunde hatte die Frau noch gelebt, geatmet, gedacht, geredet, vielleicht sogar gelacht. Jetzt war sie tot.

Brück schüttelte den Kopf. »Mutmaßlich eine Bewohnerin der Morgenstern-Stiftung, aber mehr kann ich Ihnen jetzt natürlich noch nicht sagen.«

Sie gingen schweigend ein paar Schritte auf den Unfallort zu. Dann blieb Ira unschlüssig stehen. Sie wusste, dass sie jetzt keine weiteren Informationen mehr bekommen würde.

Brück und Ira zuckten zusammen, als plötzlich die Glocken der Kirche zu läuten begannen. Laut. Energisch.

»Was ist das denn?«

»Zwölf Uhr«, antwortete Brück und schaute dabei auf seine Armbanduhr.

»Wie makaber!« Ira sah zum Glockenturm hinauf, dann fiel ihr Blick auf einen der Rettungswagen. Die Türen standen offen. Eine zierliche grauhaarige Frau saß darin, in Decken gehüllt, neben ihr ein Gestell, an dem ein Tropf hing. Ira sah den Kommissar erstaunt an. »Ist das da drinnen eine Zeugin? War sie bei dem Unglück dabei? Hat sie das etwa mitbekommen?«

Brück nickte.

Ira kniff die Augen zusammen, um besser sehen zu können. »Sagen Sie mal, ist das Tilly Jacobsen? Kino-Tilly?«

»Kennen Sie sie?«

»Ja, klar. Wer kennt sie nicht? Ich war letztes Jahr bei ihr zu Hause und habe ein Porträt für *Tag 7* geschrieben, als sie fünfundsiebzig wurde.«

Der Kommissar hob die Augenbrauen. Dabei vertieften sich seine Stirnfalten wie bei einem chinesischen Faltenhund. »Kommen Sie bloß nicht auf die Idee, mit ihr reden zu wollen. Erstens wird sie noch medizinisch betreut, die ist natürlich völlig durch den Wind, und zweitens sind wir zuerst dran.«

Ira schnitt eine Grimasse. »Das ist mir klar. Ich muss sowieso los. Wann können wir mit dem Pressebericht rechnen?«

Brück schnaubte und sah sie an, als habe sie etwas Anzügliches gesagt.

»Schon gut.«

Ira verabschiedete sich und überlegte dann, was sie als Nächstes tun konnte. Erst mal tief durchatmen, den Gedanken an die Szenerie hinter den Planen verdrängen und in den Reportermodus schalten. Sie brauchte Bilder. Und Zeugenaussagen. Vielleicht hatte jemand im Haus Morgenstern etwas gesehen. Schließlich hatte Brück gesagt, dass es sich bei der Toten vermutlich um eine Bewohnerin der Stiftung handelte. In jedem Fall konnte Ira aktuelle Fotos des Gebäudes gebrauchen, am besten aus anderen Blickwinkeln als denen der Kollegen, die an der Kirche standen und auf ihr Sensationsfoto warteten. Bilder der Leiche würde allerdings keiner ins Blatt heben – kaum eine Tageszeitung brachte Fotos von Leichen, schon gar nicht von Teilen einer Leiche.

Sie ging betont langsam Richtung Bahnhofstraße, um niemanden auf sich aufmerksam zu machen, bog rechts ab, begann jetzt zu laufen, stoppte, stand nun auf der Rückseite der Stiftung, schaute rechts, links, nein, es war tatsächlich niemand da. Schwein gehabt. Kaum zu glauben, dass noch kein Kollege von den anderen Zeitungen oder vom Fernsehen den Hintereingang gesucht hatte. Ira überquerte den Parkplatz, der hinter einer niedrigen Mauer und immergrünem Gebüsch von der Straße aus kaum zu sehen war. Sie schoss ein paar Querformate vom Haus, packte die Nikon samt Weitwinkelobjektiv dann ein und schob die Kameratasche auf den Rücken, um nicht sofort als Reporterin erkannt zu werden, falls ihr jemand begegnete. In der rechten Jackentasche steckte ihr iPhone. Falls sie spontan ein Motiv fand, war dessen Kamera sofort startklar.

Sie ging ein paar Meter an den Säulen der Terrasse entlang, die sich über die gesamte Südseite des Hauses erstreckte, stieg dann die Stufen zum Wintergarten hinauf – und hatte Glück: Die Tür war unverschlossen.

Ira kannte das Gebäude, sie hatte im August über das Sommerfest berichtet und für ihre wöchentliche Kolumne »Ein Tee mit Frau W.« eine Bewohnerin interviewt. Sie kannte auch den Weg durch Lesesaal und Bibliothek ins Foyer. Niemand begegnete ihr.

In der imposanten Halle hingegen schienen sich alle Bewohner und das gesamte Personal versammelt zu haben. Ira schaute auf Rücken, Hinterköpfe, gereckte Hälse, Leute, die durch die bodentiefen Fenster einen Blick auf das grausige Geschehen draußen zu erhaschen versuchten.

Hinter dem Tresen des Empfangs, unter einem feudalen Art-déco-Leuchter, stand Philipp Holle, der Vorstandsvorsitzende der Stiftung. Mit leiser Stimme und ruhigen Bewegungen gab er zwei Frauen in weißen Kitteln Anweisungen.

Ira drängelte sich zwischen Rollstühlen, Kinderwagen und Menschen hindurch. Die riesigen Flügel der antiken Eingangstür gaben den Blick auf den Weg zur Straße frei. Auch hier standen Bewohner und Angestellte und starrten hinüber zum Unglücksort.

Sie wartete, bis Philipp Holle sich ihr zuwandte. Er erkannte sie offenbar nicht, sah sie fragend an.

Ira streckte ihm die Hand hin. »Ira Wittekind von *Tag 7*. Wir haben uns im Sommer bei einer Reportage über Ihr Sommerfest kennengelernt.«

Holle knipste das charmante Lächeln an, das Ira schon von der letzten Begegnung kannte. »Ich habe jetzt leider überhaupt keine Zeit, Sie sehen ja, drüben steht das Fernsehen, sogar der WDR ist da, die *Bildzeitung* hat angefragt, wann die Leiche … also ich meine, wann die Frau Klabunde … oder besser das, was noch …«

Ira registrierte den Namen sofort und fiel ihm ins Wort: »Selbstverständlich, Herr Holle, die Kollegen warten draußen auf Sie, und ich möchte Sie auch gar nicht lange aufhalten. Eben habe ich mit dem zuständigen Kommissar gesprochen, und genau deswegen bin ich jetzt hier.«

Holle runzelte die Stirn. »Ach so?«

Ira ließ ihn nicht nachdenken und bluffte: »Ja, ich brauche bitte von Ihnen die Bestätigung, dass es sich bei der Verunglückten um Frau Klabunde – wie war der Vorname? Tilly?«

»Nein, Maria.«

»Natürlich, ich hab in der Aufregung verwechselt, dass es sich um Maria Klabunde handelt und dass Tilly Jacobsen Zeugin des Unglücks war. Frau Jacobsen ist mit Ihnen zusammen im Vorstand der Stiftung, richtig?«

Holle nickte eifrig. »Ja, Frau Dr. Deppendorf, Frau Jacobsen, meine Mutter und ich bilden den Vorstand.« Dabei spähte er zur Tür, als habe er Angst, seinen Auftritt verpassen zu können.

»Und wegen der Verunglückten hat man mich korrekt informiert, Frau Klabunde gehörte zum Haus Morgenstern?«

»Ja, sie ist eine Bewohnerin.«

»Wissen Sie, wie alt sie war?«

»Nein, Ende siebzig, glaube ich.«

»Das war's schon, vielen Dank! Wenn Sie später oder morgen Zeit für ein Interview mit Fotos hätten, würde ich Sie gern in Ruhe sprechen. Wäre das für Sie in Ordnung?«

Philipp Holle nickte, griff in die Brusttasche seines Anzugs und gab ihr eine lackschwarze Visitenkarte. »Handynummer steht unten rechts.«

Ira warf einen flüchtigen Blick auf die goldene Schrift und steckte die Karte ein. »Ich gehe hinten raus und melde mich bei Ihnen per SMS wegen der Uhrzeit für unser Gespräch. Vielen Dank.«

Holle wandte sich wieder seinen Mitarbeitern zu.

Ira verließ die Stiftung auf demselben Weg, den sie gekommen war. Draußen wählte sie sofort die Nummer des

Redaktionsleiters. »Horstmann? Die Tote heißt Maria Klabunde, aber das müssen wir natürlich abkürzen mit Maria K. Sie war Bewohnerin der Morgenstern-Stiftung. Es gibt vielleicht eine Zeugin: Tilly Jacobsen wurde im Krankenwagen versorgt, warum, weiß ich noch nicht, aber ich versuche mit ihr zu reden. Ja, Kino-Tilly, genau die. Das habe ich bis jetzt exklusiv, ja, die Kollegen sind alle direkt am Unfallort, ich vermute, sie warten auf den Leichenwagen. Ich schicke Ihnen gleich Fotos, Artikel folgt zeitnah.« Sie wartete die Antwort ab und sah auf ihre Armbanduhr. »Fünfzehn Uhr schaffe ich.«

Ira lief zu ihrem Mini Cooper und wurde stürmisch von Tante Erna begrüßt, die auf dem Rücksitz schlafend auf sie gewartet hatte. Die schwarze Königspudeldame sprang graziös aus dem Wagen, pinkelte vor die Mauer einer vornehmen Anwaltskanzlei und setzte sich, nachdem sie sich ihre Streicheleinheiten abgeholt hatte, wieder auf ihren Platz.

Ira rief Andy an. »Liebling, ich komme doch wieder zurück nach Eskendor. Nein, ich bin nicht in Bielefeld. Horstmann aus der Redaktion hat mich angerufen, kurz bevor ich auf die Autobahn fahren wollte. Es ist etwas Schreckliches passiert, und ich muss in Oeynhausen bleiben und arbeiten. Ist in deinem Bett heute noch mal Platz für zwei?«

Sie hörte die Antwort, lächelte und legte auf.

2

Ira parkte den gelben Mini Cooper neben Andy Weyers Lieferwagen. Sie ließ Tante Erna aussteigen, die sich sofort unter einer der Eschen in die Hocke setzte, pieselte und dann ein paar Runden auf der Wiese vor der alten Kate drehte. Angesichts der offensichtlichen Lebensfreude des Tieres musste Ira unwillkürlich lächeln.

Drüben im Hofladen brannte Licht. Hinter den Sprossenfenstern, in deren hölzernen Blumenkästen winterfestes Grünzeug wuchs, arbeiteten Thomas und seine Frau Gundis.

Wenn man Andy und Thomas nebeneinander sah, konnte man kaum glauben, dass sie Brüder waren. Andy, immerhin knapp eins neunzig groß, mit Bauchansatz, wirkte neben dem fünf Jahre jüngeren Thomas wie ein Spargeltarzan. Andy hatte graublondes Haar, etwas schütter, etwas zu lang, und graublaue Augen. Er trug meist Jeans, T-Shirts und Lederjacke. An Thomas fielen zuerst die leuchtend roten Wangen in seinem flächigen Gesicht auf, seine Frisur bestand aus einem spärlichen, kreisförmigen Rest dunkler Stoppeln. »Tennisplatz mit Waldumrandung« nannte er seine Frisur. Ira hatte ihn noch nie ohne seine braunen Cordhosen mit den breiten Hosenträgern gesehen, wahrscheinlich besaß er zehn Mal dasselbe Modell. Und während Andy ruhig und verschmitzt wirkte, war Thomas das Paradebeispiel eines ostwestfälischen »Muffelkopps« mit Hang zu cholerischen Ausbrüchen. Die kämen vom Blutdruck, erklärte Gundis stets entschuldigend. Thomas hatte sein Leben auf Hof Eskendor verbracht, und mit Gundis hatte er die perfekte Partnerin mit derselben Liebe zur Natur gefunden. Die beiden hatten im Hofladen gut zu tun, ihre Kunden kamen sogar aus Bielefeld und Bückeburg, um hier Bioprodukte zu kaufen.

Kaum zu glauben, dass in diesem Haus früher Schweine gehaust hatten. Hof Eskendor, über viele Generationen ein traditioneller westfälischer Betrieb mit Vieh- und Felderwirtschaft, sah nur noch auf den ersten Blick wie ein klassisches Gehöft aus. Scheune, Haupthaus, Remise, die alte Kate – alle anderen Gebäude auf Hof Eskendor waren zu modernen Wohnungen umgebaut worden, nachdem Andys Mutter Elsa nach dem tragischen Tod ihres Mannes alles geerbt hatte.

Ira war gegenüber aufgewachsen. Über die Mauer, die den Hof umgab, konnte sie als Kind nur schauen, wenn jemand ihr eine Räuberleiter hielt, heute reichten ihr die roten Klinker kaum bis zur Brust. Sie hatte fast jeden Abend mit der Blechkanne rübergehen und zwei Liter Milch kaufen müssen. Dicker Schmand hatte sich darauf gebildet, wenn die Milch kalt wurde, und Iras Mutter hatte sie im Sommer in bunten Plastikschälchen auf die Fensterbank in der Küche gestellt, damit sie sich über Nacht in köstliche Dickmilch verwandelten konnte.

Ira schaute zum ehemaligen Kuhstall hinüber. Früher musste man durch die dustere Deele gehen, in der Gerümpel und Geräte herumstanden. An Sensen, Spaten und Forken, Eimer, Futtersäcke und alte Schubkarren erinnerte sie sich und an die alte Oma Weyer, wenn sie die Emaillekelle in ihren knorrigen Händen gehalten und Iras Milchkanne gefüllt hatte. Dabei hatte sie gelächelt und ihren einzigen Zahn, den Kuchenzahn, gezeigt. Wenn sie gesprochen hatte, kam aus ihrem Mund ostwestfälisches Plattdeutsch, von dem Ira kaum ein Wort verstanden hatte. Heute erinnerte nichts mehr an die dunkle Deele und den stinkenden Kuhstall.

Ira pfiff die Hündin bei Fuß, schloss ihr Auto ab und ging zur Haustür. In ihrer Kindheit hatte ein alter Ackergaul seinen Kopf durch den oberen Teil einer maroden grünen Holztür gesteckt, von der die Farbe abblätterte. Die neue Tür war weiß, mit einer Drahtglasscheibe in Form eines Bullauges und einem langen Griff aus mattem Metall.

Andy stand im Türrahmen. Groß, breitschultrig und mit diesem besonderen Lächeln. Vertraut.

War es erst ein knappes Jahr her, dass Ira in Köln ihre Zelte abgebrochen hatte und in ihre Heimat Ostwestfalen zurückgekehrt war? Nicht hierher nach Rehme, nein, im Dorf ihrer Kindheit hatte sie nicht mehr leben wollen. Sie war nach Bielefeld in eine Wohnung am Johannisberg gezogen.

Als sie kurz nach ihrer Rückkehr in den grausamen Fall mit der verwesten Leiche verwickelt worden war, war sie Andy Weyer, ihrem Kumpel aus Kindertagen, wieder begegnet. Ausgerechnet bei einem Begräbnis hatte er plötzlich vor ihr gestanden …

Ira schüttelte sich, sie wollte nicht an die brutalen Tragödien denken. Für sie war letztlich alles gut ausgegangen, sie hatte eine Liebe gefunden, an die sie längst nicht mehr geglaubt hatte.

Andy strich ihr übers Haar, gab ihr einen Kuss auf den Mund, tätschelte Tante Erna den Kopf und nahm Ira die Kameratasche ab.

»Du hast ja ein Glück, wenn es um die Verteilung der richtig harten Jobs geht«, sagte er, nachdem sie ihm von dem Unglück vor der Morgenstern-Stiftung erzählt hatte.

»An solchen Tagen hasse ich meinen Beruf.«

Ira überspielte die Fotos von der Kamera auf ihr MacBook und wählte aus den über hundert Bildern, die sie geschossen hatte, drei aus, die scharf genug waren und die zugleich die lähmende Stimmung am Unfallort wiedergaben. Sie formulierte die Unterzeilen und schrieb zweihundert Zeilen Text.

Andy bereitete in der Küche irgendwas für das Catering einer Hochzeitsfeier vor, kam aber ab und zu an den Tisch und schaute ihr über die Schulter. Er atmete scharf ein, als er eine der Nahaufnahmen betrachtete. »Das ist ja grässlich, obwohl man gar keine Details erkennt. Weiß man, wer die Tote ist?«

»Ja. Ich habe Holle, den Vorstandsvorsitzenden der Stiftung, kurz befragen können. Die Frau heißt Maria Klabunde, war Ende siebzig und wohnte im Haus Morgenstern. Morgen kann ich mich ausführlicher mit ihm unterhalten. Aber ich fahre heute Abend noch mal hin. Es gibt nämlich vielleicht eine Augenzeugin, die ich kenne, und du kennst sie auch, und es würde mich wundern, wenn sie nicht mit mir spricht. Mit Kino-Tilly bin ich so«, sagte Ira und hielt Andy ihre Hand mit gekreuztem Zeige- und Mittelfinger hin.

»Weißt du noch? Ich habe sie doch letztes Jahr ausführlich interviewt. Und danach waren wir sogar noch einige Male Kaffee trinken.«

»Und die wohnt im Haus Morgenstern?«

»Nein, sie wohnt in einer traumhaften Villa am Augustaplatz, aber sie hat in der Stiftung ein Büro. An einem der beiden Orte werde ich sie bestimmt antreffen.«

Es gab wohl nur wenige Menschen in Bad Oeynhausen, die Tilly Jacobsen, genannt Kino-Tilly, nicht kannten: Mitte der Fünfzigerjahre hatte sie das heruntergewirtschaftete Kino ihres ersten Mannes übernommen. Gernot Grote hatte die »Badestädter Lichtspiele« von seinem Vater geerbt, sich aber mehr um seine Liebschaften, um Tennis, Golf und »Badekuren« gekümmert. Das Kino war so gut wie pleite gewesen. Tilly hatte die Insolvenz abgewendet, indem sie es ihm abkaufte. Aus dem »Puschenkino« wurde die Kette »Grote-Kinos«, den Namen behielt Tilly auch nach ihrer zweiten Heirat bei. Fünfunddreißig Jahre lang saß sie fast jeden Abend höchstpersönlich im Kassenhäuschen des »Mutterkinos«, und kaum ein Oeynhausener Filmfan erinnerte sich nicht an die sportliche, immer gut gelaunte Tilly.

Die Mail mit der Pressemeldung der Polizei kam am späten Nachmittag. Ira las sie laut vor:

»Gegen 10:30 Uhr wurde über den Notruf 110 die Einsatzleitstelle der Polizei über einen schweren Verkehrsunfall informiert. Nach Angaben des Anrufers soll eine Person unter eine Kehrmaschine geraten und dort eingeklemmt worden sein. Gleichzeitig mit der Information an die Polizei erging eine Meldung an die Feuerwehr, die sofort einen Notarzt, ein

Rettungswagenteam und einen Rüstwagen an die Unfallstelle schickte. An der Unfallstelle konnte nur noch der Tod der achtundsiebzigjährigen Frau festgestellt werden. Mithilfe des Rüstwagens wurde die Verstorbene geborgen und in die Rechtsmedizin gefahren.«

»Was ist das, ein Rüstwagen?«, fragte Andy.

»Ein Fahrzeug mit besonderem Werkzeug und Spezialgeräten. Damit kann die Feuerwehr Personen nach Verkehrsunfällen aus ihren Autos befreien, umweltschädigende Substanzen auffangen, Einsatzstellen ausleuchten, so was in der Art.« Sie las weiter vor. »Während der Unfallaufnahme musste die Straße vollständig gesperrt werden. Ein Sachverständiger wurde zur Klärung der Unfallursache und zur Überprüfung des Fahrzeugs hinzugezogen. Der fünfundfünfzigjährige Fahrer der Kehrmaschine erlitt einen Schock und kam zur Behandlung in ein Krankenhaus.«

Wie es dem Fahrer ging, mochte Ira sich gar nicht ausmalen. War er schuld am Tod der Frau? Hatte er nicht aufgepasst? Wie lebte man mit dem Wissen, dass man so etwas vielleicht hätte vermeiden können?

Sie fuhr fort: »Bei der Benachrichtigung der Angehörigen wurden die Polizisten von einem Notfallseelsorger begleitet.« Ira schaute auf. »Wie findet man die richtigen Worte, um jemandem so etwas mitzuteilen? Die Polizisten werden in solchen Dingen geschult. Aber trotzdem kann man in einer solchen Situation nicht richtig handeln, oder?«

Andy zuckte mit den Schultern. »Als Angehöriger kriegst du das gar nicht richtig mit. Einerseits brennen sich die Worte der Hiobsbotschaft für immer in dein Gedächtnis ein, andererseits verstehst du den Sinn solcher Worte zuerst gar nicht. Besser gesagt: Du verstehst sie, willst sie aber nicht begreifen. Das ist so, als würdest du einen Film sehen, in dem du die Hauptrolle spielst.«

Ira wusste, dass er jetzt an seinen toten Vater, seinen Neffen und seinen Bruder dachte. Eigentlich verging kein Tag, an dem sie nicht irgendwie an das Drama erinnert wurden, das sie und Andy aber letztlich zusammengeschweißt hatte. Ira dachte an früher, an die Zeit, als sie Kinder waren. Die vier Weyer-Brüder Andy, Markus, Thomas und Michel lebten gegenüber, und sie waren so unterschiedlich, wie Menschen nur sein konnten. Michel war tot, und es war Ira zu verdanken gewesen, dass man herausgefunden hatte, wie er gestorben war. Markus war danach weggezogen, er telefonierte ab und zu mit seiner Mutter, hielt sich aber vom Familienleben fern.

Sie wandte sich wieder der E-Mail zu. »Über den Unfallhergang können derzeit keine Angaben gemacht werden, die Ermittlungen dauern noch an. Das Verkehrskommissariat bittet um Hinweise aus der Bevölkerung und fragt: Wer hat die Situation beobachtet und kann Angaben zum Unfallhergang machen? Hinweise nimmt die Polizei unter der Telefonnummer sowieso entgegen.«

»Ich denke, Kino-Tilly war Zeugin«, sagte Andy. »Reicht das nicht?«

»Schaden kann es nicht, wenn man mehrere Augenzeugen hat. Und keine Ahnung, ob die anderen Reporter Tilly gesehen haben oder mit ihr sprechen konnten. Ich hoffe nicht. Deswegen will ich so schnell wie möglich zu ihr, bevor mir jemand zuvorkommt. Tante Erna lass ich dir hier, damit du was zu tun hast.«

Andy schnappte sich einen Zuckerwürfel aus der Schale

und warf ihn lachend nach Ira. »Blöde Kuh. Ich hab genug zu tun, ich mache das Catering für eine Hochzeit in Bergkirchen, und zwar für dreihundert Leute. Glaubst, du, ich verdiene mein Geld im Schlaf?«

Ira ergänzte ihren Artikel um die Infos aus der Pressemeldung und mailte ihn, zusammen mit den Fotos und den Bildunterzeilen, in die Redaktion.

Horstmann rief schon wenige Minuten später an. »Frau Wittekind, bleiben Sie dran. Das Ding geht durch alle Medien, und ich möchte, dass wir exklusiv darüber …«

Ira unterbrach ihn: »Bin so gut wie unterwegs, um sofort mit Kino-Tilly zu sprechen, bevor die Kollegen sie sich schnappen.«

Die Unfallstelle war inzwischen geräumt worden, die Straße wieder für den Verkehr freigegeben. Dieses Mal benutzte Ira den Haupteingang der Morgenstern-Stiftung. Sie marschierte auf die Rezeption zu. Eine weiß gekleidete, junge Frau mit schwarz gefärbten Haaren und einem Nasenring stand hinter dem Tresen. Ihr Namensschild wies sie als Josie Falldorf aus.

»Guten Tag, ich bin Ira Wittekind, würden Sie Frau Jacobsen bitte Bescheid sagen, dass ich hier bin und sie sprechen möchte?«

»Tut mir leid, hier ist heute … etwas Schlimmes passiert … und … es geht Frau Jacobsen nicht gut«, sagte Josie Falldorf.

»Das verstehe ich, aber deswegen bin ich hier. Die Kollegen vom Fernsehen und von den anderen Zeitungen werden ihr keine Ruhe lassen. Sie kennt mich, wir hatten schon oft beruflich und auch privat miteinander zu tun. Bitte sagen Sie ihr, sie muss unbedingt erst mit mir sprechen, bevor sie in die Fänge der Kollegen gerät, die reißerisch und unseriös über das Unglück berichten werden.«

Josie Falldorf schüttelte energisch den Kopf, aber Ira ließ sich nicht abwimmeln. Sie zog ihr Handy aus der Tasche und hielt es demonstrativ hoch. »Bitte rufen Sie Frau Jacobsen an, und fragen Sie, ob sie mit mir reden möchte, ansonsten mache ich das selbst, ich habe ihre Durchwahl und auch die Mobilnummer.«

Widerwillig griff Josie Falldorf zum Telefonhörer, wählte und sah Ira dabei feindselig an. »Hier ist eine Frau von der Zeitung … ja, ich habe ihr gesagt, dass Sie nicht zu sprechen sind.«

Ira rief: »Sagen Sie ihr, dass Ira Wittekind hier ist und dass es nicht lange dauern wird.«

Die junge Rezeptionistin schwieg einen Moment, während sie das Telefon ans Ohr presste, dann legte sie auf und wies Ira mit einem knappen Kopfnicken an, ihr zu folgen.

Josie Falldorf führte Ira zu Tillys Büro, klopfte, lauschte und öffnete die Tür, nachdem von drinnen ein leises »Herein« zu hören war.

Ira verschlug es fast den Atem, als sie den überheizten Raum betrat. Hier sah es aus wie in einem altmodischen Wohnzimmer, nicht wie in einem Büro. Durch hohe Sprossenfenster schaute man in einen Teil des beleuchteten Parks. Exakt in der Mitte der mit Kordeln gerafften Damastvorhänge leuchtete in jedem Fenster eine Tiffany-Lampe. Auf altrosa Auslegeware standen helle Chippendale-Möbel mit schimmernden Chintzbezügen, die Schirme der Wandlampen waren aus demselben Stoff wie die Vorhänge. Vor dem mittleren Fester stand ein Schreibtisch, symmetrisch ausgerichtet, der Stuhl dahinter war jedoch leer.

Tilly Jacobsen saß in einem Ohrensessel in der dunkleren Ecke des Zimmers. »Sie sind mir nicht böse, wenn ich sitzen bleibe?« Ihre Stimme klang müde und brüchig.

Ira setzte sich auf einen Stuhl neben der alten Frau und nahm ihre Hand. »Es ist entsetzlich. Ich weiß gar nicht, was ich sagen soll. Ich habe Sie vorhin zufällig im Krankenwagen gesehen. Geht es Ihnen besser? Hoffentlich haben Sie das nicht mit ansehen müssen.«

Tilly Jacobsen starrte Ira wortlos an, als habe sie den Satz gar nicht verstanden.

Sie war vor drei Wochen sechsundsiebzig geworden. Normalerweise sah sie mindestens zehn Jahre jünger aus, aber heute wirkte sie wie eine Greisin. Ihre Lider waren geschwollen und wund vom Weinen, die sonst rosigen Wangen bleich, die Lippen farblos, ihre Bewegungen wirkten wie in Zeitlupe. Die Jeans, die bunten Sneakers und das Shirt unter dem Lederblazer ließen sie heute verkleidet wirken.

»Wenn Sie lieber nicht darüber reden möchten, lassen wir es. Ich will Sie nicht quälen«, sagte Ira.

Tillys Blick gab nichts preis. Sie zog ihre Hand weg und zeigte auf ein gerahmtes Foto an der Wand. Ira stand auf und sah sich das Bild an.

Vier Frauen. Eine ältere Aufnahme, wie an den Frisuren und der Kleidung zu erkennen war, vielleicht aus den Siebzigern. Die Gesichter sagten Ira nichts, bis auf das zweite von links. Das glatte Haar schulterlang und aschblond, nicht kurz und silbergrau wie heute, aber die braunen Augen erkannte Ira sofort.

Sie wandte sich an Tilly: »Sind Sie das?«

»Ja. Es entstand, als wir die Stiftung gegründet haben.« Sie machte eine kurze Pause. »Die rechte Frau im Bild ist Maria.«

Ira verstand sofort. Die Tote unter der Kehrmaschine, die zerfetzte Leiche, die heute Morgen auf der Straße geborgen werden musste. Jetzt hatte sie ein Gesicht.

Maria Klabunde hatte also einmal kinnlange dunkle Locken und ein etwas dralles Gesicht gehabt. Schon damals trug sie eine Brille, und sie war offensichtlich kleiner als die drei anderen Frauen gewesen. Auf dem Foto lächelte sie, ohne dass man ihre Zähne sehen konnte, es wirkte schüchtern.

Ira entdeckte eine kleine Jahreszahl auf dem Bild. »1973? So lange kannten Sie sich?«

Tilly nickte. »Noch viel länger.« Sie faltete ihre zierlichen Hände, löste sie wieder, legte die Fingerspitzen aneinander und rieb die Handflächen, als würde sie sie waschen. »Maria hat seit der Nachkriegszeit mit uns, also mit meiner Familie gelebt. Sie haben sie doch kennengelernt, als Sie bei mir waren, beim Interview zu meinem fünfundsiebzigsten Geburtstag. Erinnern Sie sich denn nicht? Maria hat uns den Kaffee serviert, das müssen Sie doch noch wissen?«

»Tut mir leid, ich habe nicht darauf geachtet. Sie war Ihre Haushälterin?«

»Ja, schon, aber sie ist mehr … sie war mehr … wie eine Schwester.«

»Philipp Holle sagte, sie sei eine Bewohnerin der Stiftung gewesen?«

»Zuletzt, ja. Seit zwei Jahren, hier wurde sie bestens betreut. Ich konnte sie doch nicht pflegen, ich bin auch nicht mehr die Jüngste.«

»Betreut? War sie krank?«

Tilly blickte auf das Foto an der Wand. »Sie war dement. Es wurde immer schlimmer. In den letzten Wochen hat sie mich gar nicht mehr erkannt, wenn ich sie morgens zum Spaziergang abgeholt habe.« Sie schluchzte. »Wissen Sie, dass heute ihr Geburtstag ist? Maria war etwas älter als ich, heute ist sie achtundsiebzig geworden.«

Ira setzte sich wieder auf den Stuhl und wartete.

Tilly räusperte sich. Dann erzählte sie stockend, was sie auch der Polizei erzählt hatte: »Ich habe Maria gegen zehn Uhr in ihrem Zimmer abgeholt. Als ich kam, band eine Pflegerin ihr gerade einen Schal um und redete mit ihr wie mit einem Kind: ›So, Frau Klabunde, da haben wir ja die Frau Jacobsen, und jetzt machen Sie beide einen schönen Spaziergang, ja?‹ Ich habe Maria untergehakt und sie in den Park geführt.« Tilly Jacobsen nestelte ein Taschentuch aus ihrem Ärmel und putzte sich die Nase. Sie sah hinüber zu dem Foto an der Wand.

»Wir gehen immer denselben Weg, wissen Sie, das ist wichtig für die Demenzkranken. Jeden Tag gehen … gingen … wir aus ihrem Zimmer, dann den Gang hinunter, wir fuhren mit dem Lift ins Erdgeschoss, gingen durch die Bibliothek in den Wintergarten und draußen auf dem Hauptweg bis zum Ende des Grundstücks. Dort setzten wir uns immer einen Moment auf die Bank neben der griechischen Statue, aber heute hatte es doch so geregnet. Die Bank war nass, deshalb gingen wir weiter. Ganz langsam, sie konnte nicht mehr so schnell. Die ganze Zeit habe ich mit Maria geredet, das tut ihr gut, wissen Sie … es tat ihr … gut. Nur manchmal sprach sie, ein paar Sätze nur, oft unzusammenhängend … sie redete von früher, wie ein Kind, dann wieder sah sie mich an und wirkte, als wäre sie ganz klar.«

Tilly schien den täglichen Weg vor sich zu sehen. Sie führte ihre Freundin durch den Park, dann hatten sie das Grundstück durch das kleine Südtor verlassen. Wie jeden Tag.

»Es waren bis zur Straßenecke nur ein paar Meter. Wir blieben an der Ecke stehen, schauten auf die Kirche, bogen rechts ab, und dann gingen wir bis zum Haupttor und durch den Hauptweg wieder zurück.«

Ira hörte aufmerksam zu, machte sich aber keine Notizen. Sie zeichnete das Gespräch auch nicht auf, um die vertrauliche Atmosphäre nicht zu zerstören.

Tilly Jacobsen bemühte sich sichtlich um Haltung. Es gelang ihr nicht. Weinend erzählte sie, dass sie um die Ecke gebogen seien und plötzlich ihr Handy geklingelt habe. »Ich habe es aus der Manteltasche gezogen, bin rangegangen, habe aber nichts verstehen können, weil der Kehrwagen so schrecklich laut gewesen ist. Dieses Piepen, als er rückwärts gefahren ist, hat alles übertönt.

»Maria, du musst ganz kurz hier warten, ich bin sofort zurück!«, hatte sie gesagt. Sie schob die Freundin an den hohen, eisernen Zaun vor die Koniferenhecke, lief ein paar Schritte, suchte Schutz hinter dem Mauerpfeiler des Eingangstores und hielt sich das Ohr zu, um den Anrufer verstehen zu können.

Ira dachte an die parkenden Autos, den angehobenen Kehrwagen, die Feuerwehrleute, die Maria Klabunde hinter den Planen geborgen hatten.

Tilly hielt sich plötzlich die Ohren zu und rief: »Und dann hörte ich den Schrei. Danach war das Piepen vorbei.« Sie flüsterte die nächsten Worte: »Ich wusste, dass etwas Furchtbares passiert war, ich wusste es sofort, verstehen Sie?«

Sie hatte das Handy vom Ohr genommen, sich umgedreht und gesehen, dass der Kehrwagen angehalten hatte und der Mann in der orangefarbenen Arbeitskleidung aus dem Führerhaus gesprungen war. Er hockte nun hinter dem Wagen und brüllte etwas. Wie in Trance ging Tilly zum Tor. Marias Brille lag neben dem Rad des riesigen Fahrzeugs. Das Auto war aus, aber die Metallbürsten drehten sich noch langsam und schleifend nach. Als sie die Blutlache immer größer werden sah, war Tilly neben dem Mauerpfeiler zusammengesackt.

Die arme Frau. Diese Bilder wird sie doch nie wieder los. Ira ließ ihr Zeit, um sich zu beruhigen, sagte nichts, strich mit ihrer Hand über Tillys Arm.

Tilly zuckte zusammen, als es an der Tür klopfte.

»Ja?«, rief sie, und eine üppige, ältere Dame kam herein. Ihr blondes Haar war im Nacken mit einer schwarzen Samtschleife zu einem Mozartzopf frisiert, sie trug einen schwarzen Hosenanzug und Pumps. »Ilsemarie!« Tilly stand auf und ging ihr entgegen. Die Frauen umarmten sich. Sie wischten sich gegenseitig die Tränen aus den faltigen Gesichtern, sprachen leise miteinander, abgehackt, leidend. Ein intimer Moment. Ira war nicht abgebrüht genug, um zu bleiben, sie hatte genug Taktgefühl, um jetzt zu gehen. Die beiden Frauen standen dicht voreinander, wischten sich die Tränen von den Wangen, sprachen leise miteinander. Sie bemerkten nicht, dass Ira ihre Tasche nahm und diskret das

Zimmer verließ. Als sie an den beiden vorbeiging, hörte sie Tilly flüstern: »Wir müssen es doch Konstanze sagen, wir müssen es trotzdem sofort Konstanze sagen!«

Ira musste sich beherrschen, um nicht auch zu heulen. Wie kann man so ein furchtbares Erlebnis aushalten? Die armen Frauen. Ihr kamen doch die Tränen.

Im Foyer blieb sie an einer der ledernen Sitzgruppen stehen, stellte ihre Tasche auf die Sofalehne und suchte nach einem Taschentuch.

Als plötzlich eine blau geäderte, knochige Hand ihren Arm packte und ihr Handgelenk fest umklammerte, schrie Ira laut auf. Eine Frau mit wirren Haarzotteln tauchte hinter der Lehne auf. Sie war barfuß und trug nur ein Nachthemd, die hellen, wimpernlosen Augen glotzten irre, sie rollte die Augäpfel nach rechts, nach links, wieder nach rechts, ohne den Kopf zu bewegen.

Ira wollte ihre Hand wegziehen, aber die Frau ließ nicht los, öffnete den zahnlosen Mund und zischte spuckend: »Das war ein Mord. Ich habe es ganz genau gesehen. Ein astreiner Mord war das.«

3

»Sie glauben gar nicht, was hier los ist! Ich weiß überhaupt nicht mehr, wie ich die ganze Pressemeute koordinieren soll – mit Meute meine ich natürlich nicht Sie!«

Mit diesen Worten und einem breiten Lächeln reichte Philipp Holle Ira die Hand. Er half ihr aus dem Mantel und bot ihr mit schwungvoller Geste Platz an. Sie setzten sich an einen Konferenztisch aus grün schimmerndem Glas. Ira betrachtete die transparenten Kunststoffstühle skeptisch, wusste aber noch von ihrem letzten Besuch, dass sie stabil waren.

Holle hatte Kaffee und Gebäck bringen lassen. Er setzte sich ihr gegenüber, knöpfte sein Sakko auf, lockerte den Knoten seiner Krawatte und warf einen Blick auf seine Uhr. Rolex, registrierte Ira. »Hoffentlich hat unsere Bewohnerin sie gestern Abend nicht zu sehr geschockt? Die büxt uns nämlich immer wieder aus und versteckt sich irgendwo im Haus, um dann wie ein Monster aus dem Nichts aufzutauchen und Leute zu erschrecken.«

Ira winkte ab. »Natürlich hat sie mir einen fürchterlichen Schrecken eingejagt. Zumal sie meinen Arm auch nicht losgelassen hat, als die Pflegerinnen kamen und sie in ihr Zimmer bringen wollten.« Sie schob den Ärmel ihres roten Pullovers hoch und zeigte Holle die Druckstellen.

Er schien entsetzt. »Wenn Ihnen ein Schaden entstanden ist, kommen wir selbstverständlich dafür auf!«

»Schon gut, es ist ja nichts weiter passiert.«

Die »Irre« war gestern von zwei Pflegerinnen energisch mitgenommen worden. Auf Iras Frage, ob sie kurz mit der Frau reden könne, winkte eine Pflegerin verneinend ab und machte mit der flachen Hand eine Bewegung vor ihrem Gesicht. Die Alte sei nicht ganz richtig im Kopf.

Was die Frau ihr zugeflüstert hatte, verschwieg Ira Holle jetzt. Sie hatte in der Nacht davon geträumt, war immer wieder hochgeschreckt, hatte das verzerrte Gesicht vor sich gesehen und die Stimme eindringlich flüstern hören: »Das war ein Mord!« Solange sie nicht wusste, ob die Alte tatsächlich nicht zurechnungsfähig war, wollte sie diesen Hinweis für sich behalten.

Ira legte ihr Smartphone auf den Tisch. »Darf ich unser Gespräch aufzeichnen?«

»Selbstverständlich.«

»Herr Holle, ich fasse eingangs zusammen: Die Verstorbene hieß Maria Klabunde, war achtundsiebzig Jahre alt, sie hatte gestern Geburtstag und wohnte seit etwa zwei Jahren in der Morgenstern-Stiftung.«

»Exakt.«

»Sie lebte im betreuten Wohnen. Würden Sie unseren Lesern erklären, wie der Betrieb hier funktioniert?«

Philipp Holle hatte den Presseleuten diese Frage gestern mehrfach beantworten müssen, seine Antwort klang versiert und nahezu emotionslos: »Die Morgenstern-Stiftung wurde 1973 von Tilly Jacobsen, Dr. Konstanze Deppendorf und Ilsemarie Holle gegründet.«

Ira fiel ihm ins Wort: »Moment bitte! Ilsemarie Holle?« Das war doch die schicke Blonde, die gestern Abend in Tillys Büro gekommen war. Tilly hatte sie mit »Ilsemarie« begrüßt.

»Ja, meine Mutter ist eine der Gründerinnen.«

Sie war also seine Mutter und Tillys Freundin. Okay.

Ira ließ ihn weiterreden, kontrollierte zwischendurch, ob das Smartphone das Gespräch aufzeichnete, lehnte sich in dem unbequemen Stuhl zurück und hörte aufmerksam zu. Dabei machte sie sich zusätzlich Notizen auf einem Spiralblock. Seit ihr einmal ein zweistündiges Interview verloren gegangen war, weil sie die Aufnahme-App des Smartphones nicht richtig angeschaltet hatte, arbeitete sie sicherheitshalber auch ganz altmodisch mit Kugelschreiber und Papier.

Hundertsechzig Bewohnerinnen lebten zurzeit in der Stiftung: Im Residenzhaus wurden pflegebedürftige Seniorinnen rund um die Uhr betreut. Das Juniorenhaus war alleinerziehenden Müttern mit ihren Kindern vorbehalten. Sie bewohnten geräumige, möblierte Apartments mit komplett eingerichteter Küche und modernem Bad.

»Das sind unsere Morgenstern-Familien«, erklärte Holle. »Und die rüstigen Frauen, die im Seniorenhaus leben, sind die Morgenstern-Omas.« Sie waren Angestellte, betreuten aber Mütter und Kinder wie »richtige« Omas: Sie kauften ein und kochten, waren da, wenn die Kinder aus der Schule kamen, brachten die Kleinkinder in den hauseigenen Kindergarten und halfen den größeren bei den Hausaufgaben. Der Kindergarten stand auch Kindern offen, deren Mütter nicht in der Stiftung lebten, damit wurde ein Teil des Projektes finanziell gestützt.

Ira fasste zusammen: »Die Mütter können arbeiten gehen, und ihre Kinder sind die ganze Zeit versorgt?«

Philipp Holle fuhr sich mit der Hand durch sein blondes Haar. »Genau. Einige der jungen Frauen sind in der Stiftung als Altenpflegerin und Stationshelferin fest angestellt, andere machen eine pflegerische oder hauswirtschaftliche Ausbildung bei uns, und in der Verwaltung haben wir ebenfalls zwei Ausbildungsplätze. Die Jungen pflegen die kranken Alten, die gesunden Alten unterstützen die berufstätigen Jungen. Viele sind aber auch ungelernte Mitarbeiterinnen und arbeiten als Reinigungskräfte, in der Küche, am Kiosk, in der Wäscherei oder im Garten.«

Ira nickte anerkennend. »Klingt nach einem perfekten Konzept.«

»Ja, es hat sich in den letzten Jahrzehnten tausendfach bewährt.« Holle sah auf seine Rolex. »Macht es Ihnen etwas aus, wenn wir jetzt auf den Punkt kommen und über den Fall von gestern reden? Ich habe heute noch einiges auf dem Zettel.«

Ira stutzte bei dem Wort »Fall«, dann stellte sie ihre Fragen.

Philipp Holle erzählte seine Version des Vormittags: Er habe einen geschäftlichen Termin bei der Sparkasse in der Stadt gehabt und sei auf dem Weg zur Stiftung gewesen. Den Kehrwagen habe er gesehen, natürlich, er sei daran vorbeigehastet, weil er zu einer Personalbesprechung gemusst hätte und spät dran gewesen sei. Nein, er habe Maria Klabunde nicht gesehen, vielleicht wegen der parkenden Autos. Sie sei ja klein gewesen, nur etwa 1,60 Meter, und ihm kaum bis zum Kinn gegangen. Nein, am Zaun habe er niemanden stehen sehen. Auch Tilly Jacobsen habe er nicht gesehen, aber er habe auch nicht darauf geachtet, er habe ja nicht wissen können, dass das später wichtig sein würde. Ja, er wisse, dass Tilly ihre Freundin Maria jeden Morgen um dieselbe Zeit zu einem Spaziergang abgeholt habe.

»Haben Sie schon mit den Angehörigen gesprochen?«

»Meine Sekretärin hat heute mehrfach versucht, den Sohn, Roland Klabunde, zu erreichen, aber da gibt es nur eine Handynummer, unter der sich immer die Mailbox einschaltet. Soviel ich weiß, hat die Polizei ihn gestern mit einem Notfallseelsorger aufgesucht, um ihn über den Tod seiner Mutter zu informieren.«

Außerdem gebe es noch Marias Bruder, Hans Klabunde, Rentner, der früher als Betriebselektriker in der Stiftung gearbeitet habe und heute noch als Mädchen für alles ab und zu aushelfe.

»Den Bruder hat Frau Jacobsen gestern persönlich informiert.«

Ira notierte sich die Namen: Roland Klabunde – Sohn, Hans Klabunde – Bruder.

Ira hatte sich entschlossen, das Wochenende auf Hof Eskendor zu verbringen. Es war klar, dass sie auch am nächsten Tag noch mit diesem Fall zu tun haben würde, deswegen blieb sie lieber vor Ort und verzichtete auf die Fahrerei nach Bielefeld. Sie hatte schon Waschzeug und Zahnbürste bei Andy deponiert. Das war eben der Job: nie planbar, ohne regelmäßige Arbeitszeiten und selten mit einem freien Wochenende.

Andy musste wegen des Caterings bei der Hochzeit in

Bergkirchen bald los und würde erst weit nach Mitternacht zurück sein.

Hof Eskendor ernährte vier Familien. Andys ostwestfälische Spezialitäten aus heimischen Produkten waren der Renner der Region und wurden nicht nur im Bioladen verkauft, sondern auch für Feste und Feierlichkeiten aller Art bestellt. Damit hatte er eine echte Marktlücke entdeckt. Seine Mutter lebte von den Mieteinnahmen der Wohnungen, die sie in den hochmodern sanierten Gebäuden auf dem Hof vermietet hatten. Zudem hatte ihr Mann ihr eine hohe Lebensversicherung hinterlassen, die sie clever investiert hatte. Und dann wohnten da noch die beiden alten Schwestern, Tante Sophie und Tante Friedchen, die schon auf der Bank vor der Kate am Südrand des Hofes gesessen und ihre Zigarrenstumpen geraucht hatten, als Ira noch ein Kind gewesen war.

Andy polierte Gläser, packte Salate in Kühlboxen, deckte Schüsseln und kalte Platten mit Folie ab und füllte Suppen in Thermobehälter. Ira saß am Küchentisch und suchte in ihren Dateien nach dem Interview, das sie seinerzeit mit Tilly aufgezeichnet hatte.

»Du hast heute Nacht schlecht geträumt, ich habe dich im Schlaf reden gehört«, sagte Andy.

»Ja, ich hab von dieser irren Alten aus dem Foyer der Stiftung geträumt. Sie packte immer wieder meinen Arm und hielt ihn mit eisernen Krallen fest.«

»Musst du es nicht der Polizei melden, wenn jemand behauptet, irgendwo sei ein Mord passiert?«

»Klar. Aber die Frau schien nicht ganz dicht zu sein. Die Pflegerin machte mit der Hand so eine Geste, als sei sie bekloppt. Außerdem hat Kino-Tilly genau schildern können, wie das Unglück passiert ist. Es besteht kein Zweifel daran, dass es ein Unfall war.«

»Und dieser Philipp Holle, der unmittelbar vor dem Unglück ankam, kann Tillys Bericht bestätigen?«

Ira überlegte. »Nein, er hat weder Tilly noch Maria gesehen. Eigentlich ist das komisch. Wenn Maria, wie Tilly sagte, am Zaun vor der Hecke stand, muss er direkt auf sie zugegangen sein.«

»Vielleicht hat die Frau im Foyer nicht fantasiert?«

»Du meinst, es könnte kein Unfall, sondern tatsächlich Mord gewesen sein?«

Ira fragte sich, wer einen Grund gehabt haben sollte, eine kranke alte Frau auf solche Weise zu töten. Außerdem hätte niemand einen solchen Unfall planen oder bewusst herbeiführen können. Es sei denn, der Fahrer des Wagens habe Maria absichtlich überfahren, aber das hielt Ira für ausgeschlossen. Es hatte niemand wissen können, wann der Kehrwagen rückwärts fahren und Maria Klabunde sich hinter dem Fahrzeug befinden würde. Nein, der Gedanke an einen Mord war völlig absurd. Und wenn doch, käme ja nur Tilly als Täterin in Frage, und das war erst recht absurd. Ira war sicher, dass die verrückte Frau gesponnen hatte und dass der Tod von Maria ein grausiger Unfall gewesen war.

Andy belud seinen Lieferwagen und gab Ira einen Kuss. »Warte nicht auf mich.«

Sie stellte sich auf die Zehenspitzen und flüsterte in sein Ohr: »Ich möchte aber auf dich warten.«

Er küsste sie wieder. »Dann haben wir sozusagen ein Date, mein Liebling.«

Tante Erna konnte noch so tief schlafen – sobald sie hörte, dass ihr Frauchen die Jacke anzog, war die Hündin hellwach und tobte kläffend zwischen Iras Beinen umher.

Ira musste raus, sie brauchte frische Luft. Wenn sie ging, egal wohin, konnte sie am besten nachdenken.

Sie marschierte die Eschentorstraße entlang. Hier war sie aufgewachsen, bis sie nach dem Abitur nach Bielefeld gezogen war.

Unwillkürlich musste sie lächeln, als sie auf die Laterne in der Kurve zuging. »Wenn die Laternen angehen, kommst du nach Hause«, hatte ihre Mutter immer gesagt.

Keine Uhr, kein Handy, kein Auto. Kohlenöfen, Briketts und Koks im Kohlenkeller, Bonanzaräder, Gummitwist, Schwarzweißfernseher, tragbare Plattenspieler – es war ein ganz anderes Leben gewesen.

Die Eschentorstraße hatte keinen Bürgersteig. Früher wuchsen neben dem Asphalt Gräser und Disteln, Butterblumen und Schafgarbe, rote Lichtnelken und Klee. Heute wurde die schmale Fahrbahn nur von grauem Schotter gesäumt.

Das Haus, in dem Ira ihre Kindheit verbracht hatte, war aus solidem Backstein gebaut. Sie dachte an den Vorgarten, der damals mit perfekt frisiertem Rasen, Fliederbüschen und akkurat abgegrenzten Rabatten mit Babyröschen genauso ordentlich gewesen war wie die Gärten der Nachbarn. Sie hatte den Vorgarten nicht betreten dürfen. Schade, denn den Gartenzwerg mit der Laterne, der neben einer bunt bepflanzten, hölzernen Schubkarre gestanden hatte, hätte sie sich zu gern aus der Nähe angesehen.

Dort hinten war der Gemüsegarten gewesen, mit Schnittlauch, Dill und Radieschen, Gemüsegurken und Kartoffeln, Salat, Erbsenschoten und einem Komposthaufen. Den mit alten Ziegeln gesäumten Trampelpfad, der durch die Beete führte, hatte Ira nicht verlassen dürfen. Zu wertvoll waren Gemüse und Kräuter, und zu ungeschickt und unachtsam war Ira, die laut ihrer Mutter zu blöd war, einen Eimer Wasser umzukippen.

Ira blieb lange vor dem Haus stehen. Den Charme der Sechzigerjahre hatte es durch mehrere An- und Umbauten längst verloren. Die grünen Fensterläden waren abgebaut, nur die rostigen Angeln hingen noch neben den neuen Thermopenfenstern. Oben rechts war das Elternschlafzimmer gewesen. Es hatte darin keinen Ofen gegeben, und es war im Winter so bitterkalt gewesen, dass an den Fensterscheiben Eisblumen wuchsen. Ira dachte an die große Puppe, die wie eine einsame Königin auf dem Paradekissen gethront hatte. Vater hatte sie auf dem Rehmer Markt an der Losbude gewonnen.

Sie erinnerte sich an die Stube mit den blauen Sesseln und an den Tisch, den man mit einer Kurbel hochdrehen konnte. An der Wand über der Couch hatte ein Bild mit einer schwarzhaarigen Schönheit gehangen: Sie hatte eine rote Stola getragen, ein Träger ihres Hemdchens war über die Schulter gerutscht, goldene Ohrringe hatten unter schwarzen Locken hervorgeblitzt. Damals war das Wort »Zigeunerin« noch kein Schimpfwort gewesen. Ira lächelte: So wie diese Frau hatte sie aussehen wollen, später, wenn sie mal groß war. Ein alter Schlager kam ihr in den Sinn: »Zigeunerjunge, Zigeunerjunge …« Ira summte die Melodie vor sich hin.

Die Eschentorstraße verlief in einem Bogen, bevor sie in die Hauptstraße mündete. Dort hatte vor vielen Jahren ein Turm aus Backsteinen gestanden, hinter dessen verschlossener Eisentür man unheimliche Geräusche hatte hören können. Er war längst abgerissen, aber Ira sah ihn noch deutlich vor sich. Daneben war ein Zigarettenautomat gewesen, aus dem sie für ihre Eltern oft genug orangefarbene Ernte-23-Schachteln ziehen musste. Eine Mark hatte die Packung damals gekostet.

»Was ist da drin?«, hatte Ira während eines Sonntagsspaziergangs gefragt, auf den Turm gezeigt und zur Antwort bekommen, das sei ein Transformator und da drinnen würde Strom umgewandelt. Sie hatte nicht verstanden, was ihre Mutter gemeint hatte, aber nicht gewagt, nachzufragen und damit das spöttische Hochziehen einer Augenbraue zu riskieren. An weißen Porzellandingern oben am Turm waren Stromleitungen befestigt gewesen, die an den Straßen entlang von hölzernen Masten gestützt und von krakeelenden Spatzen und tschilpenden Drosseln bevölkert worden waren. Nie hatte Ira verstanden, dass die Vögel auf den Stromleitungen einfach so sitzen konnten, während sie sofort auf den Hintern flog, wenn sie die stromgeladenen Drähte antippte, die Weyers Kuhweiden sicherten.

Es war dunkel, nasskalt und windig. Ira und ihre Hündin liefen weiter, an der Westseite von Weyers Koppel vorbei, am Friedhof entlang bis zum Marktplatz mit der alten Kirche. Früher hatte es hier mehrere holzverarbeitende Betriebe gegeben, »Möbelbuden« genannt. Ira erinnerte sich an das Kreischen der Sägen und den Geruch des Sägemehls, sah die gestapelten Bretter vor sich, hinter denen man sich herrlich verstecken konnte. So manchen Splitter hatte sie sich an Händen und Beinen eingefangen! Am Knie hatte einer sogar eine kleine, wulstige Narbe hinterlassen. Heute wohnten hier Leute mit teuren Autos in einem schicken Mehrfamilienhaus. Neben der Haustür standen ordentlich gestutzte Buchsbäume in hohen, rechteckigen Kübeln, ein Kranz mit blauer Schleife baumelte an der blitzblank geputzten Haustür. Im Erdgeschoss brannte Licht, in den Wohnungen waren die Vorhänge nicht zugezogen. Designerlampen leuchteten in uniform möblierten Räumen: fast identische Bücherwände, hier und dort ein großformatiges Bild, Hochlehnerstühle an rechteckigen Esstischen und Hochglanzküchen mit Schrankbeleuchtungen konnte man von draußen sehen. Statussymbole. Ira wusste, wie wichtig sie für viele Menschen waren.

Nach einer Stunde kehrte sie zurück auf Hof Eskendor, durchgefroren und mit nassen Schuhen. Tante Erna schüttelte sich genüsslich den Regen aus dem lockigen Fell und streckte sich anschließend dekorativ auf dem roten Teppich vor dem Kamin aus.

Ira machte es sich auf dem Sofa gemütlich.

Das ehemalige vierteilige Deelentor des Wohnraumes war durch ein riesiges Fenster ersetzt worden. Dadurch sah sie die Lichter in den anderen Gebäuden des Hofes und den beleuchteten Weg, der zum Tor mit den mächtigen Eschen gehörte, die Eskendor seinen Namen gaben.

Sie war gern hier.

Ira startete das MacBook und rief das Interview mit Tilly auf. Wie flott und fröhlich sie damals gewesen war! Ira erinnerte sich, wie sie erstaunt bemerkt hatte, dass die alte Dame schwarze Chucks aus Leder trug. Tilly hatte ihren Blick gesehen, verschmitzt gelacht und gesagt: »Sie werden es nicht glauben, aber ich brauche orthopädische Einlagen, und die passen ganz prima in solche Schuhe. Ich bin zwar eine alte Schachtel, aber deswegen ja noch lange keine beigefarbene Seniorin in hässlichen Gesundheitsschuhen und fleischfarbenen Gummistrümpfen.« Kokett hatte sie über ihre Jeans gestrichen und an der Lederjacke gezupft, die sie über einem tomatenroten Shirt trug. Dieses Outfit war ihr Markenzeichen, Ira hatte sie noch nie in anderen Klamotten gesehen. *So wie Tilly wäre ich gern, wenn ich alt bin*, hatte sie damals gedacht.

Ira legte das Handy stets nah an den Gesprächspartner heran, sodass sie jetzt beim Abspielen zwar Tillys Antworten hören konnte, aber nicht die Fragen, die sie ihr damals gestellt hatte.

Tillys Stimme war fest und klar, ganz anders als gestern Abend in ihrem Büro. Sie wisse überhaupt nicht, was sie jetzt sagen solle, so ein Interview fände sie richtig komisch, kicherte sie, und Ira wusste noch, dass sie geantwortet hatte, sie solle einfach loslegen und erzählen, wann und wo sie geboren war, wie ihre Eltern hießen und so weiter.

»Also«, klang Tillys Stimme jetzt aus dem Lautsprecher des MacBooks, und Ira musste grinsen – denn mit »also« fangen die meisten Menschen den ersten Satz an, wenn sie etwas von sich erzählen sollen.

»Also, ich heiße Tilly Jacobsen und werde am 1. November fünfundsiebzig Jahre alt. Deswegen sind Sie ja auch hier. Ich bin eine geborene König.« Dann hatte sie fast übermütig geklungen: »Ich bin einhundertdreiundsechzig Zentimeter groß, wiege zweiundfünfzig Kilo bei Kleidergröße sechsunddreißig, habe grauweißes Haar und braune Augen. Ich kann noch hervorragend gucken und brauche nur zum Lesen eine Brille.«

Ira hörte sich im Hintergrund lachen. Tilly fuhr mit ernsterer Stimme fort: »Mein Vater hieß Alois-Willibernd König. Diplom-Ingenieur. Er konstruierte Bagger und Planierraupen. Im Krieg arbeitete er in der Rüstungsproduktion der Weserhütte und war deswegen unabkömmlich gestellt, wurde aber von Februar bis April 1945 noch als Soldat eingezogen. Nach dem Krieg machte er sich bald selbstständig und wurde später mit einem mittelständischen Zulieferbetrieb für die Möbelindustrie ausgesprochen erfolgreich.«

Ira stellte eine Frage, die sie aber auf der Aufnahme nicht verstehen konnte, und Tilly antwortete: »Er wurde 1898 in Bielefeld geboren und starb 1971 in Bad Oeynhausen. Meine Mutter hieß Lisbeth und war eine geborene Hagenhorst. Sie war Jahrgang 1904, kam aus Minden und starb 1971 in Bad Oeynhausen. Ihr Vater hatte ihr ein ordentliches Vermögen und mehrere Immobilien hinterlassen, unter anderem die Villa am Augustaplatz, in der meine Eltern seit ihrer Heirat lebten und in der ich bis 1945 aufgewachsen bin. Im Mai 1945 wurde Bad Oeynhausen auf Befehl der Britischen Rheinarmee evakuiert, und wir mussten unser Haus verlassen. Mein Vater war erst kurz zuvor aus dem Krieg zurückgekehrt. Wir durften nichts mitnehmen und wurden auf dem Bauernhof Eskendor in Rehme untergebracht.«

Ira setzte sich auf. Was war das? Hatte sie richtig gehört? Sie spulte die Aufnahme zurück: »… Hof Eskendor in Rehme untergebracht.«

Stopp. Tilly hatte hier auf Eskendor gelebt? Dieser Satz

war ihr damals gar nicht aufgefallen, obwohl sie letztes Jahr schon auf dem Hof ein und aus gegangen war! Wie hatte sie nur so unaufmerksam sein können?

Natürlich wusste sie, dass die Innenstadt von Bad Oeynhausen evakuiert und dass die Bewohner auf die umliegenden Dörfer verteilt worden waren, aber sie hatte seit ihrer Schulzeit nie weiter darüber nachgedacht.

Sie ließ die Aufnahme weiterlaufen und lauschte gespannt: »… dort lebten wir mit einer weiteren Familie, mit Kurt Klabunde, Wirt der Gaststätte Bismarckturm, seiner Frau und den Kindern Maria und Hans und mit den beiden Schwestern des Bauern. Wir hausten in einer alten Fachwerkkate. Es war alles beengt und improvisiert«, die Stimme wurde leiser, »und ich denke nicht gern daran zurück.«

Ira stoppte das Interview, spulte zurück und hörte sich die ganze Passage noch einmal an. Tatsächlich. Sie hatten in der Kate gelebt, in der seit Urzeiten Tante Friedchen und Tante Sophie wohnten! Nach dem Krieg. So lange hatten sich Tilly und Maria Klabunde gekannt. Und Tante Friedchen und Tante Sophie? Wie alt waren die damals gewesen? Ob sie sich an die Familien erinnern konnten?

Ira sah auf die Uhr: halb acht, noch nicht zu spät für einen Besuch drüben. Sie warf die Sofadecke weg, schlüpfte in ihre Boots, zog sich eine Jacke über und lief mit Tante Erna hinüber zur Kate.

Durch das Fenster sah sie, dass Tante Sophie und Tante Friedchen am Küchentisch saßen und Karten spielten. Ira klopfte an die Scheibe. Tante Sophie sah über den Rand ihrer Brille herüber, stand, eine Hand ins Kreuz gedrückt, seufzend auf und schlurfte zur Tür.

Der Geruch von Steckrübeneintopf und Zigarrenrauch schlug Ira entgegen. Eigentlich konnte sie Rauch, egal, ob er aus Pfeifen oder von Zigarren oder Zigaretten stammte, nicht ausstehen. Sie bekam sofort Brechreiz, wenn jemand in ihrer Nähe rauchte. Unter Kollegen galt sie als militante Nichtraucherin und hatte sich deswegen schon oft unbeliebt gemacht, aber hier gehörte der Geruch einfach dazu.

Tante Sophie erkannte Ira und rief: »Ach, du krichst die Tür nich zu, Frieda, hol den Braken raus, Besuch is da!« Und zu Ira gewandt: »Putz dir oarntlich die Füße ab, sonst trittste uns bei dem Wetta die ganze Möttke inne Bude!«

Die beiden herzten und streichelten den Hund. Tante Sophie schlappte in ihren karierten Filzpantoffeln zum Kühlschrank und holte ein Stück Blutwurst für Tante Erna.

Tante Friedchen grinste: »Wir warn guste am Mau Mau spielen, und Soffi war am Verlieren.« Sie schob mit gekrümmter Hand imaginäre Krümel von der bunten Wachstuchtischdecke, räumte die Spielkarten zusammen und stellte den Aschenbecher mit zwei erkalteten Zigarrenstumpen an die Seite. Sie fragte: »Haste schon Ahmprot gehabt? Wollste 'n Bütterken?«

Ira schüttelte den Kopf und wollte auch den obligatorischen Brakenschnaps ablehnen, den es hier immer zur Begrüßung, immer zwischendurch und immer zum Abschied gab, aber das ließen die Alten nicht zu. Sie setzten den westfälischen Wacholder mit einem Wermutzweig in großen Ballonflaschen selber an. Nach ein paar Monaten wurde der »Schluck« in kleinere Flaschen abgefüllt und im Hofladen verkauft.

Er schmeckte, wie immer, widerlich, und Ira schüttelte

sich. Die Frauen lachten sie keckernd aus, Tante Sophie sagte: »Jau, schüttel dich oantlich, damit überall was hinkommt!«, und genehmigten sich selbst einen zweiten Schnaps. Sie klagten ein bisschen über ihre Wehwehchen, beide »hatten Rücken«, erzählten, dass sie neulich »nachn Aazt hin gewesen warn«, und Ira schmunzelte wegen des Dialektes. Sie hörte ihnen allein deswegen schon gern zu.

Tante Friedchen nahm ihren Stumpen aus dem Aschenbecher, zündete ihn wieder an und blies genüsslich Kringel in die Luft. Sie musterte Ira durch die übergroßen Gläser ihrer Brille: »Blass biste, abeiteste viel?«

Tante Sophie lehnte sich zurück, als könne sie aus einem anderen Blickwinkel besser sehen, ob ihre Schwester recht hatte.

Ira nahm die Frage als Stichwort und berichtete von dem gestrigen Unglück mit der Kehrmaschine. Als sie geendet hatte, war es still in der Küche, nur die Uhr über dem alten Küppersbusch-Herd tickte.

»Großer Gott, das wünscht man ja seim schlimmsten Feind nich«, murmelte Tante Friedchen.

Ira räusperte sich. »Ihr werdet es morgen in der Zeitung lesen können, ihr kanntet die Tote. Es war Maria Klabunde.«

Die beiden alten Damen starrten Ira an, als hätten sie den Satz nicht verstanden.

Schließlich sagte Tante Sophie: »Die Maria. Kann ja wohl nich wahr sein. Frieda, schütt uns ma noch einen ein.«

»Ich habe vor einiger Zeit ein Interview mit Marias Freundin Tilly Jacobsen geführt«, sagte Ira. »Darin meinte sie, dass sie während der Evakuierung auf Eskendor gelebt hat. Aber sie erwähnte es nur in einem Nebensatz, deswegen habe ich das vorhin erst registriert, als ich mir das Interview noch mal angehört habe.«

Tante Sophie nickte: »Die Tilly, ja, die ham auch hier gewohnt, mit der ganzen Famillje, das is ja ne geborene König.«

»Wie alt wart ihr beide damals?«, fragte Ira.

»Fümmenviazich? Da war das Friedchen sechzehn und ich war achtzehn gewesen.«

Auf den ersten Blick wirkten beide ein bisschen träge und schusselig, aber wenn es um die Vergangenheit ging, waren ihre Erinnerungen glasklar. Sie erzählten zuerst nur zögernd, wurden dann aber, sicherlich auch wegen der Schnäpse, die sie intus hatten, immer redseliger.

Beide hatten während des Krieges in den Lazaretten der Stadt gearbeitet. In den letzten Kriegsmonaten war Tante Sophie im Kurhaus eingesetzt worden. Dort waren alte Leute aus geräumten Altersheimen und Anstalten untergebracht gewesen. Sie waren aus sogenannten kriegsbedrohten oder feindbesetzten Gebieten nach Bad Oeynhausen transportiert worden.

»Im Kurhaus? Da, wo heute das Kaiserpalais mit dem Varieté ist?«, fragte Ira.

Tante Sophie nickte. »Ja, das hat die NSV so bestimmt.« Sie bemerkte Iras verständnislosen Blick. »Friedchen, wofür war das noch mal die Abkürzung?«

Die Antwort kam prompt: »Nationalsozialistische Volkswohlfahrt.«

Tante Sophie dachte nicht gern an die Zeit zurück, als die gebrechlichen, oft verwirrten und völlig hilflosen alten Menschen auf armseligen Strohlagern in den Sälen des Kurhauses dahinvegetierten. »Da sind viele elendig gestorben, die hammse aufn Friedhof nach Werste gebracht.«

Sie erzählte von den Bomben, die am 30. März 1945 auf das Eisenwerk Weserhütte gefallen waren, von den Panzern, die ein paar Tage später ununterbrochen durch die Stadt gerollt waren, und sie erwähnte die Amerikaner, die Anfang April das Bad Oeynhausener Stadtbild beherrscht hatten.

»Amerikaner? Ich denke, die Stadt wurde von den Briten besetzt?«, warf Ira ein.

»Später. Erst waren die Amis da. Besoffene, amerikanische Soldaten …«

Tante Sophie sah plötzlich durch Ira hindurch, kniff die Augen zu Schlitzen zusammen und biss sich mit den unteren Zähnen auf die Oberlippe. Sie ballte ihre Hände zu Fäusten; man konnte die Knöchel unter der dünnen, ledrigen Haut sehen.

Tante Friedchen hatte die Veränderung bemerkt. »Komm, Soffi. Da musste getz nich von sprechen!«

Ira spürte die Tabuzone und lenkte das Gespräch wieder auf die Evakuierungszeit. Sie wusste, dass die beiden Frauen erst nach Kriegsende in die Kate gezogen waren. Und sie wusste, dass das alte Fachwerkhaus erst nach dem schrecklichen Unglück, bei dem ihr Bruder Carl Weyer ums Leben gekommen war, renoviert worden war. Tante Sophie hatte mal erzählt, dass in der Wohnküche, in der sie jetzt saßen, früher die Deele gewesen war. Es hatte einen Pökelraum gegeben und dahinter die alte Küche und die Speisekammer.

Tante Friedchen mischte sich wieder ins Gespräch ein und sagte, dass die Königs mit Tilly in einer Ecke der Deele geschlafen hatten. Und der Klabunde-Wirt mit Frau, dem Sohn

Hans und der Tochter Maria hatte sein Lager an der gegenüberliegenden Wand gehabt. Sie selbst und ihre Schwester hatten sich das Küchensofa in der damaligen Küche geteilt.

Tante Sophie erinnerte sich, dass es damals ein unzertrennliches Trio in der Schule gegeben hatte: Konstanze, Tilly und Maria. »Das Kleeblatt« waren sie genannt worden.

Die jungen Frauen auf dem Bild. Die Gründerinnen der Morgenstern-Stiftung. Ira dachte sofort an das Foto in Tillys Büro.

»Konstanze Deppendorf?«, fragte sie.

Die Tanten nickten synchron.

»Sagt euch der Name Ilsemarie Holle etwas?«

Tante Sophie überlegte. »Jau. Die is eintlich gebürtich aus Minden und is auch mit inne Stiftung, auf der ihren Mädchennamen komm ich getz grad nich, aber die war inner Besatzungszeit auch öfter hier, mit ihrem Vatter kam die manchmal, nech, Friedchen, weißte das auch noch?«

Die schüttelte den Kopf.

Sophie wurde ungehalten: »Mensch, Frieda, streng doch mal dein Kopp an, das war so 'ne ganz hübsche mit lange blonde Zöppe. Später ist die aber oantlich pummelig geworden.« Sie wandte sich wieder Ira zu. »Ich bin getz nich ganz sicher, aber ich meine, das Haus inner Stadt, wo heute die Stiftung drinne ist, das gehörte früher der Ilsemarie ihrem Vatter.«

Plötzlich sah Ira das eiserne Tor der Stiftung Morgenstern vor sich und das Kleeblatt über dem Torbogen. Es war das Logo, das Wahrzeichen der Stiftung, und es hatte seinen Ursprung offensichtlich in einer Kinderfreundschaft, die hier in Rehme entstanden war.

»Was ist aus den anderen Mädchen geworden?«

Tante Sophie wusste Bescheid. »Na, die Tilly hat ja erst diesen Schwerenöter geheiratet, von dem se auch die beiden Kinder hat. Die war immer tüchtig und hat mit den Kinos gut verdient. Und als se später diesen Schüler geheiratet hat, da kannse nich ganz dicht gewesen sein ...«

»Aber das hat trotzdem lange gehalten!«, fiel Tante Friedchen ihr ins Wort.

Sie erklärten, dass Tilly von dem »Schwerenöter«, ihrem ersten Mann, geschieden worden war und später einen Burschen geheiratet hatte, der zwanzig Jahre jünger war als sie.

»Das war sie schon viazich, das musste dir mal vorstellen! Die Leute fanden das fuichba unanständig und sind dann auch 'ne ganze Zeit nich mehr ins Kino gegangen«, sagte Tante Sophie.

Die Tilly sei »'n oantlichen Feger« gewesen, aber das wäre auch kein Wunder, bei dem, was sie als Kind erlebt hatte. Ira sah fragend von einer zur anderen. »Was hat sie denn erlebt?«

Tante Friedchen, so schien es, lenkte schnell ab: »Na, mit'm Krieg und so. Ja, und die Maria, die hat sich hier schon immer um Tilly gekümmert, wie 'ne große Schwester war die für die Lüttje, und sie ist ja auch immer bei Tilly geblieben hat ihr Lebtach bei ihr gearbeitet.«

»Und der Bruder auch«, ergänzte Tante Sophie.

Ira dachte an Hans Klabunde, Marias jüngeren Bruder. Sie hatte mehrmals vergeblich versucht, ihn telefonisch zu erreichen, aber es ging nie jemand ran. Ihn noch einmal anzurufen stand ganz oben auf ihrer To-do-Liste. Ein Statement von ihm im Nachruf für Maria Klabunde wäre für die Leser der Zeitung fraglos interessant.

»Und was ist aus dieser Konstanze geworden?«, fragte Ira.

Tante Sophie und Tante Friedchen sahen sich an.

»Das war so 'n Flintenweib, die war nachher Ärztin inner Stadt. Die hat sich immer ganz gerne einen gepüttchert, aber die soll ja getz ganz schlecht liegen, hab ich gehört.«

»Schlecht liegen?«

Tante Sophie verdrehte die Augen. »Mädchen, vastehste nich? Die hat den Verstand versoffen, auf Deutsch gesacht. Aber irgendwo mussten die ja hin mit ihrm Kummer. Die eine so, die andere so.«

Das war für Tante Friedchen das Stichwort, die Gläser noch mal zu füllen. Tante Sophie hob ihr Pinnchen, sagte: »Sprich, was wahr is, trink, was klar is. Ab dafür.«

Dann legte sie den Kopf in den Nacken und kippte den Schluck runter.

Ira wollte nachhaken, was Tante Sophie mit »Kummer« gemeint hatte, aber die beendete den Besuch unvermittelt: »Kindchen, is spät, ich bin müde und muss getz inne Falle. Wir können ja die Tage noch mal quaken.«

Obwohl Ira von den Schnäpsen leicht angetrunken war, ergänzte sie in Andys Wohnung ihre Notizen. Bevor sie den Nachruf auf Maria Klabunde verfasste, wollte sie unbedingt mit Dr. Konstanze Deppendorf reden. Am besten morgen, auch wenn es ein Samstag war. Am Montag sollte der nächste Artikel erscheinen.

Ira googelte den Namen und fand einen kurzen Eintrag:

Dr. Konstanze Deppendorf hatte bis 1998 eine internistische Praxis betrieben, die sie 1971 von ihrem Vater Wilhelm übernommen hatte. Ira registrierte, dass Konstanze immer noch ihren Mädchennamen trug. Sie fand eine Notiz in einer alten Ausgabe der *Neuen Westfälischen Zeitung*, dass Konstanze Deppendorf neben Ilsemarie Holle und Tilly Jacobsen Gründerin der Stiftung Morgenstern war, aber das hatte sie ja schon von Philipp Holle erfahren.

Sie sah die beiden Frauen vor sich, die sich gestern weinend in den Armen gelegen hatten, und hörte sie flüstern: »Wir müssen es doch Konstanze sagen, wir müssen es trotzdem sofort Konstanze sagen!«

Was bedeutete »trotzdem sofort«?

Und was hatte Tante Sophie vorhin gemeint, als sie sagte, irgendwohin hätten sie mit ihrem Kummer gemusst?

Morgen würde Ira herausfinden, wie sie Konstanze Deppendorf erreichen konnte. Wahrscheinlich hatte sie als Vorstandsmitglied auch ein Büro in der Stiftung, dort wollte sie nachfragen. Und den Bruder der Toten, Hans Klabunde, den wollte sie auch noch mal anrufen.

Ira spürte dieses Kribbeln im Bauch, das sie gut kannte. Es stellte sich immer dann ein, wenn sie das Gefühl hatte, dass es eine Geschichte hinter der Schlagzeile gab.

Die Schlagzeile war: *Alte Frau von Kehrmaschine getötet.*

Die Geschichte dahinter gehörte zu vier alten Damen, die sich seit ihrer Kindheit kannten und durch irgendetwas miteinander verbunden waren.

4

Dr. Konstanze Deppendorf bewohnte ein Apartment in der Morgenstern-Stiftung. Dass sie dort aber kein Büro besaß, sondern als Patientin betreut wurde, erfuhr Ira, als sie sich an der Rezeption als Besucherin anmeldete.

Josie Falldorf erklärte ihr den Weg.

Mit dem Fahrstuhl fuhr Ira ins Dachgeschoß.

»Station Toskana. Ausstieg rechts«, sagte eine Computerstimme.

Zwischen den hellen Holztüren des Flures standen Palmen in Terrakottakübeln, die Wände waren in sonnigem Gelb gestrichen, großformatige, gerahmte Fotos zeigten Landschaften mit Lavendelfeldern, Pinien und Zypressen. Ira hatte Krankenhausatmosphäre erwartet, aber hier sah es aus wie in einem Hotel. Immerhin war Konstanze Deppendorf Ärztin im Ruhestand und Mitbegründerin der Stiftung. Natürlich konnte sie sich diesen Luxus leisten, dachte Ira. Sie klopfte an die Tür mit der Nummer sieben, wartete, bis von drinnen ein harsches »Ja!« ertönte, trat ein – und machte vor Schreck wieder einen Schritt zurück.

Im Bett saß die Irre aus dem Foyer.

Aber heute war sie geduscht und frisiert, das graue Haar fiel in einem ordentlich geflochtenen Zopf über ihre linke Schulter, sie hatte Zähne im Mund und winkte Ira unwirsch zu sich. »Was stehen Sie denn da rum wie bestellt und nicht abgeholt, nun kommen Sie schon her und setzen Sie sich hin.«

Ira ging langsam auf die Frau zu und sah sich dabei im Zimmer um: ein älteres, weißes Ledersofa mit abgewetzten Armlehnen und diversen Flecken auf den Sitzflächen stand da, ein Glastisch mit Metallfüßen, auf dem sich Bücher und Zeitungen stapelten, eine Bogenlampe mit vergilbter Glaskuppel aus den Siebzigern. Es roch nach Putzmitteln, verbrauchter Luft und Zigarettenrauch, der sich in Kleidern und Polstermöbeln festgesetzt hatte. Neben dem Bett, das an ein richtiges Krankenhausbett erinnerte, stand ein Thonetstuhl.

Ira wusste, dass Konstanze Deppendorf Mitte siebzig war, aber sie sah aus wie hundert. Sie zog die weiße Strickjacke über dem Hängebusen zusammen. »Die Schwestern haben mich zwar feingemacht, aber den Büstenhalter haben sie natürlich vergessen!« Ihr Händedruck war fest, ihre Stimme tief, energisch und laut.

»Wir haben uns schon mal gesehen!«, sagte Ira.

Konstanze schnitt eine Grimasse. »Ja? Keine Ahnung?«

»Unten im Foyer, an dem Abend, als Maria Klabunde ums Leben kam. Sie saßen auf dem Sofa und haben mir einen Schreck eingejagt, als Sie plötzlich nach meiner Hand fassten!«

Konstanze schüttelte den Kopf. »Sie können mir jetzt viel erzählen, und ich muss Ihnen alles glauben.« Sie zeigte erneut auf den Stuhl, und Ira setzte sich.

Auf dem Nachttisch stand ein alter Radiorekorder von Grundig, abgegriffene Musikkassetten und deren Plastikhüllen lagen unordentlich herum, eine Brille, ein Päckchen Papiertaschentücher, ein Stapel Bücher, Medikamente in einer Box mit aufgedruckten Wochentagen, ein halb leeres Glas Wasser und eine kleine Papptüte, aus der ein Päckchen in Geschenkpapier herausragte.

Unvermittelt sagte Konstanze: »Ich hab nicht mehr lange, wissen Sie, bei Leberzirrhose im fortgeschrittenen Stadium kannst du die paar Wochen, die dir noch bleiben, an deinen Fingern abzählen. Ich nehme natürlich Medikamente, kiloweise sogar, aber die machen mich manchmal ziemlich bekloppt.«

Ira sah der Frau in die Augen. »Sie haben mich neulich abends verwirrt, als Sie etwas zu dem Unfall von Frau Klabunde sagten.«

Konstanze zuckte mit den Schultern. »Keine Ahnung. Ich stehe manchmal auf, wenn es dunkel ist, und schlüre durchs Haus. Schlafen ist nicht, verstehen Sie, liegt am Entzug. Sie behandeln mich mit Distraneurin, um das Delirium zu … Ist ja auch scheißegal. Was wollen Sie überhaupt? Wer sind Sie, und warum besuchen Sie mich?«

Ira entschuldigte sich und stellte sich vor: »Mein Name ist Ira Wittekind von der Tageszeitung *Tag 7*. Ich arbeite an einem Nachruf über Maria Klabunde und möchte dafür gern mit den Menschen reden, die sie am besten kannten.«

»Maria Klabunde? Och, ist sie jetzt tot?«

Ira sah sie verblüfft an.

Konstanze redete unbeirrt weiter: »Natürlich ist sie tot. Ich weiß es ja. Armes Ding. Die war aber bei Tilly gut aufgehoben.« Sie zwirbelte die Spitze ihres Zopfes zwischen Daumen und Zeigefinger. Plötzlich schob sie mit der Zunge ihre oberen Zähne aus dem Mund und sog sie mit einem zischenden Geräusch wieder in die Mundhöhle. Stille.

Die hat sie doch nicht alle, dachte Ira und suchte verlegen nach einem neuen Gesprächsanfang. Sie zeigte auf den Radiorekorder. »So einen habe ich auch noch zu Hause. Die Dinger sind unverwüstlich, oder?«

Die Zähne. Raus, rein. Konstanze starrte auf die Bettdecke, schlug plötzlich mit den flachen Händen darauf und sagte unvermittelt: »Konstanze Deppendorf, Internistin. Doktor med. Drauf geschissen. 1935 in Oeynhausen geboren, genau gesagt, am 5. Juni 1935, und wenn Sie ein bisschen Grips in Ihrer Birne haben, dann können Sie sich leicht ausrechnen, dass ich 74 Jahre alt bin. Ich denke nicht, dass ich jemals 75 werde, die Prognose ist leider denkbar schlecht.« Sie lachte, es klang wie das Meckern einer Ziege.

Ira nickte, wartete ab. An der Wand hing ein Foto. Eine Frau im weißen Arztkittel, um den Hals ein Stethoskop, saß an einem Schreibtisch. Hinter ihr ein gerahmter Text, gesetzt wie ein Gedicht.

»Sind Sie das?«

Konstanze reagierte nicht auf die Frage, sondern starrte auf Iras Mund. »Gebiss vorhanden, Augen grau, kein Übergewicht, eins achtzig groß. Bis auf die Tatsache, dass ich starke Raucherin bin, ’ne schnuckelige Leberzirrhose habe, die durch Karenz zum Stillstand gekommen ist, auch drauf geschissen, und dazu ’ne chronische Pankreatitis, mir geht es prächtig. Sehen Sie ja. Sehe aus wie ein Model, finden Sie nicht?«

Ira musste spontan lachen. Dennoch war es offensichtlich, dass Konstanze ziemlich verwirrt war. Ihre Wahrnehmung schien von Satz zu Satz zu schwanken. Ira fühlte sich unsicher und wusste nicht, wie sie am besten mit der alten Frau umgehen sollte.

»Möchten Sie mir vielleicht noch ein bisschen von sich erzählen, Frau Deppendorf?«

»Frau Doktor Deppendorf, so viel Zeit muss sein!«

Ira murmelte wieder eine Entschuldigung.

Auf einmal war Konstanze offenbar wieder ganz klar. »Pass auf. Vater: Arzt. Wilhelm Deppendorf. Aus Bad Lippspringe. Studium in Freiburg und Heidelberg. Assistenzarzt am Klinikum Minden, Niederlassung als Badearzt in Oeynhausen. Von 1939 bis 40 im Krieg. Mutter: Heide, Hausfrau. Zwei Kinder, ich und mein Bruder Friedgerd, geboren 16. April 1932.«

Konstanze guckte jetzt wieder wirsch. Schob ihr Gebiss rein und raus. Ira wartete ab.

»Friedgerd: tot. Hat seine Zirrhose auch nicht überlebt, ist vor mir krepiert.« Jetzt sah sie Ira in die Augen, runzelte die Stirn, beugte sich ein Stück vor. »Ich hab nicht mehr lange, wissen Sie.« Sie lehnte sich zurück. Über die von Altersflecken übersäten Handrücken zog sich ein Muster aus dicken blauen Adern. Die Finger zuckten. Ira bemerkte die knotigen Gelenke.

Zähne raus, Zähne rein.

»Mögen Sie noch ein bisschen weitererzählen, Frau Doktor?«

Wie aus der Pistole geschossen sagte Konstanze: »1971 bis 1998 in freier Praxis als Internistin. Ab 1973 zusätzlich Stiftsärztin in den Morgenstern-Häusern.« Sie warf den Zopf auf den Rücken und rief: »Wir konnten viel für die Frauen tun.«

Dann sank sie mit einem Seufzer in ihr Kissen. Sie murmelte: »Gibt es das? Ausgleichende Gerechtigkeit? Und jetzt? Die Welt hat genug für jedermanns Bedürfnisse, aber nicht für jedermanns Gier.« Sie starrte an die Decke, zwei, drei, fünf Sekunden, und fügte hinzu: »Ist von Ghandi, nicht von mir.«

Ira verstand kein Wort. »Ausgleichende Gerechtigkeit? Wofür?«

Die Hände auf der Bettdecke zuckten jetzt heftig, Konstanze warf plötzlich den Kopf hin und her, rollte die Augen, bis nur noch die weißen, mit roten Adern durchzogenen Augäpfel zu sehen waren, dabei stöhnte sie heiser.

Ira sprang auf. »Soll ich jemandem Bescheid sagen?«

Konstanze schüttelte den Kopf. Die Beine unter der Bettdecke bewegten sich wild, sie ruderte mit den Armen, abgehackt, als wollte sie schwimmen. Dann war wieder Ruhe.

»Brauchen Sie einen Arzt?«

»Unsinn, ich bin Arzt.«

Ira musste lächeln. »Soll ich später wiederkommen? Möchten Sie sich ausruhen?«

Konstanze nickte, matt, sichtlich erschöpft, drehte den Kopf zur Seite und schien sofort eingeschlafen zu sein.

Leise verließ Ira das Zimmer. Am Ende des Ganges standen die Türen zu einem Wintergarten offen. Sie stellte ihre Tasche auf einem Korbsessel ab, trat ans Fenster und schaute hinaus in den Park.

Musste sie überhaupt noch mal zurückkommen? Was konnte Konstanze ihr über Maria Klabunde sagen? Um sie ging es ja schließlich in ihren Nachforschungen. Alles andere war sicherlich traurig, aber es tat nichts zur Sache und war für den Nachruf uninteressant. Trotzdem tat Konstanze ihr leid. Wie lebt man weiter, wenn man weiß, dass es die letzten Wochen oder Tage sind? Was für ein Ende. Leberzirrhose und, wenn sie das richtig verstanden hatte, Bauchspeicheldrüsenentzündung.

Iras Gedanken schweiften ab. Vor vielen Jahren hatte sie den Professor eines Krankenhauses gefragt, wie er mit dem Leid seiner Patienten umgehe, und er hatte ihr geraten: »Sie dürfen Mitleid haben, aber Sie dürfen niemals mitleiden.«

Ira wollte nicht vorher wissen, wann sie sterben musste.

Merkwürdig, dass Konstanze vorhin kaum darauf reagiert hatte, dass Maria tot war. Hatte Tante Sophie nicht erzählt, dass Tilly, Konstanze und Maria als Kinder unzertrennlich gewesen waren? Das Foto in Tillys Büro untermauerte diese Aussage. Wieso hatte sie eben so gleichgültig gewirkt? Und wie war andererseits der Ausbruch im Foyer zu werten, als Konstanze behauptet hatte, dass der Unfall ein Mord gewesen sei? Was konnte Konstanze überhaupt gesehen haben? Hatte sie am Fenster gestanden, war sie im Haus unterwegs gewesen, konnte sie im Garten gewesen sein? Wie kam sie darauf, von Mord zu faseln? Ira seufzte. Wenn sie doch unterscheiden könnte, wann Konstanze klar und wann sie verwirrt war!

Ira mied den Fahrstuhl und ging die drei Etagen durch das Treppenhaus runter, holte sich in der Cafeteria einen Cappuccino im Pappbecher und lief damit wieder zurück, rauf in den Wintergarten auf der Station Toskana.

Nachdenklich schaute sie aus dem Fenster. Wie musste sie mit Konstanze umgehen und wie konnte sie die Frau dazu bringen, ihr von Maria zu erzählen? Vielleicht hatte es aber auch gar keinen Sinn, zurück ins Zimmer zu gehen. Vielleicht sollte sie sich lieber um Hans Klabunde, den Bruder der Toten, kümmern und versuchen, ihn ans Telefon zu kriegen.

Sie trank einen Schluck Cappuccino, er schmeckte ihr nicht, war nicht heiß genug, stellte den Becher auf den Tisch und griff nach ihrer Tasche. Nein, sie würde wieder hineingehen und sich wenigstens verabschieden.

Konstanze saß aufrecht im Bett. Aus ihrem Zopf hatten sich ein paar Strähnen gelöst, die Strickjacke lag auf dem Fußboden. Sie beugte sich über eine Musikkassette, aus der das braune Band heraushing. Ira starrte auf die faltigen Oberarme, deren hängende Haut bei jeder Bewegung schaukelte. Die Klappe des Radiorekorders stand offen. Konstanze hielt ihr die Kassette hin: »Können Sie das reparieren?«

»Bandsalat? Klar.« Ira nahm einen Kugelschreiber aus der Kameratasche, steckte ihn in eins der beiden Löcher in der Kassette und rollte das Band wieder auf. »The Wall« von Pink Floyd. Diese Musik hatte sie der Alten ebenso wenig zugetraut wie die weißen Designermöbel.

Konstanze begann unvermittelt zu reden: »Ich war nicht immer so. Ha. Ich war mal ein ausgesprochen hübsches kleines Mädchen. So hübsch, dass mein Vater sich regelrecht in mich verliebte, als ich noch nicht mal in die Schule ging. In meinen Bruder Friedgerd verliebte er sich nicht.«

Wie bitte? Was hatte sie gesagt? Ira wollte nachfragen, aber Konstanze ließ sie nicht zu Wort kommen.

Ihr Gesichtsausdruck wechselte abrupt von unbeteiligt zu aufgeregt. »Mein Bruder, der war nicht verkehrt. Hat manchmal versucht ...«, sie rang nach Luft, suchte offensichtlich nach Worten, »... zu verstecken ... War einmal eine Königs ... wunderschöne Königstochter.«

Sie war immer leiser geworden, brabbelte nun, strich dabei mit den Händen über die Bettdecke, immer wieder. Ira verstand die Worte nicht. Konstanze murmelte verworren, zischend, weiterhin die Decke glatt streichend.

Ira seufzte, verabschiedete sich und ging auf leisen Sohlen aus dem Zimmer.

Der Nachruf über Maria Klabunde erschien in der Montagsausgabe von *Tag 7*. Er war kürzer und unpersönlicher, als Ira ihn geplant und der Redaktionsleiter ihn bestellt hatte. Der Bruder der Toten hatte unter keinen Umständen mit ihr sprechen wollen.

»Sie ticken doch nicht ganz richtig!«, hatte Hans Klabunde ins Telefon gebellt, als Ira ihn endlich erreicht und um ein paar Sätze zum Tod seiner Schwester gebeten hatte.

Die Handynummer von Roland Klabunde, dem Sohn der Verstorbenen, wählte sie bestimmt fünfzig Mal, aber es nahm niemand ab. Auch unter seiner Adresse, die sie von Tilly erfahren hatte, erreichte sie ihn nicht. Sie hatte ein paar Mal vergeblich geklingelt, aber niemand öffnete die Tür.

Ira verstand sowohl den Bruder als auch den Sohn. Der Tod der Schwester beziehungsweise der Mutter war so unfassbar grauenhaft – in so einer Situation würde sie auch keine Presse im Haus haben wollen.

Redaktionsleiter Horstmann war sauer. »Ein bisschen abgebrühter können Sie ruhig sein, Frau Wittekind«, hatte er gemotzt, und ihren Einwand, dass *Tag 7* schließlich nicht die

Bildzeitung sei, ließ er nicht gelten. »Darum geht es doch hier und heute gar nicht. Die Presse der gesamten Region berichtet über die Tote unterm Kehrwagen. Wenn wir bei so einer großen Story zimperlich sind, können wir unseren Laden bald dichtmachen.«

Ira hatte vergeblich versucht, ihn zu besänftigen.

»Sie bringen das bitte zu Ende. Ich will Fotos von der Trauerfeier. Scharf und in Farbe. Und hundertzwanzig knackige Zeilen. Danke, Sie können gehen.«

5

Ira hatte ihren Beobachtungsposten sorgsam gewählt. Hinter einer Wasserzapfstelle war sie selbst halb verborgen, konnte aber den Hauptweg des Friedhofs, das Tor und den Parkplatz gut überblicken. Sie stöpselte das Kabel für die Kopfhörer und das Mikrofon in ihr Smartphone, verbarg das Kabel unter ihrem Schal und das Handy in der Manteltasche. Nur wenn man genau hinsah, entdeckte man das kleine Mikro neben ihrem Mund. Die Nikon hielt sie diskret in der Hand.

Im Minutentakt fuhren Autos auf den Parkplatz, klappten Türen, stiegen schwarz gekleidete Menschen aus und reihten sich paarweise in eine Prozession ein, die mit bedächtigen Schritten an Ira vorbeizog.

Hinter vorgehaltener Hand flüsterte sie die Namen derer, die sie kannte, in ihr Mikrofon: »Bürgermeister Depenbrock mit seiner Frau Sieglinde, Dieter Kaasemann, der Leiter vom Städtischen Bauhof, mit seiner Frau, Namen nachschlagen nicht vergessen, Philipp Holle mit – heilige Scheiße, ist das seine Frau?«

Holle, akkurat geföhnt, im dunklen Mantel mit dezent gemustertem Schal und ledernen Handschuhen, führte eine stark geschminkte, korpulente Frau an Ira vorbei. Das gelbblond gefärbte Haar trug sie zu einer Art Vogelnest hochgetüddelt, handtellergroße Ohrringe hatten sich in einzelnen, herunterhängenden Strähnen verfangen. Die silbernen Pfennigabsätze ihrer schwarzen Pumps maßen mindestens zwölf Zentimeter und bohrten sich bei jedem Schritt in den Kies des Weges. Die Frau trug zu einem stark taillierten Mantel schwarze Strümpfe mit Nähten, die schief auf ihren angespannten, dicken Waden saßen. Über ihren Schultern lag ein langhaariger weißer Pelzkragen. Sie hielt die Stola – Ira tippte auf Polarfuchs oder gefärbten chinesischen Hund – mit fleischigen weißen Händen über dem Busen zusammen, dabei spreizte sie den kleinen ihrer langen, glitzernd lackierten Fingernägel weit ab.

Ira runzelte die Stirn. Wieso hatte sie Holle eher den Typ »zierliche Hanseatentochter« als diese aufgedonnerte Walküre zugetraut?

Frauen in weißen Hosen kamen in Gruppen vorbei, vermutlich gehörten sie zum Pflegepersonal der Morgenstern-Stiftung.

Ein Mercedes mit dunkel getönten Scheiben fuhr vor. Die Fahrertür öffnete sich, ein älterer Mann stieg aus, rückte seinen Hut, den ein imposanter Gamsbart schmückte, zurecht, ging leicht humpelnd um den Wagen herum und lud einen zusammenklappbaren Rollstuhl aus. Er nahm einen Gehstock aus dem Kofferraum, den er über seinen linken Arm hängte. Dann öffnete er die Beifahrertür. Eine Hand erfasste seinen dargebotenen Arm: Tilly Jacobsen verließ die Limousine.

Ira murmelte ins Mikro: »Hat die Jacobsen einen Chauffeur?«

Dann sah sie, dass der Mann und Tilly gemeinsam jemandem beim Aussteigen halfen. Ira stellte sich auf ihre Zehenspitzen, um besser sehen zu können. Sie stützten Konstanze Deppendorf und halfen ihr, sich in den Rollstuhl zu setzen. Ilsemarie Holle tauchte auf der anderen Seite des Wagens auf, nahm eine karierte Wolldecke aus dem Fond und deckte Konstanzes Beine damit fürsorglich zu. Der Mann mit dem Gamsbart-Hut parkte das Auto auf der anderen Straßenseite. Die Frauen warteten auf ihn.

Er übernahm das Schieben des Rollstuhls; den Gehstock hatte er an einen der Griffe gehängt. Tilly und Ilsemarie gingen rechts und links neben ihm. Sie waren nur zwei Armlängen von Ira entfernt, als Konstanze plötzlich die Decke von ihren Beinen riss und vor dem Rollstuhl auf den Boden warf. Die Räder blockierten sofort, der Rollstuhl kippte ruckartig vornüber, und Konstanze keifte: »Hans! Wo bist du denn wieder mit deinen Gedanken? Soll ich mir kurz vorm Verrecken noch den Hals brechen?«

Der Mann zog den Rollstuhl zurück und kippte ihn ein wenig nach hinten, damit Tilly die Decke aufheben konnte. Sie schüttelte den Staub aus und wollte sie Konstanze wieder über die Beine legen, aber die schlug mit ihrer Handtasche um sich und zischte: »Die ist dreckig. Weg damit.«

Tilly und Ilsemarie wechselten einen Blick, die Decke wurde zusammengelegt und in das Netz an der Rückenlehne des Rollstuhls gesteckt.

»Tilly Jacobsen, Ilsemarie Holle, Konstanze Deppendorf und Hans wer?«, flüsterte Ira ins Mikrofon. Moment. Das konnte doch nur Hans Klabunde sein, der Bruder der Toten. Sie fotografierte die vier, ohne Blitz, unbemerkt. Irgendwo musste auch der Sohn von Maria sein. Ob er bei den Wartenden stand? Sie hatte keine Ahnung, wie Roland Klabunde aussah und ob er schon an ihr vorbeigegangen war.

Aber als Tilly, Ilsemarie und ihr Begleiter mit Konstanze im Rollstuhl vor einem Mann stehen blieben, war Ira sich sicher, dass es sich um den Sohn handeln musste. Sie zoomte die Gruppe heran und fotografierte. Der Mann war Mitte bis Ende dreißig, hatte helle Locken und wulstige Lippen. Er wog mindestens 150 Kilo und war so groß, dass er alle Umstehenden überragte. Jetzt beugte er sich tief herunter und ließ sich von Tilly umarmen. Täuschte Ira sich, oder war der Typ total steif? Ilsemarie sagte etwas, Ira konnte aber nichts verstehen, sie sah nur die Bewegungen der Lippen. Der Hüne hielt dem alten Mann die Hand hin. Der zögerte deutlich, bevor er sie nahm.

Wenn das Klabunde junior ist, ist der mit dem Hut hundertprozentig sein Onkel, dachte Ira.

Die Glocke begann mit kurzen, hektischen Schlägen zu läuten: das Zeichen für die Trauergäste, sich in der Kapelle zu versammeln.

Ira wartete im Auto. Sie hatte den Mini Cooper vorhin so geparkt, dass sie sehen konnte, wenn die Türen wieder geöffnet wurden. Sie wusste, dass es keine Beisetzung gab, sondern nur eine Trauerfeier. Sie hatte in der Friedhofsgärtnerei angefragt, wo die Grabstelle sein würde, und vorgegeben, sie wolle dort ein Gesteck ablegen. Es gebe kein Grab auf dem Friedhof, hatte man ihr gesagt, Maria Klabunde sollte später verbrannt und ihre Asche in einem Friedwald beigesetzt werden.

Nach einer guten Stunde sah sie Tilly, Ilsemarie und Konstanze auf dem Hauptweg in ihre Richtung kommen. Ilsemarie schob jetzt den Rollstuhl, sie hatte auf dem Kiesweg einige Schwierigkeiten damit.

Hans und Roland Klabunde gingen hinter ihnen. Der alte Mann trug seinen Hut in der einen Hand und strich mit den Fingern der anderen immer wieder über den buschigen Gamsbart. Sein Gehstock hing noch am Rollstuhl. Roland hatte die Hände tief in die Taschen gesteckt und folgte den Frauen mit gesenktem Kopf.

Plötzlich begann Konstanze laut zu zetern. Tilly und Ilsemarie sahen sich entsetzt an. Ilsemarie eilte um den Rollstuhl herum, beugte sich zu Konstanze hinab, die schlug nach ihr und ließ sich nicht beruhigen. Ira hatte das Seitenfenster des Mini Coopers ganz geöffnet, konnte aber nicht verstehen, worum es ging.

Die Gruppe blockierte den Weg, nachfolgende Trauergäste blieben stehen und reckten neugierig die Hälse. Tilly streichelte Konstanze liebevoll die Wange, die griff jetzt ihre Hand, hielt sie fest, schmiegte ihr Gesicht hinein. Eine berührende Geste. Die beiden alten Damen ließen ihre Freundin, die nun mit hängenden Schultern in ihrem Rollstuhl saß und ihre Handtasche mit beiden Händen festhielt, nicht aus den Augen.

Jetzt oder nie, dachte Ira, schloss die Fensterscheibe und stieg aus dem Auto. Langsam ging sie auf die Gruppe zu, die an dem schwarzen Wagen angekommen war.

Tilly entdeckte Ira zuerst. Ihr Gesicht war blass, die Augen verweint. Müde sagte sie: »Ira, waren Sie auch in der Kapelle? Ich habe Sie gar nicht gesehen.«

»Nein, war ich nicht, aber ich möchte Ihnen dennoch mein Beileid aussprechen.«

Tilly nickte.

Ilsemarie Holle zog ihren rechten Handschuh aus, nahm ihn in die linke Hand und begrüßte Ira. Ihr Händedruck war fest. *Wie apart diese Frau ist!*, dachte Ira und registrierte mit einem Blick die elegante Kleidung.

Sie wandte sich Konstanze zu. Die klammerte sich immer noch an der Tasche fest, ließ sie auch nicht los, um Iras Hand zu nehmen, sah sie zunächst nur an, zeigte dann aber mit dem Finger auf sie: »Sie hat die Kassette repariert, ich habe das nicht geschafft … sie hat das heile gemacht, Bandsalat, Bandsalat, jawohl, Pink Floyd … Es gibt nur zwei Dinge, die Leere … und das gezeichnete Ich …«

Ira verstand das Gerede nicht, schaute hilflos in die Runde, dann wandte sie sich verlegen an Roland Klabunde. »Es tut mir leid, was mit Ihrer Mutter passiert ist!«

Er reichte ihr die Hand, antwortete aber nicht. Seine Jacke war fleckig, an seiner Unterlippe hing ein trockner, weißer Hautfetzen. Er versuchte, ihn mit dem Eckzahn abzubeißen. Erfolglos.

Hans Klabunde lüpfte seinen Hut, als Ira auch ihm ihr Beileid aussprach, und fragte: »Ich weiß getz gar nicht, wo ich Sie hinstecken soll?«

»Entschuldigung, Sie haben recht, ich habe mich nicht vorgestellt …«

Sie zuckte zusammen, als Konstanze plötzlich ihre Handtasche nach ihr warf und unverständliche Worte kreischte. Dabei versuchte sie aufzustehen, fiel aber immer wieder in den Rollstuhl zurück, begann zu fluchen, weinte gleichzeitig. Die Tasche landete vor Iras Füßen, der Schnappverschluss öffnete sich.

Während die drei alten Leute sich bemühten, Konstanze zu beruhigen, stand Roland Klabunde mit hängenden Armen da, tatenlos, und biss weiter auf seiner Lippe herum.

Ira hob die Tasche auf. Sie war komplett leer. Ratlos reichte sie sie dem jungen Klabunde, murmelte einen Gruß, drehte sich um und wollte zu ihrem Wagen gehen.

Konstanze rief hinter ihr her: »Hey! Pressetante! Wir reden noch! Wir reden noch, ja? Sie müssen noch mal wiederkommen, hören Sie?«

Ira sah sie fragend an. Konstanze nickte heftig, ihr Zopf flog hin und her. Dann senkte sie die Stimme, schaute hektisch nach rechts und links, schob ungehalten Tillys Hand von ihrem Arm und sagte in normalem Tonfall: »Die Königstöchter sind verdammt, verdammt in alle Ewigkeit und verflucht bis in die Hölle.«

Ira wartete im Mini Cooper, bis alle Autos den Parkplatz vor dem Friedhof verlassen hatten.

Was für eine Vorstellung war das nun wieder gewesen? Was meinte Konstanze dauernd mit ihren Königstöchtern? Wie war das am Samstag gewesen, als sie das Zimmer in der Stiftung verlassen hatte? Ira erinnerte sich genau: »Es war einmal eine Königstochter«, hatte Konstanze gesagt. Und heute sprach sie von Fluch und Verdammnis. Was für ein wirres Geplapper!

Konstanze wollte noch einmal mit ihr reden. Das hatte sie deutlich gesagt. Okay. Worüber? Man konnte ihr Gefasel doch nicht ernst nehmen.

Oder vielleicht doch?

»Herein!«

Die weißen Vorhänge waren zugezogen. Die kleine Lampe auf dem Nachttisch neben dem Bett verbreitete funzeliges Licht. Konstanze Deppendorf saß aufrecht im Bett, gestützt von dicken Kissen. Unter der Bettdecke zeichneten sich ihre hageren Beine ab. Die Hände zitterten und wanderten ruhelos über die Decke, krallten sich in den Stoff, schoben die Falten des Bezuges glatt, zupften daran, glätteten sie erneut. Ihr Blick wanderte unstet und glasig umher, sie hatte den Mund geöffnet und schob den Unterkiefer hektisch hin und her. Ira überlegte, ob sie lieber wieder gehen sollte.

»Herkommen, hinsetzen!« Konstanze zeigte auf den Stuhl neben dem Bett und Ira setzte sich.

»Ich möchte Sie nicht stören, aber Sie wollten noch mal mit mir reden, erinnern Sie sich?«

»Blöde Frage. Natürlich erinnere ich mich. Ich bin zwar krank, aber nicht bekloppt.«

Puh. Wie sollte sie mit dieser Frau umgehen? Ira entschloss sich zu einem Lächeln.

»Was ist daran lustig?«, herrschte Konstanze sie an.

»Frau Dr. Deppendorf, Sie müssen schon entschuldigen, wenn ich im Umgang mit Ihnen unsicher bin. Ich vermute, dass Ihre wechselnde Gemütsverfassung an den Medikamenten liegt.«

Das Grinsen der Frau wirkte grotesk, sie hatte ihre Zähne nicht im Mund. Ira entdeckte sie in einem Glas auf dem Nachtisch, zwischen Musikkassetten, dem Radiorekorder, Zetteln, Medikamenten und dem ungeöffneten Geschenk mit der Schleife, das ihr beim letzten Besuch schon aufgefallen war.

Konstanze nickte heftig. »Die Pillen machen mich fertig, die Krankheit macht mich fertig, Beerdigungen machen mich auch fertig, haben Sie 'ne Zigarette?« Sie beugte den Oberkörper abrupt nach vorn, die Brüste baumelten im viel zu weiten Nachthemd. Ihr Lachen klang müde. »Hier ist Nichtraucherzone. Und alkoholfreie Zone. Und lebensfreie Zone.« Als sie in die Kissen zurücksank, schloss sie die Augen.

Ira wartete. Nichts geschah. Konstanze lag einfach da und atmete in rasselnden Zügen, als brodele heißer Schleim in ihren Bronchien.

Ira wollte aufstehen, setzte sich aber wieder, als

Konstanze hustete. Sie sammelte dabei irgendetwas in ihrem zahnlosen Mund, schluckte es runter, räusperte sich und sagte: »... war mal eine Königstochter ... feine Kleidchen an ... die Zöpfe sind nicht ordentlich ... lalala hat heut Spitzenbüxchen an ... lass ... Tilly, meine beste Tilly ... die Liebe ist ein seltsames Spiel, sie kommt und geht von einem zum andern ... ertrage, ob Sinn ... ob Sucht ... ob Sage ... dein fernbestimmtes du musst ...«

Die Augen fielen wieder zu, man sah, dass die Augäpfel sich hinter den Lidern hin- und herbewegten. Ruhe. Röcheln. Räuspern. Ruhe.

Das brachte doch alles nichts! Die Alte war total durch den Wind. Ira stand auf.

Sie zuckte zusammen, als Konstanze plötzlich die Augen wieder öffnete, sich aufrichtete, das Zeug auf dem Nachttisch durchwühlte, die Pink-Floyd-Kassette, deren Bandsalat Ira neulich beseitigt hatte, mit zitternden Fingern in die Verpackung steckte und ihr hinhielt. »Nimm die mit. Schenk ich dir. Und jetzt schieß ab, Frollein, ich bin müde.«

Ira nahm die Kassette, blickte auf das Cover, das eine weiße Mauer zeigte. »The Wall«, Pink Floyd. Sie steckte sie wortlos in ihre Handtasche und verließ das Zimmer.

In ihren Ohren klangen die Worte nach. »… Ob Sinn, ob Sucht, ob Sage, dein fernbestimmtes du musst.«

Was für eine Verrückte!

Aber dieser komische Satz kam ihr irgendwie bekannt vor.

6

»Du könntest hier einziehen. Platz haben wir mehr als genug, und für Tante Erna wäre Eskendor ein Paradies.«

Sie hatten gemeinsam gegessen und saßen am Küchentisch.

Ira seufzte. »Ach, Andy, du weißt, wie ich darüber denke.«

Natürlich wusste er das. Sie hatten oft genug darüber gesprochen, was es für Ira bedeutet hatte, als ihr Exfreund sie verließ. Sie nannte die Trennung salopp »klassische Sache«: Alex hatte eine Jüngere kennengelernt – und Schluss. Er war ausgezogen, hatte seine Möbel und Klamotten direkt zu der Neuen in die Wohnung bringen lassen.

»Du bist wie ein Affe, du lässt den einen Ast erst los, wenn du den nächsten fest im Griff hast!«, hatte Ira voller Verachtung, Wut und verletzter Eitelkeit hinter ihm hergerufen. Sie hatte sich krankschreiben lassen, sich drei Wochen lang heulend im Bett versteckt und dann eine Entscheidung getroffen. Sie hatte sich einen schwarzen Königspudel und einen gelben Mini Cooper gekauft und war zurück nach Ostwestfalen gegangen. Neustart.

Sie hatte Glück gehabt, dass sie als Reporterin bei ihrer »alten« Zeitung wieder hatte anfangen können, und war nun für den Großraum Ostwestfalen-Lippe zuständig. Durch freie Mitarbeit bei *Tag 7* hatte sie sich damals ihr Studium finanziert und war dabeigeblieben. Es war ihr Traumberuf, immer noch. Sie liebte die Abwechslung, die Menschen, mit denen sie täglich zu tun hatte, und sie liebte es, dass es nie Routine gab. Storys wie der Tod von Maria Klabunde setzten ihr ziemlich zu, aber die Geschichte hinter der Schlagzeile zu finden, war jedes Mal neu und jedes Mal anders.

Sie konnte Andys Angebot nicht annehmen. »Du weißt, dass die Redaktion in Bielefeld ist und dass ich dort zentraler wohne als hier.«

Er schüttelte den Kopf. »Du sagst selbst immer, dass es stets einen wahren und einen vorgeschobenen Grund gibt. Der vorgeschobene Grund ist dein Job, aber der wahre Grund ist, dass du Angst hast, dich an mich zu binden, stimmt's?«

Ira nahm seine Hand und zupfte gedankenverloren an den feinen Härchen seines Handgelenks. »Kann sein. Wenn es so wäre, hätte ich dann Bindungsangst oder Verlustangst?«

»Du musst nicht spöttisch werden. Ich lasse dir weiß Gott Zeit genug, um dich zu entscheiden, aber bitte versteh auch, dass ich deine Absage irgendwann persönlich nehme.«

Es stimmte, Andy drängte sie nicht, aber er brachte das Thema »Zusammenleben« immer wieder auf den Tisch.

Ira dachte an ihre früheren Beziehungen. Sie war bisher selten Single gewesen, hatte, seit sie achtzehn war, fast immer eine Beziehung oder eine Affäre gehabt. Alex war der erste Mann gewesen, mit dem sie zusammengelebt hatte, aber richtig glücklich hatte sie sich in dieser Zweisamkeit nie gefühlt.

Andy hob ihr Kinn mit dem Finger an. »Woran denkst du?«

Sie sah ihm in die Augen. »Ganz ehrlich?«

»Ganz ehrlich!«

»Ich weiß nicht, ob es unsere Beziehung killt, wenn wir zusammenleben. Du weißt, wie viel Zeit ich für mich brauche. Ich muss viel allein sein können.«

Er antwortete nicht.

Ira hatte das Gefühl, sich für ihre Gründe rechtfertigen zu müssen. »Ich will selbstständig und unabhängig bleiben.«

»Aber das kannst du, darum geht es doch gar nicht!«

Ihre Antwort fiel zu aggressiv aus, sie spürte es, während sie ihre eigenen Worte hörte: »Worum geht's denn dann? Dass man die Klotür auflässt und voreinander pinkelt? Dass man nur noch als Paar, als Ira und Andy, durchs Leben geht? Dass es kein Ich oder Du mehr gibt, kein Dein und Mein, sondern nur noch Wir und Unser? Dass man Bescheid sagen und erklären muss, warum man länger arbeitet, warum es spät wird? Dass ich mich deinem Geschmack unterordne und du dich meinem? Dass man täglich Kompromisse macht und sich täglich rechtfertigt?«

»Hast du das Gefühl, du müsstest dich unterordnen und rechtfertigen?« Seine Stimme klang so traurig, dass ihr fast die Tränen kamen.

Sie suchte nach Worten. »Nein. Es ist alles gut so, wie es ist. Wir sind mal bei dir, mal bei mir. Manchmal sind wir ein paar Tage nicht zusammen und dann freue ich mich auf dich. Wir haben beide einen Beruf mit ungeregelten Arbeitszeiten, wir arbeiten beide oft abends und am Wochenende, wir haben verschiedene Hobbys, verschiedene Freundes- und Bekanntenkreise. Das ist toll. Uns geht nie der Gesprächsstoff aus.«

Er grinste. »Da ist sie ja wieder, deine Schweigephobie.« Wenn Ira mit anderen in einem Raum war und Schweigen herrschte, musste sie es brechen. Andy hatte sie schon oft damit aufgezogen.

»Unsinn. Lenk nicht ab. Sag mir einen vernünftigen Grund, warum ich meine Wohnung aufgeben und hier leben sollte?«

»Könnte Liebe ein vernünftiger Grund sein, oder ist das ein Widerspruch in sich?«

Ira musste lachen. »Wir haben noch so viel Zeit, bitte, lass uns abwarten, was daraus wird.«

Er protestierte: »Abwarten? Ich bin ein alter Mann, ich bin über fünfzig!«

»Erstens bist du gerade erst zweiundfünfzig geworden, das heißt zweitens, dass du, statistisch gesehen, noch achtunddreißig gute Jahre vor dir hast, und drittens bist du noch ziemlich rüstig!« Ira grinste ihn frech an.

»Was sagst du da? *Rüstig?*«

Sie wich der Serviette aus, die Andy nach ihr warf.

Das Gespräch über ein mögliches Zusammenziehen war damit beendet.

Gemeinsam räumten sie den Tisch ab, redeten dabei über alles Mögliche.

Dann erzählte Ira von der Begegnung mit Konstanze. »Ich kann mir vorstellen, dass sie früher so eine richtige westfälische Landärztin war. Direkt, ein bisschen derb, aber irgendwie herzensgut. Donnerweib würde meine Mutter sagen, Tante Sophie nannte sie Flintenweib. Heute ist sie total irre. Alle paar Minuten wechselt ihre Stimmung, in einem Moment denkst du, die ist total klar, dann redet sie wirres Zeug. Du hättest mal sehen sollen, wie sie dauernd ihr Gebiss aus dem Mund geschoben und es dann wieder eingesogen hat. Ihr Zimmer ist mit Designermöbeln aus den Siebzigern eingerichtet. Überall liegen Bücher und Zeitschriften rum, und sie hört Pink Floyd. Kannst du dir das vorstellen? Pink Floyd. Und dann faselt sie immer wieder Märchenanfänge und komische Sätze, total ohne Zusammenhang.«

»Märchenanfänge? Es war einmal … so was?«

Ira nickte. »Genau. Es war einmal eine wunderschöne Königstochter, so in der Art, und vorhin, nach der Trauerfeier, rastete sie plötzlich aus und rief, alle Königstöchter seien verflucht oder verdammt oder so ähnlich.« Ira versuchte, sich an den anderen Satz zu erinnern, den Konstanze gemurmelt hatte. »Ich kannte einen Satz, warte mal, das war irgendwie so: Sinnsucht oder Sage, dein fernbestimmtes …«

Andy unterbrach sie. »Das kenne ich auch irgendwoher. Google einfach mal.«

Die Suchmaschine verwies auf ein Gedicht von Gottfried Benn. »Nur zwei Dinge« hieß es.

Andy ging zum Bücherregal, durchsuchte einen Stapel gelber Reclamhefte, nahm eines heraus und blätterte darin. »Hier!«

Ira las zuerst tonlos, dann laut: »… ertrage, ob Sinn, ob Sucht, ach so heißt es, nicht Sinnsucht, sondern Sinn, ob Sucht, ob Sage – dein fernbestimmtes: Du musst.« Ira stutzte bei den letzten Worten. »Ja, das war es! Den letzten Satz hat sie vorhin gesagt, nach der Trauerfeier.«

Sie war ratlos. Im Zusammenhang war es ein beeindruckender Text, aber was hatte Konstanze damit sagen wollen, als sie ihn zitierte? »… ob Sinn, ob Sucht, ob Sage – dein fernbestimmtes: Du musst.«

Ira hatte das dringende Bedürfnis nach frischer Luft. Sie entschlossen sich zu einem Spaziergang durch die Stadt. Auf dem Weg zum Auto hüpfte Tante Erna vor Freude wie eine junge Ziege.

Sie parkten in der Portastraße und schlugen, ohne darüber gesprochen zu haben, den Weg zur Morgenstern-Stiftung ein. In fast allen Fenstern brannte Licht, die Wege des Parks waren dezent beleuchtet. Bäume, Bänke und Statuen warfen bizarre Schatten auf den Rasen.

»Ich weiß gar nicht, wie lange es her ist, dass ich dieses Haus bewusst wahrgenommen habe«, sagte Andy.

Sie standen am Haupteingang, und Ira wies auf das goldene Kleeblatt im Torbogen. »Ich glaube, das Kleeblatt ist für die Gründerinnen ein Symbol.«

»Es hat vier Blätter, aber es gibt nur drei Gründerinnen?«

»Ja, das stimmt. Tilly, Ilsemarie und Konstanze haben die Stiftung gegründet, aber Maria gehörte trotzdem dazu. Sie kannten sich alle seit ihrer Kindheit, wenn ich es richtig verstanden habe, seit der Evakuierung nach dem Krieg. Auch Ilsemarie, die aus Minden kam und mit der Evakuierung nichts zu tun haben konnte, muss früher auf Hof Eskendor gewesen sein. Keine Ahnung, ob sie dorthin zu Besuch kam oder woher sie sich kannten. Frag mal deine Tanten, die erinnern sich ziemlich gut an die Zeit.«

Ira hatte es bisher vermieden, auf die Fahrbahn vor dem Anwesen zu schauen.

Nun wies Andy mit dem Kopf hinüber. »Lag sie da? Ist es da passiert?«

Ira nickte schweigend. In Gedanken sah sie Tilly vor sich, die, mit dem Handy in der Hand, hinter dem Torpfeiler herkam und auf die Straße blickte. Sie sah den Mann in Orange aus dem Führerhaus des Kehrwagens springen, versuchte sich nicht vorzustellen, was in diesem Moment in ihm vorgegangen sein musste, sah ihn vor sich, wie er sich hinhockte und schrie. Vielleicht hatte der Fahrer noch versucht, Maria aus den rotierenden Drahtbürsten zu befreien.

Ira sah die Blutlache auf dem Asphalt immer größer werden. Sie fröstelte. Andy nahm sie in den Arm und hielt sie fest.

Sie gingen ein paar Schritte. Weit entfernt hörten sie ein Martinshorn.

Ira zeigte auf die Fenster, hinter denen Tillys Büro war, und auf eine Loggia im Dachgeschoß, die nach ihrer Orientierung zu Konstanzes Zimmer gehörte.

Das Martinshorn wurde lauter.

»Haben alle drei Frauen ein Büro in dem Haus? Ich meine, die sind ja schon ziemlich alt, arbeiten sie trotzdem noch?«, fragte Andy.

Ira wollte antworten, aber das Martinshorn heulte nun ohrenbetäubend, Blaulicht spiegelte sich in den Scheiben des gegenüberliegenden Hauses. Dann bog ein Rettungswagen in rasantem Tempo um die Ecke, unmittelbar gefolgt von einem Notarztwagen. Die Autos hielten vor dem Torbogen der Morgenstern-Stiftung, Sanitäter liefen zum Haus, die Tür wurde von innen geöffnet, der Notarzt eilte hinterher. Das Martinshorn war aus, nur das Blaulicht blinkte noch. Die plötzliche Stille dröhnte in Iras Ohren.

»Bestimmt ein Notfall auf der Pflegestation. Da liegen viele kranke alte Leute, oder?« Andy zog an ihrem Ärmel. Er gehörte nicht zu den Gaffern, denen das Leid anderer Adrenalinschübe bescherte.

Ira rührte sich nicht. Wie festgenagelt blieb sie stehen und schaute gebannt auf die Tür, hinter der das Rettungsteam verschwunden war.

Andy wollte weitergehen.

»Nein, warte noch!«, sagte sie. Minuten vergingen.

»Als hätte ich es geahnt«, flüsterte Ira, als die Sanitäter mit der Trage an ihnen vorbeiliefen. Sie erkannte die Frau sofort.

Konstanze Deppendorf wurde in den Rettungswagen geschoben, der mit Blaulicht und heulendem Martinshorn abfuhr.

Unter dem Torbogen stand Tilly. Ihre Augen waren weit aufgerissen, sie war kreidebleich. Ira hatte sich auf die Abfahrt des Krankenwagens konzentriert und sie zuerst gar nicht bemerkt.

Tilly schluchzte so heftig, dass sie kaum atmen konnte. »Sie wird sterben! Jetzt wird sie auch noch sterben!«, stammelte sie.

Tilly behielt recht: Konstanze Deppendorf starb noch in derselben Nacht.

Ira erfuhr es von Tilly. Sie hatte ihr am folgenden Nachmittag eine SMS geschickt, um sich nach Konstanzes Zustand zu erkundigen, und Tilly hatte umgehend zurückgerufen. Sie klang wie ein Roboter, tonlos und unbeteiligt.

Konstanze hatte in ihrem Beisein ein Fläschchen Alpenbitter geleert. Es war ein Geschenk gewesen, das sie vor ein paar Tagen bekommen hatte. Ira erinnerte sich sofort an das Päckchen mit der Schleife, das sie auf Konstanzes Nachttisch gesehen hatte.

»Sie sagte, das Zeug schmeckt nach Essig. Dann hat sie gebrüllt: ›Das ist Gift, Tilly, Scheiße, das ist verdammtes Gift!‹, und ich wollte ihr noch den Mund ausspülen, aber da brach sie schon zusammen. Ich weiß gar nicht mehr, wie ich es geschafft habe, den Notarzt zu rufen.«

Ira hielt die Luft an. Gift? Hatte sie richtig gehört? Konstanze Deppendorf war vergiftet worden?

Beim nächsten Gedanken wurde ihr eiskalt.

Auch Maria war in Tillys Beisein gestorben.

7

Als sie ihre Wohnung betrat, atmete Ira tief durch.

Schon während der Fahrt hatte sie sich auf ihr Reich gefreut, auf ein paar Stunden Erholung in dieser freundlichen, femininen Atmosphäre. Andy hatte bei seinem ersten Besuch gemeint, es sei eine typische Frauenwohnung. Sie hatte ihn ausgelacht und gesagt: »Natürlich, was denn sonst?«

Sie streifte die Schuhe im Flur von den Füßen, legte ihre Handtasche aufs Bett, stellte die Reisetasche mit der Schmutzwäsche vor der Waschmaschine im Bad ab und warf ihre rote Jacke über den sandfarbenen Ohrensessel.

Das geräumige Apartment war ausschließlich in Weiß- und Beigetönen eingerichtet. In den Fußboden aus vierzig Zentimeter breiten und zwei Meter langen Eichendielen hatte Ira sich bei der Besichtigung sofort verliebt, ebenso in die nackten Betonwände, die sie später nur so dünn hatte weißen lassen, dass der Beton noch durchschimmerte. Als der Makler die elektrisch zu bewegenden Fensterläden geöffnet und den Blick aus den bodentiefen Fenstern auf den Bielefelder Johannisberg freigegeben hatte, hatte Ira nur noch gefragt: »Wo kann ich unterschreiben?«

Sie war viel zu selten hier.

Sie betrachtete den Ohrensessel, den niedrigen Tisch daneben, auf dem sich ungelesene Bücher stapelten, die weiche

Kamelhaardecke über der Armlehne, die beige und weiß gemusterten Gobelinkissen. Sie ließ sich in das Polster des Sofas sinken, strich mit der Hand neben sich über die Sitzfläche, ließ den Blick über die weiße Anrichte wandern, hinüber zum Bücherregal, das vom Boden bis zur Decke mit Bildbänden gefüllt war: Kunst, Malerei, Bildhauerei, Architektur und Archäologie.

Üppige weiße Vorhänge, kuschelige Kissen und weiche Teppiche bildeten eine harmonische Einheit. Ira brauchte die Ruhe, die ihr dieser farbliche Purismus vermittelte, um sich vom Chaos, das gelegentlich in ihrem Kopf herrschte, zu erholen.

Ihre Mutter hatte sich bei ihrem einzigen Besuch ausgiebig über die Nachteile dieses Stiles ausgelassen und mit warnendem Zeigefinger darauf hingewiesen, wie schnell hier alles dreckig werden würde. »Wie kann man nur so unpraktisch veranlagt sein, also von mir hast du das nicht«, hatte sie gezetert und mit angewidertem Blick auf Tante Erna hinzugefügt, dass es der pure Wahnsinn sei, einen schwarzen Hund in einer weißen »Bude« zu halten. Außerdem seien untapezierte Wände asozial. »Die Leute werden denken, du könntest dir nicht mal Raufasertapeten leisten!«

Ira hatte nicht darauf reagiert.

Tante Erna lief schnüffelnd von einem Raum in den anderen und bellte in der Küche auffordernd vor ihren leeren Näpfen.

»Ist ja schon gut, du ungeduldige Diva, du bekommst ja was«, sagte Ira. Sie stand auf und füllte die Schalen mit Trockenfutter und frischem Wasser.

Das Gespräch mit Andy fiel ihr ein. Nein, sie wollte dieses

Refugium nicht aufgeben. Natürlich war es schön bei ihm und mit ihm, und sie fühlte sich auf Hof Eskendor wirklich wohl. Abgesehen von ihren unterschiedlichen Auffassungen bezüglich Ordnung, Aufräumen und der Organisation eines Tages verstanden sie sich wunderbar.

Andy schlief gern lange, Ira stand am liebsten auf, bevor es hell wurde. Wenn ein Tag mit einer heißen Dusche, einem starken Kaffee und einem zweistündigen Marsch mit Tante Erna beginnen konnte, war sie glücklich. Sie brauchte die frische Luft, die Morgenstille, den Wind, der ihr das Gehirn freipustete.

Sie setzte sich wieder aufs Sofa, schob sich ein Kissen in den Nacken und blickte auf das überdimensionale abstrakte Gemälde über der Anrichte. Es war einen Meter hoch und zwei Meter breit, Öl und Acryl auf Leinwand, ohne Rahmen. Für Ira sah es aus wie eine gewaltige, schaumgekrönte hellgraue Welle in einem wilden weißen Meer. Sie hatte sich während der Vernissage eines Kölner Künstlers sofort in diese Arbeit verliebt und ein Monatsgehalt dafür ausgegeben.

»Was soll das denn sein? Geschäumte Milch mit Gänsedaunen?«, hatte ihre Mutter abfällig gefragt.

Tante Erna kam ins Wohnzimmer getrottet, um sich nach ihrer Mahlzeit an Iras Hose die Schnauze abzuputzen und sich dann mit wohligem Brummen auf dem Boden niederzulassen.

Ira verschränkte die Arme hinter dem Kopf und schloss die Augen.

Mein Gott, was war das für eine Woche gewesen! Zwei Frauen waren innerhalb weniger Tage tot. Gestorben auf grausame, unnatürliche Weise. Zwei Frauen, die sich seit ihrer Kindheit gekannt und ihr ganzes Leben lang miteinander zu tun gehabt hatten. Ein entsetzlicher Unfall, eine Schnapsflasche mit Gift. Und Tilly Jacobsen war beide Male dabei gewesen.

Im Laufe des Tages wollte Ira herausfinden, ob die Kriminalpolizei in Konstanzes Fall ermittelte. Sie hatte mit der Redaktion von *Tag 7* telefoniert und sich rückversichert, dass sie die Fälle weiterverfolgen konnte.

Horstmann hatte mit seiner schrillen Stimme ins Telefon gekeift: »Natürlich bleiben Sie dran. Die Deppendorf war ein Oeynhausener Original, eine Person des öffentlichen Lebens, jedenfalls, als sie noch zurechnungsfähig war.«

»Auch, wenn sie eine völlig unbekannte Frau gewesen wäre, ein Giftmord ist in jedem Fall der Aufmacher für Samstag, obwohl er noch nicht offiziell bestätigt ist.«

»Sag ich doch!«, hatte Horstmann gesagt und aufgelegt.

Ira steckte die schmutzige Wäsche in die Waschmaschine und ging ins Schlafzimmer, um frische Klamotten herauszusuchen. Drei Tage würde sie mindestens für die Recherchen in Bad Oeynhausen brauchen. Es war praktischer, bei Andy zu übernachten und nicht zwischen Bielefeld und Bad Oeynhausen zu pendeln. Sie packte ein paar Kleidungsstücke in die Reisetasche.

Die Kassette! Konstanze hatte ihr doch gestern die Pink-Floyd-Kassette geschenkt. Ira kramte sie aus der Handtasche und betrachtete sie nachdenklich. Gestern um diese Zeit hatte Konstanze in ihrem Rollstuhl gesessen. Gestern um diese Zeit war die Trauerfeier für Maria Klabunde gewesen. Gestern um diese Zeit hatte Konstanze noch gelebt.

Ob sie wirklich an Gift gestorben war? Wer sollte eine todkranke Frau ermorden – und warum? Die gleiche Frage hatte sie sich allerdings auch nach Marias Tod gestellt.

Gedankenverloren öffnete sie die Plastikbox, nahm die Kassette heraus, deren Bandsalat sie kürzlich erst repariert hatte. Sie stutzte. Tesafilm? Die beiden kleinen Sicherungsfächer waren überklebt. Das machte man doch früher, um eine bereits bespielte Kassette überspielen zu können, oder? Als sie den Bandsalat beseitigt hatte, waren ihr die Klebestreifen nicht aufgefallen.

Ira lief hinunter in den Keller, holte ihren alten Ghettoblaster aus dem Regal, pustete den Staub ab und nahm ihn mit in die Wohnung. Sie stellte ihn in der Küche auf die Arbeitsplatte, zog den Stecker der Kaffeemaschine heraus und schloss den Rekorder an, legte die Kassette ein und drückte auf Play.

Und dann hatte sie das Gefühl, das Blut in ihren Adern würde zu Eiswasser gefrieren.

Konstanzes Stimme. Klar, deutlich und kein bisschen irre.

»Mein Bruder war nicht verkehrt. Er hat manchmal versucht, mich vor unserem Vater zu verstecken. Aber er hatte keine Eier, um mich zu beschützen, keine Eier. 1945 wurden wir evakuiert und mussten unser Haus verlassen. Wir kamen bei Bauer Hahnekötter in Werste unter. Mein Vater praktizierte dann jahrelang in der Küche des Hofes, er teilte sich mit dem Friseur Winkelmann den Frisierstuhl. Wenn Vater Patienten hatte, durften wir natürlich nicht in die Küche. Einmal, ich war zwölf, das muss also 47 gewesen sein, schauten Friedgerd und ich von draußen durch einen Spalt in der Gardine. Sie hatten sie nicht richtig zugezogen.

Ich sah, was Vater mit einem Mädchen machte, dessen Arme an den Lehnen des Stuhles festgebunden waren. Sie hatte keinen Schlüpfer an, und zwischen ihren gespreizten Beinen sah ich Blut. Das Mädchen hatte ein Holzscheit zwischen den Zähnen und gab Geräusche von sich, die ich durch das Fenster hören konnte. Mein Vater holte etwas aus ihr heraus, das er später den beiden Schweinen zu fressen gab. Friedgerd flüsterte: ›Er hat es wieder getan, er ist ein gottverdammter Engelmacher!‹«

Ira hörte, dass Konstanze schluckte, bevor sie weitersprach.

»Das Mädchen war etwas älter als ich. Ich wusste nicht, was ein Engelmacher ist, aber ich ahnte, dass dort etwas Schreckliches passierte. Ich stürmte in die Küche und schrie meinen Vater an, dass er das nicht tun dürfe und dass er in die Hölle käme. Ich *wollte*, dass er in die Hölle kommt. Weil ich ihn sowieso hasste, weil er mich immer lieb haben wollte, wenn Mutter schlief oder nicht zu Hause war, und weil ich dem Mädchen auf dem Stuhl helfen wollte, was weiß ich. Das Mädchen hieß Tilly, und der Mann, der hinter ihr stand und sie mit seinen schwarz behaarten Händen an den Schultern festhielt, war ihr eigener Vater.«

Ira stoppte die Aufnahme.

Plötzlich bekam sie kaum noch Luft, fasste sich spontan an den Hals und spürte ihren Puls rasen. Ihr wurde schlecht. Sie wollte die Szenen nicht sehen, die wie ein Stummfilm vor ihrem inneren Auge abliefen, aber sie konnte sie nicht verhindern. Tillys Vater hatte seine Tochter zu einer illegalen Abtreibung gebracht. Und der Engelmacher war Konstanzes Vater gewesen. Oh mein Gott. Diese widerlichen Dreckskerle.

Ira hatte das Gefühl, ihren Schädel mit beiden Händen zusammenhalten zu müssen, damit er nicht zerbarst.

Sie konnte ihre Gedanken nicht mehr ordnen, eine Frage jagte die nächste. Wer zum Teufel hatte die kleine Tilly geschwängert? War sie vergewaltigt worden? Natürlich war sie vergewaltigt worden, eine Dreizehnjährige wird nicht schwanger, weil das ihr Wunsch ist. Konstanzes Vater wollte sie lieb haben, wenn die Mutter schlief? Ira stöhnte auf. Was sollte das heißen? Bedeutete es, dass er Konstanze missbraucht hatte? Die möglichen Antworten waren schlimmer als die Fragen.

Iras Finger zitterten, als sie die Taste des Kassettenrekorders wieder herunterdrückte und das Band weiterlaufen ließ.

»Mein Vater fasste mich mit seinen blutigen Händen an die Schultern, schob mich hinaus und sagte: ›Wir sprechen uns noch.‹ Von dem Tag an schien er gar nicht mehr in mich verliebt zu sein, denn nun brachte er mich oft, sehr oft, in das Palais im Park. Er gab mir vorher Medizin, die alles in Watte packte. Heute weiß ich, dass es ordinäres Valium war, mit dem er mich ruhigstellte. Irgendwelche Weiber flochten mir Zöpfe, steckten mir Krönchen ins Haar und schminkten mich so, dass ich wie eine Porzellanpuppe aussah. Sie zogen mir Perlonstrümpfe und Strumpfbänder an und manchmal auch Windeln und Spitzenhöschen, je nachdem, was die feinen Herren sich gerade wünschten. Und irgendwann landete ich selbst auf dem gynäkologischen Stuhl meines Vaters. Obwohl er mir wieder Valium gegeben hatte, musste er mich festschnallen und knebeln, weil ich hysterisch wurde und versuchte, den ganzen Hof zusammenzuschreien. Er war nervös. Er tat mir weh. Danach konnte ich keine Kinder mehr bekommen.«

Ira hatte ihr Gesicht in den Händen vergraben. Die arme Frau. Die armen Mädchen. Was für ein Albtraum.

»Ich hatte später einen Freund, Cornelius. Wir waren glücklich. Er kannte meine Geschichte nicht. Ich meine, die *ganze* Geschichte kannte er nicht. Er wollte mich heiraten und mit mir Kinder haben. Ich hab mir einen angesoffen, allen Mut zusammengefasst und ihm gebeichtet, dass ich nach einer Vergewaltigung eine Abtreibung hatte und deswegen unfruchtbar war. Dass ich mich als junges Ding nicht freiwillig habe schwängern lassen, war ihm schon klar, jedenfalls war er betroffen. Dennoch machte er mit mir Schluss. Er hat nie wieder mit mir geredet. Ich bin ihm und seiner Frau später mal im Kurtheater begegnet. Der Feigling schaute in eine andere Richtung und tat so, als habe er mich nicht gesehen.« Konstanze lachte an dieser Stelle heiser auf und musste davon husten; es dauerte eine Zeit lang, bis sie weiterreden konnte. »Nicht auszudenken, wie er reagiert hätte, wenn ich ihm damals erzählt hätte, dass mein Vater mich bestiegen hatte, seit ich sechs war, dass er mich von schwitzenden alten Säcken vögeln ließ und dass er das kleine Missgeschick, wie er ungewollte Schwangerschaften nannte, stets eigenhändig beseitigte. Er war schuld, dass ich keine Kinder bekommen konnte, dass ich eine Suchtpersönlichkeit bin, dass ich in meinem ganzen Scheißleben Tabletten wie Bonbons gefressen habe, dass ich Kettenraucherin bin, seit ich fünfzehn war, saufe wie ein Loch und dass ich in den nächsten Wochen an diesem ganzen Scheißdreck ziemlich elend verrecken werde. Grenzt an ein Wunder, dass ich überhaupt so lange durchgehalten habe. Mein Gott, wie habe ich dieses Dreckschwein gehasst! Später stieg ich in seine Praxis mit ein.

Warum? Weil ich wieder in Oeynhausen sein wollte, eine Heimat suchte, wissen wollte, wohin ich gehöre, und genug in der Weltgeschichte unterwegs gewesen war, weil ich heiraten und vielleicht ein Kind adoptieren wollte.« Ira zuckte zusammen, weil die Stimme nun schrill und laut wurde: »Nein. Ich lüge. Wie immer, wenn ich emotional in die Nähe meines Vaters komme, lüge ich.« Dann war die Aufnahme zu Ende.

Ira konnte, nein, sie wollte nicht glauben, was sie gehört hatte. Konstanze war von ihrem eigenen Vater vergewaltigt worden. Seit sie sechs Jahre alt gewesen war. Er hatte auf einem Friseurstuhl in einer Küche Abtreibungen an Kindern vorgenommen. Ira schüttelte sich. Konstanze hatte mit angesehen, wie er bei Tilly »das kleine Missgeschick beseitigt« hatte. Und den Fötus hatten die Schweine gefressen. Ira sprang auf, rannte ins Bad und übergab sich. Sie kotzte so lange, bis nur noch bitterer Schleim kam. Ihre Knie zitterten, als sie sich den Mund abwischte, ihn mit Wasser ausspülte und zurück in die Küche ging. Sie trat ans Fenster und sah hinaus. Es war kalt und windig. Die kahlen Bäume auf dem Johannisberg wirkten vor dem bleichgrauen Himmel wie Scherenschnitte. Was sollte sie mit diesem Wissen anfangen? Kurz vor ihrem Tod hatte Konstanze diese Kassette besprochen und sie Ira geschenkt. Eine Art Lebensbeichte. Warum zu diesem Zeitpunkt? Warum auf diesem Weg? Warum hatte sie nicht mit ihr gesprochen? Warum diese Kassette? Was wollte Konstanze ihr damit sagen?

In Gedanken wiederholte Ira, was sie nicht fassen konnte: Tilly und Konstanze waren als Kinder missbraucht worden. Von ihren Vätern. Von fremden Männern. Schwitzenden alten Säcken. Wer war das gewesen?

Konstanze ist mutmaßlich vergiftet worden. Vielleicht hatte sie sich aber auch selbst vergiftet. Wahrscheinlich war die Kassette eine Art Abschiedsbrief. Ira erinnerte sich an Tillys Worte, als sie behauptete, Konstanze habe gerufen: »Das ist Gift, Tilly, Scheiße, das ist Gift!«

Klang nicht so, als hätte sie das Gift absichtlich getrunken. Und was und wo war das Palais im Park?

8

Es war Sonntagmorgen, kurz nach neun. Andy hatte ein üppiges Frühstück aufgetischt, Kaffee gekocht, Eier und Speck gebraten, Brötchen aufgebacken, westfälischen Schinken geschnitten. Sogar Iras Lieblingsmarmelade, Erdbeer-Rhabarber hausgemacht, hatte er aus dem Keller geholt. Tante Erna lag elegant wie eine Sphinx auf einem strategisch günstigen Platz und ließ den Tisch nicht aus den Augen.

Ira kriegte kaum einen Bissen runter. Sie hatte schlecht geschlafen, hatte von sabbernden Männern geträumt, die sich an blassen, geschminkten Mädchen in Tüllröckchen vergriffen. Im Traum wollte sie die Kinder retten, die Männer mit ihren Fäusten erschlagen, aber sie kam nicht von der Stelle, so sehr sie es auch versuchte. *Ich muss aufwachen, das ist ein schrecklicher Albtraum, ich muss aufwachen, dann ist er vorbei*, hatte sie im Traum gedacht. Schließlich war sie von ihrem eigenen Schrei hochgeschreckt, schweißgebadet, keuchend, hatte nicht gewusst, wo sie war, bis Andy die Nachttischlampe angeknipst, sie blinzelnd in den Arm genommen und ihr beruhigend übers Haar gestrichen hatte.

Gestern, in ihrer Wohnung, hatte Ira ihr Smartphone vor den Lautsprecher des Ghettoblasters gelegt und Konstanzes Erklärungen aufgenommen. Andy besaß keinen Rekorder, auf dem sie ihm das Band hätte vorspielen können.

Die Kassette ließ sie im Gerät stecken.

Als sie zurück auf Eskendor war, hatten sie sich die Aufnahme gemeinsam angehört. Es war für Ira beim zweiten Hören nicht leichter geworden, die Tragweite der Worte zu begreifen, im Gegenteil. Als die Stimme verstummt war, hatten sie sich gegenübergesessen und lange geschwiegen.

Ihren Artikel hatte Ira Freitagabend pünktlich in die Redaktion gemailt.

Zuvor telefonierte sie mit Kommissar Brück und fragte ihn nach den näheren Umständen von Konstanzes Tod.

»Es ist eine Mordkommission gebildet worden, die der Kollege Kommissar Zander aus Bielefeld leitet«, sagte Brück. Ira wusste, dass die Kriminalhauptstelle in Bielefeld für Bad Oeynhausen zuständig war. Dort waren mehrere Beamte tätig, die aufgrund ihrer Ausbildung eine Mordkommission leiten konnten.

»Steht schon jemand unter Verdacht?«

»Dazu kann ich Ihnen natürlich keine Auskunft geben. Sie wissen genau, wie wir in Todesermittlungssachen verfahren.« Ira brummte unwillig, und Brück dozierte: »Frau Wittekind, es dauert alles seine Zeit, und es geht alles seinen Gang. Ein mutmaßlicher Giftmord ist ein klassischer Fall für eine Obduktion. Dabei muss ein kausaler Zusammenhang zwischen der Einnahme oder der Verabreichung von Gift und dem Tod hergestellt werden, um überhaupt den Tatbestand eines Tötungsdeliktes zu erfüllen. Es ist schließlich denkbar, dass das Gift gar keine tödliche Wirkung hatte und die sterbenskranke Frau fast zeitgleich eines natürlichen Todes gestorben wäre. Gleichzeitig werden folglich das Gift, die Wirkung auf den Körper und der Gesundheitszustand des Opfers analysiert und die Beweismittel gesichert.«

Einen Moment erwog Ira, dem Kommissar von der Kassette zu erzählen, ließ es dann aber sein. Konstanze war tot. Ihre Lebensgeschichte war kein Fall für die Polizei. Aber es war eine Story. Und Ira war eine Reporterin.

»Einen geschenkten Gaul musst du satteln, anstatt ihm ins Maul zu schauen«, hatte ihr erster Chef vor vielen Jahren zu ihr gesagt. Sie würde diesen Gaul satteln.

»Könnte Tilly Jacobsen etwas mit den beiden Fällen zu tun haben?«, fragte sie Brück. »Sie war innerhalb weniger Tage zweimal Zeugin eines … nennen wir es mal unnatürlichen Todes. Mit beiden Opfern war sie befreundet, sie gehörten sogar zu ihrem engsten Umfeld. Die Vermutung liegt nahe, dass sie irgendwie beteiligt ist, das müssen Sie doch zugeben. Andererseits weiß ich nicht, warum sie ihre Freundinnen getötet haben sollte. Haben Sie eine Idee?«

Auf die Frage ging Brück natürlich nicht ein. Stattdessen sagte er: »Unter uns Gebetsschwestern: Die Frage ist nicht immer nur die nach dem Motiv, sondern immer auch die, wer die Gelegenheit dazu hatte.«

Das war keine druckfähige Aussage, die Ira verwenden konnte.

Sie hatte ihren Artikel daraufhin ziemlich neutral formuliert, er war gestern vierspaltig als Aufmacher in der Samstagsausgabe erschienen. *Unfall, Mord und viele Fragen – Tod im Hause Morgenstern.*

Als Ira nun erneut die Zeitung aufschlug, ärgerte sie sich wieder über die reißerische Headline, aber sie hatte sich nicht gegen den Redaktionsleiter durchsetzen können. Sie faltete das Blatt zusammen und warf es auf einen Stuhl. »Dass Konstanze ermordet wurde, steht jetzt offiziell fest, sonst gäbe es keine Mordkommission. Stellt sich die Frage: Woher kam das Päckchen mit dem Gift? Wie kam es in Konstanzes Zimmer? Wer hat es auf ihren Nachttisch gestellt? Und wann? Und warum?« Andy biss in sein Brötchen und nuschelte mit vollem Mund: »Das sind fünf Fragen.«

Ira reagierte nicht darauf. »Fassen wir noch mal zusammen, was passiert ist«, sagte sie mehr zu sich selbst als zu ihm. »Es gibt vier Personen, die etwas miteinander zu tun hatten: Konstanze Deppendorf, Maria Klabunde, Ilsemarie Holle und Tilly Jacobsen. Konstanze und Maria sind tot. Und Tilly war jedes Mal dabei.«

»Kino-Tilly als Doppelmörderin? Ich weiß nicht.«

»Ich kann mir das auch nicht vorstellen. Außerdem: Je länger ich darüber nachdenke, desto sicherer bin ich, dass der Tod von Maria Klabunde kein Mord gewesen sein kann. Niemand konnte geplant haben, sie unter die Kehrmaschine zu stoßen.«

»Und wenn das nicht geplant war, sondern im Affekt passiert ist? So was wie ein Totschlag, weil die Situation es aus irgendeinem Grund hergab?«

Ira überlegte. »Du meinst, dass jemand die Gelegenheit genutzt hat? Tilly sagt, sie stand telefonierend hinter dem Pfeiler, als Maria gut hundert Meter weiter unter die Bürsten geriet.«

»Hat sie denn jemand beim Telefonieren gesehen?«, fragte Andy.

»Darüber haben wir doch schon mal gesprochen. Soviel ich weiß, nicht. Philipp Holle hat ausgesagt, dass er auf dem

Rückweg von der Sparkasse war und den Kehrwagen zwar registriert, aber sonst auf nichts und niemanden geachtet habe. Deswegen konnte er sich auch nicht daran erinnern, ob und wo er Tilly oder Maria gesehen hat.«

»Aber was ist mit Konstanzes Auftritt im Foyer der Stiftung? An dem Abend, nach Maria Klabundes Tod, da hat sie doch zu dir gesagt, es sei Mord gewesen!«

Ira sah ihn entgeistert an. Das hatte sie völlig vergessen! Es war inzwischen so viel passiert, dass sie an diese Begegnung mit Konstanze gar nicht mehr gedacht hatte. Und nun war Konstanze tot. Vergiftet. Unter diesen Umständen klangen ihre Worte gar nicht mehr so irre. Trotzdem: Den Kehrmaschinentod hatte niemand planen können.

Ira dachte an die Worte des Kommissars: nicht nur ein Motiv, sondern auch eine Gelegenheit.

»Okay. Nehmen wir an, Marias Tod war ein Unfall. Hältst du es für möglich, dass Tilly zufällig dabei war, als Konstanze das Gift zu sich genommen hat?«

Sie riefen sich wieder den Abend ins Gedächtnis: Tilly hatte unter dem Torbogen gestanden und gestammelt, Konstanze habe Magenbitter getrunken und kurz darauf geschrien, es sei Gift gewesen.

Ira stand auf und tigerte im Zimmer umher. Sie dachte laut weiter: »Eine todkranke Frau, Ärztin, Alkoholikerin mit Leberzirrhose und kaputter Bauchspeicheldrüse, trinkt aus einer Flasche Schnaps, die seit Tagen als Geschenk verpackt auf ihrem Nachttisch steht. Wenn sie das Gift absichtlich eingenommen hat, muss sie gewusst haben, was sich in der Verpackung befand. Ich denke, diese Variante scheidet aus. Bleibt die Frage, warum sie den Schnaps ausgerechnet in dem Moment getrunken hat, als Tilly daneben saß. Rätselhaft ist das schon.«

Andy runzelte die Stirn. »Wenn Tilly Konstanze um die Ecke gebracht hat, dann wusste sie natürlich, dass der Inhalt der Flasche vergiftet war. Irgendwann muss sie das Ding in das Krankenzimmer gebracht haben. Du selber hast das Geschenk ein paar Tage vor ihrem Tod da stehen sehen. Du hast recht, warum hat Konstanze nicht vorher davon getrunken, warum erst in Tillys Beisein? Und Tilly: Hätte sie sich kaltblütig danebengesetzt und gewartet, bis Konstanze zur Flasche greift? Wie lange hätte sie denn gewartet?«

»Wahrscheinlicher ist dann, dass sie Konstanze gezwungen hat, das Zeug zu trinken. Aber das wird die Polizei herausfinden. Tillys Fingerabdrücke müssten auf der Flasche sein. Wenn sie sie nicht abgewischt hat.«

Ira raufte sich die Haare. Sie versuchte, logisch zu denken. Also noch mal von vorn: nicht nur das Motiv suchen, sondern auch die Gelegenheit. Tilly hatte fraglos die Gelegenheit gehabt, Konstanze umzubringen.

Weiter. Wer profitierte von ihrem Tod und hatte es nicht abwarten können, dass die alte Ärztin an ihren Krankheiten starb? Es hätte doch sowieso nicht mehr lange gedauert.

Ira und Andy spekulierten hin und her.

»Wir wissen natürlich auch nicht, ob Konstanze auf der Kassette die Wahrheit gesagt oder ob sie fantasiert hat«, sagte Ira.

»Das glaubst du doch selber nicht. Sie hat das in einem lichten Moment auf Band gesprochen, Stimme und Inhalt klingen völlig normal. Ich meine, *wie* sie es erzählt, klingt nicht irre. *Was* sie da sagt, ist Horror.«

»Konstanzes Tod ist das Ende der Geschichte. Wir müssen den Anfang suchen. Sicher ist, dass Maria und Tilly nach der Evakuierung der Oeynhausener Innenstadt auf Hof Eskendor gelebt haben. Und wir wissen auch, dass Konstanze und ihre Familie ein paar Kilometer weiter auf diesem Hof in Werste untergekommen sind.«

Andy fiel noch etwas ein: »Die haben zu dritt die Morgenstern-Stiftung gegründet. Woher kam überhaupt die Dritte, die Ilsemarie Holle? Wie haben die sich denn kennengelernt?«

Ira machte sich eine Notiz. »Ich werde ihren Sohn morgen fragen.«

»Philipp Holle? Warum ihn?«, fragte Andy.

»Weil er Vorstandsvorsitzender der Morgenstern-Stiftung ist und weil beide Frauen dort gestorben sind. Außerdem ist er ziemlich pressegeil. Ich denke, dass ich von ihm mehr erfahre als von seiner Mutter, die immerhin nicht mehr die Jüngste ist und gerade ihre Freundin und Geschäftspartnerin verloren hat.«

Ira dachte an das alte Bild in Tillys Büro, auf dem die vier Frauen zu sehen waren. Maria Klabunde war Tillys Haushälterin gewesen. Warum war sie zusammen mit den Gründerinnen auf einem Foto?

9

Philipp Holle hatte am Montag zwar keine Zeit für ein ausführliches Interview, aber er versprach Ira, ein paar Minuten für sie abzuzweigen.

Sie war froh, dass ihr guter Ruf als Reporterin ihr immer wieder Türen öffnete, die ihr sonst verschlossen geblieben wären. Wer je mit ihr beruflich zu tun gehabt hatte, wusste, dass sie sich an Absprachen und Zusagen hielt. Auch Holle hatte betont, dass dieses Gespräch außer der Reihe nur möglich sei, weil sie sich durch den Termin im vergangenen Sommer »so gut kennen« würden.

Pünktlich um 12:30 Uhr klopfte Ira an seine Tür.

Holle hatte einen dunklen Anzug, ein graues Hemd und eine schwarze Krawatte an. Er trägt Trauer, dachte Ira und registrierte es nur, weil sein Businesslächeln nicht dazu passte.

»Was kann ich denn heute für Sie tun, meine Liebe?«

Er sagte es so, dass es herzlich und nicht arrogant klang.

Ira erklärte, dass sie nicht nur weiterhin von neuen Erkenntnissen über den Mord an Dr. Deppendorf berichten müsse, sondern zeitnah auch deren Nachruf verfassen wollte. »Wissen Sie schon Näheres?«, fragte sie beiläufig.

Holle bedauerte. Die Kripo habe das Zimmer versiegelt, nachdem die Spurensicherung dort gewesen sei, und nun habe er ständig die Polizei im Haus. »Ich weiß gar nicht, wie das Tagesgeschäft hier weitergehen soll. Immerhin habe ich für einen reibungslosen Ablauf zu sorgen.«

»Was macht die Polizei?«, fragte Ira.

»Na, sie befragen jeden, was sollen sie sonst tun? Sie müssen natürlich herausfinden, wie das Gift in das Zimmer gelangt ist.«

»Haben Sie eine Idee?«

Holle hob die Augenbrauen und zeigte mit dem Finger auf sich. »Ich? Eine Idee? Ich habe ganz andere Sorgen.«

Ein Zwischenton in seiner Stimme ließ Ira stutzen.

Er klagte, dass jetzt, wo Konstanze Deppendorf tot sei, laut Satzung wieder ein viertes Mitglied in den Vorstand gewählt werden müsse. Im Moment habe er keine Ahnung, wer das sein könne, wisse aber, dass die Gründerinnen sich in der letzten Zeit Gedanken wegen ihres Alters gemacht und über die Nachfolgeregelung diskutiert hatten.

Die Melodie von »Sex and the City« erklang. Holle fummelte sein Handy aus der Innentasche seines Sakkos. »Entschuldigen Sie bitte.« Er meldete sich mit: »Ja, mein Engelchen?«, ging hinaus auf die Terrasse, ließ aber die Tür nur angelehnt. Er sprach leise; Ira hörte dennoch jedes Wort.

»Ja, ich weiß, dass heute Nikolaustag ist.« Er zupfte an dem kugelförmig gestutzten Buchsbaum, der in einem hohen Metallkübel neben der Tür stand. »Nein, mein Engelchen, natürlich habe ich für Britney auch etwas besorgt.« Holle ging auf der Terrasse hin und her, starrte auf seine Schuhspitzen, redete jetzt lauter, hatte offenbar vergessen, dass Ira ihn hören konnte. »Nein, mein Engelchen, jetzt nicht.« Er blickte durch die Scheibe, nickte Ira zu und sprach mit der Hand über dem Mund weiter. »Weil ich viel zu tun habe. Ich bin in einem Pressegespräch mit einer Reporterin, und nachher kommt ein Fernsehteam.«

Er stand wieder am Buchsbaum.

Wenn er so weiterzupft, ist der Baum bald kahl, dachte Ira.

»Ja. Ja. Ich dich auch.«

Er betrat das Büro, schloss die Terrassentür: »Sorry, das war meine Frau. Nikolaustag. Ich habe ihr versprochen, Geschenke für die Kinder mitzubringen.«

»Sie haben Kinder?«

»Ja, zwei Mädchen. Britney-Chayenne wird bald zehn und Kimberley-Jolina ist zwei.«

Ira lächelte höflich. Was taten Menschen ihren Kindern nur an, wenn sie ihnen solche Namen gaben?

Holle sah auf die Uhr.

Sie verstand die Geste. »Wir müssen uns beeilen, Sie haben sicher zeitnah den nächsten Termin. Wo finde ich denn die zuverlässigsten Informationen über die Stiftung?«

»Wofür brauchen Sie die?«

Ira wunderte sich über seinen Tonfall.

»Die Stiftung war, neben ihrer Arztpraxis, wohl das Lebenswerk von Frau Dr. Deppendorf?«

Holle wirkte erleichtert. »Ihr Lebenswerk. Ja genau, das war es. Und das von Tante Tilly und meiner Mutter. Immerhin hat meine Mutter diese Immobilie seinerzeit mit in die Stiftung eingebracht.«

»Tatsächlich?«

»Ja, sie gehörte zu ihrem Erbe. Früher war hier eine luxuriöse Privatpension. Das Anwesen hatte einen Wert von vier Millionen, als meine Mutter es der Stiftung überschrieb.«

»Wie entstand die Idee zu dieser Stiftung?«

Holle sah erneut auf seine Armbanduhr. »Da fragen Sie am besten meine Mutter. Ich muss leider jetzt abbrechen, die Pflicht ruft!«

Er verabschiedete sich formvollendet und mit einem Lächeln, mit dem er Werbung für Zahnpasta hätte machen können.

10

Ira saß mit einem Glas Rotwein am Schreibtisch in ihrem Apartment. Tante Erna fiepte im Schlaf, der Fernseher lief, aber Ira hatte den Ton abgestellt. Sie ließ die Aufnahme laufen und machte sich dabei Notizen.

Sie hatte sich am Tag zuvor mit Ilsemarie Holle getroffen. Bei Tee und Gebäck hatten sie sich unterhalten, nachdem Ilsemarie erst nach langem Zögern damit einverstanden gewesen war, dass Ira sie in ihrem Haus besuchte.

Dass Ira sich auf Philipp Holle berief und darauf, dass er ihr geraten hatte, seiner Mutter die Fragen zu stellen, die er nicht beantworten konnte, hatte Ilsemarie nicht sonderlich beeindruckt. Sie hatte mit kritischer Stimme gefragt, wozu ein Zeitungsartikel gut sein solle.

»Ob er jemandem nützen wird, kann ich nicht sagen. Aber wenn in einer kleinen Stadt wie Bad Oeynhausen innerhalb von zwei Wochen zwei Frauen, die sich seit Jahrzehnten kannten, auf unnatürliche Weise sterben, dann berichten wir darüber, ob Sie wollen oder nicht. Sie können aber dazu beitragen, dass wir die Wahrheit herausfinden«, hatte Ira argumentiert.

»Die Wahrheit herauszufinden ist Sache der Polizei«, hatte Ilsemarie trocken geantwortet.

Ira hatte daraufhin frech behauptet, dass sie eng mit der Mordkommission zusammenarbeite. Das war ja auch nicht komplett gelogen – natürlich würde sie Kommissar Zander von der Mordkommission sofort informieren, wenn sie etwas erfuhr, das für die Ermittlungen wichtig sein könnte.

Schließlich hatte sie ihr Gespräch bekommen.

Ira hatte Ilsemarie zuerst gebeten, ein bisschen von sich zu erzählen.

Ilsemarie Holle hatte mit geradem Rücken und schräg gestellten Beinen auf einem grauen Ledersofa gesessen, ein feines Twinset mit Perlenkette getragen, war tipptopp frisiert gewesen, die gepflegten Hände hatten damenhaft im Schoß gelegen. *Wie eine Adlige, die vom Hoffotografen in Pose gesetzt wird*, hatte Ira gedacht.

Ilsemarie rauchte filterlose Zigaretten, die sie ohne hinzusehen aus einem silbernen Etui genommen, in eine schwarze Zigarettenspitze gesteckt und mit einem silbernen Dupont-Feuerzeug angezündet hatte.

Ira nahm einen Schluck Rotwein und lauschte.

»Meine Geschichte ist ja allgemein bekannt, mit ein bisschen Mühe können Sie sie in den Archiven der Zeitungen finden.«

»Das ist mir zu einfach«, hörte Ira ihre eigene Stimme. »Mir ist es lieber, wenn wir von Angesicht zu Angesicht reden.«

Ilsemarie hatte tief inhaliert, den Kopf in den Nacken gelegt und den Rauch langsam ausgepustet. »Nun, nachdem mein Vater starb, war ich Alleinerbin des Kaufhauses Menkhoff in Minden. Außerdem hinterließ er mir neben einigen anderen Immobilien die Villa in Bad Oeynhausen, in der sich heute die Morgenstern-Stiftung befindet. Dort war damals eine Pension.«

Ira hatte sich nicht anmerken lassen, dass sie diese Information schon kannte, und hörte sich selbst fragen: »War Ihr Vater Betreiber eines Kaufhauses, einer Pension oder beides?«

Ilsemarie hatte einen Moment gestutzt: »Kaufmann. Er war Kaufmann.« Und nach einer Pause fügte sie leiser hinzu: »Ich habe vergessen, wie mein Vater an diese Immobilie gekommen sein muss.«

Ira horchte auf. »Vergessen?«

Ilsemarie hatte wieder ihre kerzengerade Haltung eingenommen, auf die Frage nicht reagiert und stattdessen mit fester Stimme fortgefahren: »Juristisch gesehen, war natürlich alles einwandfrei. Das Objekt war seinerzeit vier Millionen Mark wert. Als wir dann Morgenstern gründeten, habe ich die Immobilie der Stiftung überschrieben, ebenso das Barvermögen aus dem Erbe meiner Eltern.«

»Ich verstehe. Der Pensionsbetrieb wurde eingestellt und das Anwesen umgebaut, ist das richtig?«

Ilsemarie hatte genickt.

»Wann war das? War Ihre Mutter zu dem Zeitpunkt auch schon verstorben?«

»Meine Mutter ist früh gestorben, ich war fast noch ein Kind. Mein Vater starb Weihnachten 1971.«

Ira notierte sich das Datum auf einem Zettel.

»Das Kaufhaus habe ich nach dem Tod meines Vaters allein weitergeführt. Wissen Sie, es ist ein traditionsreiches Unternehmen mit einer langen Geschichte. Diese Geschichte war nicht immer, sagen wir mal, schön. Bis 1937 befand es sich im Besitz der jüdischen Familie Liebmann. Damals war es ein reines Textilhaus. Dann wurde es im Zuge der Arisierung im Dritten Reich von meinen Eltern gekauft. Kurz darauf entließen sie ihre jüdischen Angestellten und suchten neue Verkäuferinnen.« Ilsemarie hatte eine Pause gemacht und gemurmelt: »Tja, das war damals eben so.«

Sie erzählte, dass die Familie Liebmann das Unternehmen schon 1888 gegründet hatte. »Ich besitze noch Zeitungsausschnitte von der Feier des vierzigjährigen Bestehens. Später konnte ich als Besitzerin quasi auf ein halbes Jahrhundert Firmengeschichte zurückblicken, obwohl ich das Haus erst ein paar Jahre führte. Na ja. Ich war noch nicht geboren, als das passierte. Als ich den Betrieb übernahm, habe ich alles neu strukturiert. Im Erdgeschoss gab es Damenoberbekleidung, Kurzwaren, Strümpfe und Miederwaren. Oben hatten wir Pelze und Haka …«

Ira hatte sie unterbrochen. »Haka?«

»Entschuldigung, das ist das Kürzel für Herren-Konfektion, und in der zweiten Etage Sport- und Bademoden und Kinderkleidung. Im Untergeschoss waren Bettwaren und eine Abteilung zur Reinigung von Federbetten. Wir hatten sechzig Verkäuferinnen und drei Verkäufer, fünfzehn Lehrmädchen. Außerdem hatten wir eine hauseigene Änderungsschneiderei mit fünf Schneiderinnen und fünf angestellte Dekorateure. Das heißt, es war ein Chefdekorateur da, eine Ausgelernte und drei Lehrlinge.«

Ira kannte das Mindener Geschäft. Früher war sie oft mit ihrer Großmutter hingegangen, die ganz in der Nähe gewohnt hatte. Sie erinnerte sich an die Miederwarenabteilung, die diskret neben der breiten, geschwungenen Treppe untergebracht war. Ihre Oma hatte in rosa-weißem Ambiente gehäkelte Bettjäckchen und scheußliche, teure Nachthemden aus fleischfarbener Baumwollspitze gekauft, die von einer affektierten Verkäuferin mit hoch aufgetürmter Maria-Callas-Frisur »Hanro-Ware« genannt worden waren.

Iras Konfirmationskleid stammte aus dem Kaufhaus Menkhoff. Ihre Eltern waren mit ihr an einem langen Samstag mit dem Bus der Linie 61 von Rehme nach Minden gefahren. Ira dachte nun mit Erstaunen daran, dass damals in allen Linienbussen geraucht werden durfte. An jedem Sitz waren Aschenbecher angebracht, aus denen Kippen und schwarzgraue Asche hervorquollen. Sie hatte zwischen ihren Eltern gesessen, die während der vierzigminütigen Fahrt eine Zigarette nach der anderen gequalmt hatten. Als Ira sich wegen der stinkenden Rauchschwaden hatte übergeben müssen, hatte ihre Mutter ihr eine Tüte vors Gesicht gehalten und lautstark geschimpft, dass sie sich nicht zusammenreißen konnte.

Schnell verscheuchte sie die alten Erinnerungen und konzentrierte sich wieder auf das Interview.

»Ich wuchs im Kaufhaus auf. Genau genommen im Luftschutzkeller, aber das ist eine andere Geschichte. Bei uns nebenan war ein Kino. Dort schaute ich immer die Wochenschau, heimlich, durchs Schlüsselloch.« Die Stimme auf der Aufnahme zögerte, als wolle sie dazu noch etwas erzählen, überlegte es sich dann aber offenbar anders. »Aber kommen wir wieder auf den Punkt, es geht ja um die Stiftung und nicht um mein Privatleben. Obwohl das eine das andere oft beeinflusste. 1998 wurde ich krank, Herzinfarkt. Ich habe auch das überstanden, und anschließend habe ich das Kaufhaus an einen Konzern verkauft. Sämtliche Immobilien habe ich abgestoßen.«

Ira hörte Ilsemarie auflachen und erinnerte sich an deren Gesichtsausdruck, als sie gesagt hatte: »Hören Sie, was jetzt kommt, das sage ich Ihnen im Vertrauen, das möchte ich niemals irgendwo lesen!«

Ira hatte genickt und sich gefreut: Wenn dieser Satz kam – und sie hörte ihn oft –, wusste sie, dass sie das Vertrauen ihres Gegenübers gewonnen hatte.

»Mein Sohn Philipp war vom Verkauf der Firma und der Immobilien ganz und gar nicht begeistert. Er hatte gerade seine Ausbildung zum Einzelhandelskaufmann bestanden und darauf spekuliert, das Kaufhaus irgendwann zu übernehmen. Wissen Sie, Philipp hat ein bisschen zu wenig Ehrgeiz, aber viele Pläne. Er ist sehr freundlich und hasst Veränderungen, hat exzellente Umgangsformen und einen gewissen Charme, aber er ist jemand, das muss ich als Mutter einfach zugeben, der auch ohne Rückgrat stehen kann. Irgendwas hab ich falsch gemacht, sonst hätte er sicher nicht diese Lydia Golominski geheiratet … Aber das gehört nicht hierher. Meine Generation taugte wohl genauso wenig zum Elternsein wie die unserer Eltern.«

Ilsemarie hatte sich eine weitere Zigarette angezündet. Sie rauchte ebenso elegant, wie sie ihren Tee trank. »Tilly hatte ja auch dauernd Probleme mit ihren Kindern. Das liebe Geld, es geht immer nur darum. Konstanze ist davon verschont geblieben, sie konnte keine Kinder bekommen.«

Sie hatte nachdenklich gewirkt. »Aber vielleicht haben wir ja das, was wir unseren Kindern nicht zu geben in der Lage waren, durch die Stiftung wiedergutgemacht. Jedenfalls habe ich Philipp zuerst für fünf Jahre im Kuratorium einsetzen können, seit 2005 ist er viertes Mitglied im Vorstand, und da macht er seine Sache wirklich ganz prima. Aber nun ist Konstanze tot.«

Sie hatte die Zigarette ausgedrückt.

Ira hatte an der Stelle eingehakt. »Ich habe mit Ihrem Sohn gesprochen. Er sagte etwas von einer Nachfolgeregelung, die nun anstehe?«

Ilsemarie hatte genickt. »Tilly, Konstanze und ich waren uns einig, dass die Stiftung beizeiten komplett an die Stadt übergehen sollte. Wir sind zu alt. Wir haben unsere Pflicht getan.«

»Wenn die Stiftung an die Stadt geht, was ist dann mit Ihrem Sohn?«

»Das wäre natürlich noch geregelt worden. Konstanze hatte berechtigte Einwände, aber die waren noch nicht ausdiskutiert.«

»Welche Einwände?«

Ilsemarie hatte gezögert. »Nun, sie hat sich mit Philipp nie so richtig verstanden.«

»Interessant!«, hatte Ira spontan gesagt, und Ilsemarie hatte sie verdutzt angesehen.

Dann hatte sie den Kopf geschüttelt. »Nein, meine Liebe, ich verstehe durchaus, wenn Sie spontan einen Zusammenhang herstellen, aber das ist unmöglich. Der Verdacht ist … ich finde gar keine Worte. Nein. Philipp ist nicht der Fleißigste, und er ist von seiner Frau … negativ beeinflusst, aber er würde niemals jemanden umbringen!«

Danach war das Gespräch beendet, Ira hatte die Aufnahmefunktion ausgeschaltet.

Während sie ihre Jacke angezogen hatte, war ihr noch etwas eingefallen. »Eine letzte Frage hätte ich noch: Wissen

Sie, was Konstanze Deppendorf gemeint haben könnte, wenn sie von den Königstöchtern sprach?«

Ilsemarie war kreidebleich geworden, und Ira hatte das Gefühl gehabt, die alte Dame musste nach Worten ringen, bevor sie sagte: »Was wird sie schon gemeint haben? Irgendwas aus der Yellow Press, denke ich.«

Ira hatte ihr nicht geglaubt.

Auch jetzt, als sie sich die Situation wieder ins Gedächtnis rief, wusste sie: Irgendwas stimmte da nicht.

»Ich vermisse dich«, waren Andys erste Worte, als er das Gespräch annahm.

Ira lächelte. »Ja. Ich dich auch. Es ist gut, wenn du morgen zu mir kommst, ich freue mich auf dich. Was machen wir am Wochenende? Gehen wir essen? Soll ich einen Tisch beim Inder bestellen?«

Er protestierte scherzhaft: »Hallo? Ich bin Koch! Inder. Schmeckt dir das, was ich koche, nicht?«

»Doch. Aber du sollst freihaben, wenn du bei mir bist, und fit und ausgeruht sein.«

»Willst du damit sagen, dass meine Manneskraft zu wünschen übrig lässt, nachdem ich für uns gekocht habe?«

Sie flirteten und kicherten wie zwei Teenager. Dass Andy sie immer wieder zum Lachen bringen konnte, liebte sie besonders an ihm.

Er fragte: »Wie kommst du mit deinen Recherchen voran?«

»Ich erfahre zwar einiges, aber ich finde den roten Faden nicht. Immer wieder versuche ich die Puzzlestücke der Ereignisse an die richtige Stelle zu legen, aber ich krieg das Bild einfach nicht hin.« Sie zählte auf, was sie in Gedanken schon zig Mal durchgegangen war. »Irgendwie hängt alles zusammen, aber ich weiß verdammt noch mal nicht, wie. Maria Klabunde starb unter der Kehrmaschine. Niemand hat das Unglück direkt gesehen, nur Tilly Jacobsen stand ein paar Schritte daneben. Konstanze Deppendorf brabbelte im Foyer von einem Mord. Konstanze ist jetzt auch tot. Soviel ich weiß, war Maria nicht vermögend, und sie hatte auch keine Feinde. Ihr Sohn Roland erbt ihren Besitz, zu dem ganz sicher keine Reichtümer gehören. Es fällt mir nach wie vor schwer, an Mord zu glauben – aber an Zufälle glaube ich auch nicht.«

»Vielleicht gibt es eine Lebensversicherung«, sagte Andy.

»Als Mordmotiv bei Maria? Kann sein. Dann hätte der Sohn sogar ein Motiv, denn auf den wird sie ausgestellt sein. Ich will ihn unbedingt sprechen, hab schon etliche Male bei ihm angerufen, aber er geht nicht ans Telefon. Ich glaube, ich werde unter irgendeinem Vorwand unangemeldet bei ihm auftauchen. Und Marias Bruder, diesen Hans Klabunde, den ich beim Begräbnis schon kurz getroffen habe, muss ich auch unbedingt sprechen. Es ist schon merkwürdig, dass auch er nie in seiner Wohnung anzutreffen ist und nicht ans Telefon geht.«

»Warum engagierst du dich eigentlich so? Eine Mordkommission ermittelt und wird schon herausfinden, was mit der alten Ärztin passiert ist. Und die Verbindung zu Marias Unfall wird die Polizei auch erkennen. Die sind doch nicht blöd. Warum wartest du nicht einfach auf die Pressemitteilungen und baust deine Berichterstattung darauf auf?«

»Weil ich es eben genau wissen will. Weil ich hinter die

Kulissen gucken und dafür sorgen will, dass nicht nur Schlagzeilen in fetten Lettern in der Zeitung stehen, sondern dass die wahren Hintergründe bekannt werden.«

»Dafür liebe ich dich«, sagte Andy.

Später im Bett wälzte Ira sich von einer Seite zur anderen. Sie konnte nicht schlafen, zu viele Gedanken gingen ihr durch den Kopf. Sie erinnerte sich an den Polizisten, der vor vielen Jahren zu ihr gesagt hatte, dass man bei Mordfällen nur zwei Spuren verfolgen müsse: die des Geldes und die des Spermas.

Welche Spur gab es hier? Geld oder Sperma? Wer erbte Konstanzes Vermögen? Sie hatte keinerlei Verwandte. Oder? Im letzten Jahr, nach der Diagnose »unheilbar«, hatte sie ihren Besitz verkauft und den Erlös der Stiftung zukommen lassen. Ilsemarie hatte es ihr erzählt. Warum zum Teufel hatte Konstanze sterben müssen?

Dr. Konstanze Deppendorf wurde am Montag beerdigt. Ira lag mit einer fiebrigen Erkältung im Bett und konnte nicht an der Beerdigung teilnehmen. Die Redaktion hatte Peters als Vertretung hingeschickt. Ira textete von zu Hause aus einen Artikel, der mit den Fotos des Kollegen bebildert wurde. Im Grunde gab es aber nichts Neues zu berichten – die Polizei hatte das Ergebnis der Obduktion bisher nicht bekannt gegeben.

11

Ira bog in die Siedlung ein. Rote Klinkerhäuser, eins wie das andere, flache Dächer, Satellitenschüsseln an grauen Betonbalkonen, die Autobahn unmittelbar neben dem Spielplatz, Verkehrslärm hinter beschmierten grünen Schallschutzwänden. Sie parkte den Mini Cooper neben einem alten Golf, der keine Reifen mehr hatte und dessen Windschutzscheibe vollständig mit grüngrauer Taubenscheiße bedeckt war.

Sie drückte auf den Klingelknopf. Drei Mal kurz, zwei Mal lang. Dieser Trick funktionierte fast immer bei Leuten, die nicht aufmachten, wenn es »normal« klingelte.

Es klappte. Der Summer ertönte, und Ira betrat das Treppenhaus. Sie stieg über schmutzige Stufen an bekritzelten Wänden entlang, den Handlauf des Geländers wagte sie nicht anzufassen. Laute Musik, Geschrei in einer Sprache, die sie nicht verstand, ein brüllendes Kind hinter einer Wohnungstür, vor der ein Müllsack stand, begleiteten sie.

Roland Klabunde öffnete mit abweisender Miene. Man sah ihm an, dass er mit diesem unerwarteten Besuch nichts zu tun haben wollte. Mit seiner Statur füllte er fast den Türrahmen aus. Das himmelblaue Sweatshirt spannte über seinem dicken Bauch, man konnte den Bauchnabel erkennen. Die Hände steckten in den Seitentaschen seiner rotkohlfarbenen Jogginghose. Im Schritt war ein weißlicher, krustiger Fleck zu sehen.

Als Klabunde Ira erkannte, schaute er noch abweisender. »Was wollen Sie? Ich rede nicht mit der Presse!«

Ira ging einen Schritt auf ihn zu und knipste ihr freundlichstes Lächeln an. »Entschuldigen Sie, dass ich Sie um diese Uhrzeit und vor allem so unangemeldet besuche, aber es ist wirklich sehr wichtig! Es geht um das Andenken Ihrer Mutter.«

»Um was?«

Er hatte Herpes im linken Mundwinkel.

Sie überlegte rasch und versuchte sich in ihn hineinzuversetzen. Er war völlig unvorbereitet auf ihren Besuch, dennoch musste sie sein Vertrauen gewinnen. »Ihre Mutter war in der Stadt eine bekannte Persönlichkeit, schließlich hat sie viele Jahre bei Frau Jacobsen gearbeitet.«

Klabunde schwieg und hörte ihr zu, immerhin.

Ira benutzte eine Notlüge: »Ich kannte Ihre Mutter. In den Köpfen der Menschen wird sie nun immer als … na ja, wie soll ich das sagen, sie wird immer mit diesem schrecklichen Unglück in Verbindung gebracht werden. Man wird sie so in Erinnerung behalten, wie man sich ihren Zustand nach dem Unglück vorstellt, verstehen Sie?«

Er antwortete nicht. Ira wusste nicht, ob er sie verstanden hatte und ob er überhaupt noch zuhörte.

Sie redete weiter: »Ich möchte meine Berichterstattung über Ihre Mutter natürlich nicht mit dem Bild an ihren letzten Tag fortsetzen. Deswegen wollte ich Sie um ein Foto bitten, das sie lebendig zeigt.«

Gegenüber ging eine Wohnungstür auf, und eine Frau im Bademantel schaute neugierig herüber. Man konnte nicht erkennen, ob ihre Haare fettig oder nass waren.

Klabunde schnaubte ungehalten und ließ Ira herein.

Die Wohnung bestand aus einem großen Raum mit einer Kochnische. Es stank so extrem nach Zigarettenrauch und ungewaschenen Socken, dass Ira nur durch den Mund atmete. Die einzige Tür stand offen und zeigte ein unaufgeräumtes Badezimmer mit bräunlichen Kacheln. Klabunde nahm ein paar Sachen vom Sofa und legte sie über ein Regal, damit Ira sich setzen konnte.

Auf dem Couchtisch gab es keinen freien Zentimeter, leere Colaflaschen standen und lagen herum, ein übervoller Aschenbecher mit Werbeaufdruck krönte einen Stapel Pornohefte. Daneben sah Ira Notenblätter und Zeitschriften über Musicals.

Dann entdeckte sie das Keyboard. »Spielen Sie?«

Er nickte.

»Der Unfall Ihrer Mutter … das tut mir wirklich sehr leid«, sagte Ira und begann, als sei es selbstverständlich und bedürfe keiner Zustimmung, ihr Smartphone zu platzieren und die Aufnahmefunktion zu starten.

Klabunde hatte sich ihr gegenüber in einen Sessel gesetzt und die Finger vor dem Bauch ineinander verschränkt. Er sah sie mit unbewegtem Gesicht an, zwischen seinen struppigen Augenbrauen stand eine tiefe, senkrechte Falte. Er spähte auf das Smartphone, schien aber zu beschließen, die Aufnahme zuzulassen oder wenigstens zu ignorieren. Ira wunderte sich nicht darüber, sie wusste, dass man die Eitelkeit und das Geltungsbedürfnis der Menschen niemals unterschätzen sollte.

»Haben Sie Geschwister, Herr Klabunde?«

»Nein.«

»Andere Angehörige? Ihr Vater?«

Er zuckte mit den Schultern. »Schon lange tot.«

»Oh, das wusste ich nicht.«

»Woher auch? Er starb kurz vor meiner Geburt. Kaum zu glauben, aber ihm fiel ein ordinärer Stein auf den Kopf und zerschmetterte ihm die Schädeldecke.« Er bemerkte Iras entsetztes Gesicht und fügte grinsend hinzu: »Bisschen Schwund ist immer.«

Er bot ihr eine Zigarette aus einer offenen Dose an, sie lehnte ab. Er inhalierte tief.

»Ich hab schon lange nicht mehr an ihn gedacht. Meine Mutter hat mich nach ihm benannt, er hieß Roland Marzanke.«

»Sie heißen Klabunde mit Nachnamen. Ihre Eltern waren nicht verheiratet?«

»Dazu kam es nicht mehr.« Er schnippte die Asche ab, sie fiel neben den Aschenbecher. »Wer weiß, wozu es gut war. Meine Mutter war ja zeit ihres Lebens mit ihrer Arbeit verheiratet, da hätte auf Dauer kein Mann Platz gehabt.«

»Ihre Mutter war Haushälterin bei Frau Jacobsen. Meinen Sie diese Arbeit?«

Er zog so heftig an der Zigarette, dass die Asche einen Zentimeter lang glühte. »Die einen nennen es Haushälterin, ich nenne es Leibeigene.« Ira runzelte die Stirn, er reagierte auf ihren fragenden Blick: »Meine Mutter war ihr Leben lang die persönliche Sklavin der Millionärin Tilly Jacobsen. Sie haben sich im Krieg kennengelernt und waren seither wie siamesische Zwillinge.«

»Sie sagen das so, als würden Sie Frau Jacobsen nicht besonders mögen?«

»Mögen? Pah. Ich bin ihr zu ewigem Dank verpflichtet, vielleicht hätte ich ihr sogar auf Knien danken sollen für all das, was sie für uns getan hat – aber muss ich sie deswegen mögen?«

»Meinen Sie das jetzt ironisch oder zynisch?«

Klabunde zuckte die Achseln und machte ein arrogantes Gesicht. »Wie Sie wollen.«

»Ich habe Sie bei der Trauerfeier gesehen, zusammen mit Frau Dr. Deppendorf, Tilly Jacobsen und Ihrem Onkel, Hans Klabunde. Sie wirkten als Gruppe besonders, wie soll ich sagen, vertraut auf mich. So, als seien Sie in dieser schweren Zeit alle füreinander da.«

Er lachte höhnisch auf. »Für Konstanze Deppendorf gilt das ja wohl besonders, oder? Tilly war sogar für sie da, als sie verreckt ist. Saß ganz brav neben ihr, hörte ich, als die alte Schnapsdrossel abtrat. Aber wer würde der zauberhaften, stinkreichen Lady irgendetwas Böses unterstellen, nicht wahr?«

Er drückte die Zigarette aus, obwohl er sie erst halb geraucht hatte. Ira hatte offenbar einen wunden Punkt getroffen. Wollte er einen Verdacht auf Tilly lenken? Sie traute es ihm zu.

Als Klabunde ihr Kaffee anbot, nahm sie dankend an. Sie spürte, dass er jetzt wirklich reden würde. Das hatte sie gelernt in den vielen Jahren als Reporterin: Menschen zum Reden zu bringen. Es war immer wieder ganz einfach, sie musste nur zuhören, fragen, nachhaken, reagieren. Den wenigsten Menschen hört jemand aufmerksam zu, die meisten warten nur auf ihren eigenen Einsatz, um loszuwerden, was sie glauben, unbedingt sagen zu müssen. Ira spürte, dass

Klabunde selten oder nie aufmerksame Zuhörer hatte. Seine anfängliche Feindseligkeit ging in geschwätzige Redseligkeit über. Der Kaffee war sein Friedensangebot.

Er ging hinüber in die winzige Küchenecke, füllte löslichen Kaffee aus einer verschrammten Plastikdose in zwei verschieden gemusterte Becher und übergoss sie mit kochendem Wasser aus dem Durchlauferhitzer. Während er mit den dampfenden Tassen den Krimskrams auf dem Tisch zur Seite schob, begann er ohne Aufforderung zu erzählen. »Meine Mutter versorgte in erster Linie die Ponderosa, so nannte man Tillys Anwesen oben am Waldrand. Warum Ponderosa? Weil Tilly als junges Ding wohl in irgendeinen Typen aus der Fernsehserie *Bonanza* verliebt war.«

Ira lächelte. Little Joe war ihre erste Liebe gewesen, da war sie ungefähr acht.

»Meine Mutter hat sogar Tante Tillys Kinder großgezogen. Ich kenne die beiden kaum, Monika und Raimund Grote heißen sie, tragen den Namen von Tante Tillys erstem Mann. Sie zogen weg, als ich noch klein war, und sie kamen nur selten zu Besuch. Mutter und ich, wir haben Tante Tilly viel zu verdanken, zugegeben, aber das hat sie weiß Gott auch oft genug betont.«

»Haben Sie das Gefühl, dass sie von Ihnen mehr Dankbarkeit erwartet hat, als Sie ihr zeigen konnten?«

Er starrte in seinen Kaffee und zog eine Grimasse. »Immerhin hat sie für meine Mutter und mich das Schwimmbad ihres Hauses zu einer Wohnung umgebaut, mit Zugang zum Riesengarten, der direkt an den Wald grenzte.« Er schien das Haus, in dem er aufgewachsen war, vor sich zu sehen.

»Meine Kindheit und Jugend waren okay, wenn man davon absieht, dass meine Mutter immer um jeden Preis alles richtig machen wollte und mich derart bemuttert und betüdelt hat, dass ich sie manchmal hätte umbringen können.« Klabunde stutzte einen Moment, als wundere er sich darüber, dass er diesen Satz angesichts der Todesumstände von Maria tatsächlich gesagt hatte. »Sie inszenierte immer eine heile Welt, versuchte meinen Onkel Hans als Ersatzvaterfigur einzusetzen, aber der hatte keine Lust auf ein verwöhntes Einzelkind. Der war ja genauso ein Sklave von Tante Tilly wie meine Mutter. Wissen Sie, dass der alte Knabe nie geheiratet hat, weil er Tag und Nacht für Tante Tilly parat stand?« Er schüttelte den Kopf, als könne er selbst nicht begreifen, was er sagte. »Meine Mutter hat übrigens nach dem Tod von Marzanke nie wieder einen Typen angesehen. Sie war wohl das, was man eine One-Man-Woman nennt. Sie hat immer geschuftet, immer auf Abruf für Tante Tilly, aber ich denke, das wollte sie auch so.«

Bei diesen Worten glaubte Ira zum ersten Mal ein Gefühl der Trauer um die verstorbene Mutter herauszuhören.

»Tante Tilly hat sich an mir erziehungsmäßig richtig ausgelassen, finanzierte mir alles, was ihre eigenen Kinder auch bekommen hatten. Schon als Vierjähriger ging ich zur musikalischen Früherziehung. Ich spiele heute Keyboard, Gitarre und Klavier und habe als Teenie mit Leidenschaft eine Tanzschule besucht.«

Ira versuchte sich den fetten Mann tanzend vorzustellen.

Klabunde schien ihre Gedanken zu lesen. »Leider klappte es mit dem Tanzen nicht so gut, ich war nämlich damals schon dick. Das ist selten elegant, wenn ein Dicker tanzt, egal, wie musikalisch man ist. Ich hatte Komplexe deswegen.

Außerdem hatte ich schlimme Akne, besonders an der Nase, da war manchmal alles vereitert, und ich wurde von den anderen Teenagern Sackgesicht genannt. Das war nicht schön!«

Was wollte er mit solchen Bemerkungen erreichen? Sie schockieren? Sie zum Widerspruch reizen? Ira unterbrach ihn nicht, sie ließ ihn reden.

»Ich habe Abitur gemacht und anschließend brav mein freiwilliges soziales Jahr in der Morgenstern-Stiftung absolviert. Das war Tante Tillys Wunsch und somit ein Befehl. Na ja, ich hab's hinter mich gebracht und bin dann nach Heidelberg gegangen. Endlich raus aus diesem Kaff. Das Studium in Heidelberg war nur möglich … Na, wissen Sie es schon?«

Ira gab sich nichtsahnend: »Nein? Erzählen Sie's mir.«

»Weil Tante Tilly die Kosten für meine Studentenbude, den Lebensunterhalt und die Semestergebühren übernommen hat. Mutter bezahlte mir von ihrem Ersparten den Führerschein und kaufte mir ein Auto, einen gebrauchten Opel.« Er schüttelte missbilligend den Kopf. »Das war vielleicht 'ne Rostlaube. Na ja, jedenfalls musste ich nicht arbeiten, um das Studium zu finanzieren, so wie viele meiner Kommilitonen, dafür sorgten die beiden Weibsen. Tante Tilly war so eine Marke. Ich kannte ja noch ihren zweiten Mann, den Jacobsen. Heilandsack, und dann heiratet die mit über vierzig noch einen jungen Typen, der grad Abi gemacht hat. Schon pervers so was. Irgendwas muss sie gekonnt haben, um den so lange zu halten. Zehn Jahre. Immerhin. Ich war ungefähr zwölf oder dreizehn, als rauskam, dass er seit Jahren heimlich eine Freundin in seinem Alter hatte und Tante Tilly um ein hübsches Sümmchen erleichterte. Nach der Scheidung ging er allerdings leer aus, sie hatten nämlich einen Ehevertrag. So ganz blöde war Tante Tilly ja nicht. Danach war ich mit den Weibern allein im Haus. Herrschaftszeiten, haben die einen Bohai um mich gemacht!

Dass ich heute mit solchen Gewichtsproblemen zu kämpfen habe, liegt an den beiden. Immer schön den Teller leer essen, sonst scheint morgen nicht die Sonne. Immer schön alles aufessen, damit du mal so groß und stark wirst wie dein Papa früher. Sobald es draußen kälter als zehn Grad war, legte meine Mutter mir eine Wärmflasche ins Bett. Bevor ich zur Schule ging, schaute sie nach, ob ich brav ein Unterhemd angezogen hatte und ob meine Ohren und meine Fingernägel sauber waren. Wie habe ich dieses Bemuttern gehasst!«

Er zündete sich die nächste Kippe an, und Ira bekam einen Hustenanfall. Er sah sie erstaunt an, als könne er überhaupt nicht verstehen, dass man Zigarettenrauch widerlich finden könnte, stand mit einem leichten Kopfschütteln auf und öffnete das Fenster. Dabei redete er weiter. »Ich hab in Heidelberg Politikwissenschaften studiert und bekam danach einen Posten im Institut für politische Bildung in Minden. Da lernte ich Anne kennen, meine Frau. Sie ist Physiotherapeutin, alter Mindener Geldadel. Nach der Ausbildung haben die Eltern ihr sofort eine eigene Praxis eingerichtet. Alles vom Feinsten. Tja, ich bin ja leider nur der Sohn einer einfachen Haushälterin, das gefiel den Schwiegereltern nicht, und sie ließen es mich auch spüren. Außerdem weiß ich, dass sie mich nur ›der Dicke‹ genannt haben. Hundertfünfzig Kilo sind eben kein Leichtgewicht.« Er legte die Stirn in wulstige Falten. »Außen und innen passen bei mir nicht zusammen.« Klabunde geriet ins Schwärmen. »Ich liebe Musik. Wäre ich schlank, würde ich gerne Ballett tanzen. Hatte ich das schon gesagt? Ich spiele außer Keyboard, Gitarre und Klavier auch Hammond-Orgel und Saxofon. Ich komponiere und texte, und zurzeit arbeite ich an einem Musical.«

Er wartete ab, wie Ira reagieren würde. Sie zeigte sich unbeeindruckt, hörte ihm aber weiter aufmerksam zu.

»Wenn ich könnte, würde ich eine private Musik- und Tanzschule eröffnen. Aber meine Frau ließ da nicht mit sich reden. Meine Mutter auch nicht. Als sie damals schnallte, dass ihr Söhnlein nicht zurück nach Hause kommen würde, sondern heiraten wollte, gab es ein Riesendrama. Dass sie Anne und mir nicht die Tapeten für die Wohnung ausgesucht hat, war ein Wunder. Alles wollte sie kontrollieren, überall wollte sie dabei sein. Sie schenkte uns Geschirr, Teppiche, Kochbücher, sogar Bettwäsche. Das war sicher immer gut gemeint. Aber es hat so genervt! Anne und sie verstanden sich nicht. Ich konnte sie auch nicht am Koppe haben. Meine Mutter, meine ich. Wann das mit dem Alzheimer bei ihr angefangen hat, weiß ich gar nicht mehr. Sie hat ja schon immer mal nach Worten gesucht und war in den letzten Jahren ein bisschen seltsam, aber da hab ich ja nicht gleich an Alzheimer gedacht. Irgendwann hat Tante Tilly die Ponderosa verkauft und ist mit Mutter in die Stadt gezogen, in die Villa Augusta. Ein Riesending am Augustaplatz, das stand dreißig Jahre lang leer! Das muss man sich mal vorstellen. Die Villa wäre übrigens der perfekte Ort für die Musikschule. Die Lage ist top. Es gibt genügend Parkplätze in der Nähe, und die Räume im Erdgeschoss sind hell und freundlich.«

Er fischte eine Zigarette aus der Blechdose.

»Nee. Stimmt nicht. Ganz leer stand sie nicht. Onkel Hans lebte dreißig Jahre darin und hielt das Ding in Ordnung. Ist das nicht krank? Anstatt sein Leben mal in die Hand zu nehmen und eine Familie zu gründen, ließ er sich immer von der Alten ausbeuten. Kann mir doch keiner erzählen, dass sie ihn besonders gut bezahlt hat. Meinen Sie, ein Kerl bleibt in der Nähe einer Frau wegen des Geldes? Ich glaube ja, die hatten mal was miteinander. Er machte auch die elektrischen Sachen bei Tante Tilly zu Hause und in der Morgenstern-Stiftung, irgendwie hatte diese Frau meine ganze Familie im Griff. Mutter, Onkel Hans und mich. Das war aber keine Nächstenliebe oder so, das machte sie für sich selber. Sie kam mit ihren eigenen Kindern nicht klar, die hassen sich untereinander regelrecht. Das wollte sie wohl an mir wiedergutmachen.« Klabunde schaute Ira direkt an. »Wissen Sie, ich war immer nur Ersatz: Für Tante Tilly war ich Kinderersatz, für meine Mutter Partnerersatz. Nicht mal einen eigenen Namen hat sie mir gegönnt. Nennt mich nach meinem Erzeuger, Roland junior. Immer die zweite Wahl. Zum Kotzen ist das doch. Und für Anne war ich auch nur ein Alibi. Sie verbrachte mehr Zeit mit ihrer Freundin Ellen als mit mir. Ich hab verdammt lange gebraucht, bis ich verstanden habe, was da abgeht. Ich war einer, den sie als Alibi brauchte. Ersatz. Wieder. Wir haben uns scheiden lassen. Ich bin dann hierher gezogen und jeden Tag nach Minden zur Arbeit gependelt.« Er schnaufte vor Erregung. »Dass meine Mutter und ihr Bruder ihr ganzes Leben lang für diese reiche Schrapnelle gearbeitet haben, zeigt doch, wie devot meine Familie ist und für welch einen Herrenmenschen Tante Tilly sich hält. Geld, Geld, Geld. Bei ihr spielte das nie eine Rolle. Die war schon immer stinkreich. Als ich mit ihr nach meiner Kündigung über die Finanzierung der Musikschule sprach und vorsichtig anfragte, ob sie das eventuell übernehmen würde, sagte sie rundheraus: ›Nein. Ich habe dein Studium finanziert. Nun mach selbst was aus deinem Leben.‹ Super, oder? Die Herrin hat gesprochen. Meine Mutter hatte ja nichts. Die Banken geben mir nichts. Ich habe eine Zeit lang gespielt und bin verschuldet. Auch dafür war Tante Tilly nicht zuständig.« Er äffte sie offenbar nach: »Roland, du hast deine Entscheidungen allein getroffen, jetzt trage bitte auch allein die Konsequenzen!«

Als er sich mit dem Stummel der Zigarette die nächste anzündete und den Rauch in Iras Richtung blies, musste sie erneut husten.

Klabunde nahm eins der Pornohefte vom Tisch und fächerte den Qualm damit weg. »Entschuldigung. Immer bestimmte sie, wofür sie zuständig ist und wofür nicht. Ich kann diese Person nicht ausstehen. Auch wenn sie mich in ihrem Testament bedacht hat. Großzügig bedacht. Mutter hat es mir erzählt. Wenn Tante Tilly mal abnippelt, bekomme ich hunderttausend Tacken. Immerhin. Jetzt ist Mutter tot. Zerhäckselt von einer städtischen Kehrmaschine. Gestorben im Beisein von Tante Tilly. Wie das Leben so spielt. Ich weiß nicht, ob Tante Tilly traurig ist. Meine Mutter hat oft dummes Zeug gefaselt, und Tante Tilly ist jedes Mal ziemlich ausgerastet.«

»Was hat sie gefaselt?«

»Irgendeinen Quatsch, der mit ihren Rosenbildern zu tun hat.«

»Rosenbilder?«

»Ja, sie sammelte diese Glanzbilder, die man früher in Poesiealben klebte.«

Ira lächelte unwillkürlich. Diese Bilder kannte sie auch noch. Blumen, Herzen, Engel, Feen, feine Damen, man hatte sie in ganzen Bögen kaufen können, und sie waren begehrte Tausch- und Sammelobjekte gewesen.

»Stundenlang konnte sie sich diese kitschigen Glitzerdinger ansehen«, sagte Klabunde. »Und dann quatschte sie von Rosen, Rosen für die Königstöchter. Irgendwas in der Art brabbelte sie immer wieder.«

Ira schoss das Adrenalin bis in die Haarspitzen. »WAS?«

Klabunde zuckte zusammen, so laut hatte sie gerufen.

»Bitte erinnern Sie sich genau: Sie sprach wirklich von Königstöchtern?«

Er nickte.

»Und dann wurde Tilly sauer?«

»Nicht nur Tante Tilly, mein Onkel auch. Wenn die beiden das mitkriegten, motzten sie meine Mutter an, sie solle sofort den Mund halten.«

»Haben Sie eine Ahnung, warum sie sich darüber so aufregten?«

»Na, weil es infantiles Gequatsche war, denke ich. Eine alte Frau sammelt Kitschbilder und stammelt was von Königstöchtern. Das ist doch wohl albern und nervig, finden Sie nicht?«

Ira stoppte die Aufnahmefunktion ihres Smartphones. »Nein«, sagte sie, »ich glaube, dieses Wort hat eine Bedeutung.«

Klabunde verzog das Gesicht. »Eine Bedeutung«, echote er, »und welche?«

»Keine Ahnung. Aber ich finde es heraus.«

Ira verzichtete auf eine weitere Erklärung, bedankte sich

schnell für das Gespräch und vergaß fast, noch einmal nach dem vorgeschobenen Grund ihres Kommens, nämlich dem Foto von Maria Klabunde, zu fragen. Sie dachte auch nicht mehr daran, ob Roland Klabunde irgendwie verdächtig sein konnte.

12

Tilly Jacobsen wohnte in einer Jugendstilvilla, die schon von Weitem durch das spitze Türmchen auf dem Dach auffiel. Ein verschnörkelter Schriftzug war an einem der Erker angebracht: *Villa Augusta – Baujahr 1901.*

Durch ein geschmiedetes Tor gelangte Ira auf das Grundstück. Ein paar Stufen führten zu einer verglasten Veranda vor der Haustür. Sie erinnerte sich an ihren ersten Besuch, bei dem ihr angesichts der Einrichtung des Hauses buchstäblich die Spucke weggeblieben war: Die geräumige Diele war mit groß gemusterten, rot-goldenen Brokattapeten tapeziert, dicke Perserteppiche lagen überall, darauf standen weiße Chippendale-Möbel mit goldfarbenen Griffen und goldenen Details. Die gewiss vier Meter hohen Wände waren fast bis zur Decke mit prunkvoll gerahmten Gemälden bedeckt. Alle Bilder zeigten Rosen als Motiv: einzelne Blüten und Knospen, Buketts, Hecken, Kränze, Rosen über Rosen, als Stillleben in Öl, Acryl und Aquarell gebannt.

Ira erinnerte sich, dass das Treppenhaus ebenso kitschig eingerichtet war wie die Diele. Die weiß lackierte Holztreppe hatte einen knallroten Handlauf, die Stufen waren mit einem roten Läufer bedeckt, der mit blitzblank polierten Messingstangen in den Winkeln der Stufen fixiert war. Auch im Treppenhaus gab es unzählige Bilder, aber hier hingen Originale, teilweise signierte Kinoplakate aus den Fünfziger- und Sechzigerjahren: »Der Frosch mit der Maske« mit Joachim Fuchsberger, »Auf der Reeperbahn nachts um halb eins« mit Hans Albers und Heinz Rühmann, »Das Mädchen Rosemarie« mit Nadja Tiller, »Die Sünderin« mit Hildegard Knef.

Tilly begrüßte Ira und führte sie in ihr Arbeitszimmer, das nicht nur so ähnlich eingerichtet war wie ihr Büro in der Morgenstern-Stiftung, sondern auch genauso überheizt war.

Tillys Liebe zu antikem Mobiliar war auch hier unübersehbar. Allerdings war es hier aus dunklem polierten Holz, die Polster der Sessel und Sofas schimmerten in weinrot und goldfarben gestreiftem Chintz. Die opulente Möblierung und Tillys burschikoser Kleidungsstil passten überhaupt nicht zusammen. Es schien, als habe ein anderer Mensch das Haus eingerichtet.

Ira kam rasch zur Sache. »Danke, dass Sie sich noch mal Zeit nehmen. Ich habe Sie um dieses Gespräch gebeten, weil sich nach meinen Ermittlungen wichtige Fragen ergeben haben.« Dass sie während der Antworten Tillys Gesicht sehen wollte, sagte sie nicht. »Roland Klabunde hat mir erzählt, dass Sie sich mit Maria ab und zu gestritten haben.«

Tilly griff nach ihrer Teetasse. »So? Sie waren bei Roland?«

Ira sagte: »Ja. Es ging um Königstöchter.«

Tilly atmete scharf ein. Ihre Hände begannen so stark zu zittern, dass sie die Tasse abstellen musste. Sie fuhr sich hektisch durch das Haar, stand auf, ging im Zimmer hin und her. Setzte sich wieder. Sie wollte offenbar etwas sagen, tat es dann aber doch nicht, verschränkte ihre Finger ineinander, knackte mit den Gelenken, stand wieder auf, ging ins

Nebenzimmer, kam mit einer Brille in der Hand zurück, setzte die Brille auf und wieder ab. »Es hat keinen Sinn. Sie werden es ja sowieso herausfinden.« Ihre Stimme klang heiser, ihre Bewegungen waren fahrig. Sie wies auf Iras Handy, das aufnahmebereit auf dem Tisch lag. »Das bleibt jetzt bitte aus.«

Ira nahm das Smartphone, schaltete es ab und steckte es in die Handtasche.

»Ich habe Ihnen schon von meiner Familie erzählt, erinnern Sie sich?«

Ira nickte.

»Dann wissen Sie ja noch, dass mein Vater, Alois-Willibernd König, Ingenieur war. Er war erfolgreich, hatte Geld und Einfluss. Meine Mutter war ebenfalls vermögend. Nach dem Tod meiner Eltern habe ich diese Villa geerbt, aber ich habe sie jahrzehntelang nicht betreten. Sie erinnern sich sicher auch daran, dass ich Ihnen von der Evakuierungszeit auf Hof Eskendor in Rehme erzählte. Daher kannte ich Maria. Seit 1945.«

Tilly nahm einen Schluck Tee. Ira spürte, dass sie die alte Frau jetzt nicht unterbrechen durfte.

»Zuerst waren die Amerikaner da. Kurz darauf wurden sie von den Engländern abgelöst, und dann kam der Schock: Am 3. Mai 1945 gab es für die Bewohner der Bad Oeynhausener Innenstadt einen Räumungsbefehl, der sofort ausgeführt werden musste. Die Villa Augusta stand mitten im Sperrgebiet. Meine Eltern bekamen Listen, auf denen stand, was sie mitnehmen durften: Lebensmittel, Kohlen, Bettzeug, eigene Kleidung, notwendiges Ess- und Kochgeschirr und ein paar persönliche Gegenstände. Alle Möbel, Betten, Matratzen, Teppiche und Vorhänge mussten in den Häusern zurückgelassen werden. Die Leute nahmen mit, was sie in einem Handkarren transportieren konnten, und das war weiß Gott nicht viel. Tja, die Britische Rheinarmee hatte sich unsere schöne kleine Stadt als Hauptquartier ausgesucht, Sie haben das bestimmt in der Schule gelernt. Ich erinnere mich noch daran, dass die Polizei von den Bauern alle möglichen Fuhrwerke organisiert hatte, mit denen die Vertriebenen ihre Habe transportieren konnten. Diese Wagen standen an der Bahnhofstraße bereit. Mein Vater hatte irgendwelche Beziehungen. Ich habe keine Ahnung, wie er das gemacht hat, aber er bekam einen Lastwagen von den Briten und brachte einen Teil unserer Möbel und Bilder in einem Lager in Rehme unter.« Sie schwieg einen Moment. Dann sprach sie weiter. »Über Nacht haben sie dann den Sperrbezirk mit Stacheldraht eingezäunt. An manchen Stellen waren die Zäune in mehreren Reihen gespannt, und dazwischen lagen riesige Drahtrollen. Da kam keiner mehr durch. Es gab nur wenige offizielle Durchgänge, und die wurden scharf bewacht. Irgendwo hab ich noch ein altes Foto von einem der Schilder, die dort hingen: Eintritt für Deutsche nicht gestattet!«

Tilly machte eine lange Pause. Dann sagte sie: »Ich weiß nicht mehr genau, wie alt ich war, als mein Vater mich zum ersten Mal mit in die Besatzungszone mitnahm. Dort gab es das Palais im Park. Etliche Herren feierten hier rauschende Feste. Diese Herren waren nicht nur britische Offiziere, sondern auch wohlhabende und ehemals mächtige Männer der Stadt und der Umgegend.«

Tilly sah Ira jetzt direkt in die Augen und fuhr mit belegter Stimme fort: »Im Mittelpunkt dieser Feste standen Mädchen, die diesen Herren in feinen Kleidern präsentiert wurden. Oder ohne Kleider.« Tilly lächelte traurig. »Du wirst jetzt meine kleine Königstochter sein, sagte mein Vater jedes Mal, bevor er sich auf mich legte und mich anschließend den zahlenden Herren überließ.«

Ira hatte das Gefühl, als würde ihr eine kalte Hand an den Hals greifen und ihr ganz langsam die Kehle zudrücken.

Das war es also. Das hatte Konstanze gemeint, als sie auf dem Friedhof gerufen hatte, die Königstöchter seien verflucht. Das war es, was Maria im Kopf hatte, wenn sie von Königstöchtern faselte und dabei ihre Glanzbilder sortierte.

Ira streckte Tilly ihre Hände entgegen. Die sah es nicht, schob mit ihrem Daumennagel die Haut am Nagelbett des Ringfingers so heftig zurück, dass sie einriss und leicht zu bluten begann. Sie schien in Gedanken ganz woanders zu sein. Flüsternd fuhr sie fort: »Dann wurde ich schwanger. Konstanzes Vater machte es weg, und mein Vater hielt mich dabei fest. Dr. Deppendorf hatte seine Praxis in der Innenstadt wegen der Evakuierung auch räumen müssen und lebte auf einem Bauernhof in Werste. Er praktizierte dort in der Küche. Da stand ein Friseurstuhl. Meistens wurden dort Haare geschnitten, aber manchmal eben auch Mädchen verarztet. Als ich zum ersten Mal auf diesem Stuhl saß, assistierte die Frau des Friseurs. Beim zweiten Mal kam Konstanze hinzu. Sie hatte durch den Spalt eines Vorhangs zufällig gesehen, was in der Küche geschah. So lernte ich sie kennen. Sie machte ihrem Vater eine hysterische Szene. Wenig später wurde auch sie eine Königstochter. Sie war ein Jahr jünger als ich.«

Das war dieselbe Szene, die Konstanze auf der Kassette geschildert hatte. Die Worte der Ärztin klangen Ira deutlich im Ohr: »Ich sah, was Vater mit einem Mädchen machte, dessen Arme an den Lehnen des Stuhles festgebunden waren. Mein Vater holte etwas aus ihr heraus, das er später den beiden Schweinen zu fressen gab.«

Das war grauenhaft. Unvorstellbar grauenhaft. Ira konnte nur einen einzigen ganzen Satz denken. Sie wiederholte lautlos: »Jetzt wirst du meine kleine Königstochter sein.«

Es war einfach nur zum Kotzen.

Ira hatte schon einiges erlebt und kannte viele Schicksale, das blieb bei ihrem Beruf nicht aus. Sie hatte ein durchaus dickes Fell, hatte lernen müssen, auch in erschütternden Situationen einigermaßen ruhig zu bleiben und ihre Emotionen hinten anzustellen, zumindest, solange sie mit den Betroffenen einer Tragödie sprach. Aber das hier war zu viel.

Die Wut ließ das Blut in ihren Ohren rauschen, ließ den Hals trocken werden, die Augenlider flattern, die Kopfhaut kribbeln. Es war ein Gefühl, als stiege sie an einem brütend heißen Sommertag hinab in einen dunklen Keller.

Sie riss sich zusammen, bemühte sich um eine feste Stimme: »Und Maria? War sie auch eine …«

Tilly schüttelte den Kopf. »Nein, sie nicht. Ich glaube, sie war nicht hübsch genug. Aber sie wusste immer Bescheid.«

Ira dachte kurz an Ilsemarie, die vermutlich ein ähnliches Schicksal erlitten hatte, hörte dann aber Tilly zu, die erneut zu reden begonnen hatte.

Im Sommer 1954 heiratete sie den Kinobesitzer Gernot Grote. 1955 bekam sie zwei Kinder in einem Jahr: Monika wurde am 9. Januar geboren, Raimund am Heiligabend.

Den Kontakt zu ihren Eltern hatte sie abgebrochen: »Meine Mutter muss das alles gewusst haben, das kann doch nicht sein, dass sie nichts gemerkt hat. Ich habe sie gehasst. Mein Gott, wie ich sie gehasst habe! Meine Eltern lebten übrigens ab Mitte der Fünfzigerjahre wieder hier in der Villa.« Tilly sah sich im Zimmer um, als sei es ein fremder Raum.

Ira versuchte sich vorzustellen, was in der Frau vorging. Vielleicht hatte sie nie über diese schrecklichen Erlebnisse geredet, möglicherweise hatte sich heute zufällig ein Ventil geöffnet, und sie konnte endlich alles rauslassen. Vielleicht war es eine bewusste Entscheidung, Ira das alles zu erzählen.

Oder war sie berechnend? Dass sie sich einer fast fremden Person anvertraute, war nicht ungewöhnlich. Manchmal ist es leichter, sich vor Unbeteiligten seelisch zu entblößen, als vor vertrauten Menschen eine Maske fallen zu lassen, die man ein Leben lang getragen hat.

Ira hörte weiter zu und versuchte sich jedes Wort einzuprägen.

»Mein erster Mann war ein Weiberheld. Er ging ständig fremd. Fürs Geschäft hatte er keine Zeit. Das Kino war so gut wie pleite. Ich habe es ihm abgekauft. Ich habe schwer gearbeitet und die Grote-Kinos geschaffen. Zweiundzwanzig Kinos hatten wir. Ich habe gut verdient, aber ich konnte mich kaum um die Kinder kümmern. Das haben sie mir sehr übel genommen. Leider.«

Tilly sah jetzt so traurig und verzweifelt aus, dass Ira sie am liebsten in den Arm genommen hätte.

»Die Ehe ging natürlich in die Brüche. Ich wurde geschieden, unschuldig geschieden – damals gab es noch das

Schuldprinzip –, und Gernot zog nach Travemünde. Monika und Raimund waren noch klein, und ich musste doch arbeiten! Deswegen habe ich Maria eingestellt. Sie hat sich um alles gekümmert, um die Kinder, um den Haushalt, sie hat gekocht, geputzt, Hausaufgaben beaufsichtigt, alles eben. In besseren Händen konnten die Kinder nicht sein, Maria war zuverlässig, ehrlich und fürsorglich. Ihr konnte ich bedingungslos vertrauen. Ich habe gearbeitet, jeden Tag. Wir wohnten in einem Haus direkt am Waldrand, oben am Siekertal. Ich hatte es nach der Trennung gekauft. Ohne Maria hätte ich das alles nie schaffen können. Sie bekam einen unehelichen Sohn. Da war sie schon fast vierzig. Der Vater des Kindes starb, als sie im siebten Monat war. Ihm fiel ein Stein auf den Kopf, und er war sofort tot. Mein Gott, wie leid sie mir tat, die gute Seele. Maria blieb bei mir im Haus, und Roland wuchs bei uns auf. Hat er Ihnen das nicht erzählt?«

Ira nickte. »Doch.«

Tilly putzte sich die Nase. »Ja, natürlich hat er das erzählt. Zu Roland hatte ich ein besseres Verhältnis als zu meinen eigenen Kindern. Ich habe ihm sein Studium in Politikwissenschaften finanziert, er war danach Dozent. Er steht auch in meinem Testament.«

Ira sagte nicht, dass sie Rolands Version schon bis ins Detail gehört hatte, sie ließ Tilly reden.

»Nach meiner Scheidung hatte ich einige Affären. Wissen Sie, ich konnte damals nicht allein sein, ich brauchte immer einen Partner. Aber ich hatte kein Glück mit den Männern. Eine Frau mit Vermögen, mit je einem Batzen geerbtem und erarbeitetem Geld, das ist nicht jedermanns Sache.« Sie machte eine Pause, schien zu überlegen, wie sie weitererzählen wollte. »Obwohl wir alle in einem Ort wohnten, lernten meine Kinder ihre Großeltern nicht kennen. Ich wusste das zu verhindern und hatte ja weiß Gott meine Gründe dafür. Dann starb meine Mutter ganz plötzlich an einem Herzinfarkt. Am Tag ihrer Beerdigung begegneten Monika und Raimund ihrem Großvater zum ersten Mal.«

Plötzlich begann Tilly zu weinen. Sie griff nach einem Kissen, hielt es vor ihr Gesicht und schluchzte erbärmlich. Ihr zierlicher Körper zuckte, der Weinkrampf wurde immer schlimmer.

Ira saß hilflos auf der Sesselkante und wusste nicht, wie sie Tilly trösten sollte – und ob sie es überhaupt konnte. Sie wartete.

Tilly beruhigte sich nicht. »Bitte, ich kann nicht mehr«, brachte sie unter Tränen hervor, »bitte gehen Sie.«

13

Weihnachten blieb es auf Eskendor ruhig. Andys Mutter Elsa feierte die Bescherung mit Thomas, Gundis und deren drei Kindern. Tante Friedchen und Tante Sophie kamen erst später zum Essen dazu. Ira und Andy blieben allein, ihnen stand nicht der Sinn nach Trubel und Frohsinn.

Andy hatte gekocht, sie waren nach dem Essen mit Tante Erna spazieren gegangen und im Dorf niemandem begegnet. In fast jedem Haus brannte Licht, sie sahen Weihnachtsbäume und Kerzenlicht durch die Fenster und manchmal sogar einen Weihnachtsmann im roten Mantel.

»Erinnerst du dich an die Weihnachtsfeste deiner Kindheit?«, fragte Andy.

Ira überlegte. Ja, sie erinnerte sich. Als Vater noch bei ihnen lebte, ging sie mit ihm am Heiligabend in den Gottesdienst – und nicht nur, weil die Zeit bis zur Bescherung dann schneller verging. Nein, Heiligabend war es in der Kirche schön feierlich. Ein riesiger Tannenbaum mit unzähligen Kerzen stand vor den Stufen zum Altarraum, er verbreitete herrlichen Duft und festliche Stimmung. In der Kuppel über dem Altar schwebte ein großer, orangefarbener Stern mit spitzen Zacken, er war von innen beleuchtet. Der überdimensionale Adventskranz hing an breiten roten Bändern, das flackernde Licht der vier Kerzen signalisierte: »Heute ist es so weit.«

Am schönsten fand Ira das Krippenspiel. »Einmal, ich gehörte zu den Konfirmandinnen, durfte ich die Maria spielen. Stolz wie Oskar habe ich meinen Text, der aus höchstens sechs Sätzen bestand, wochenlang geübt. Damals trug ich einen glänzenden Umhang aus blauem Satin und ein Kleid aus burgunderrotem Samt. Im Halbdunkel des Altarraumes stand mein Josef neben mir, über uns hing der leuchtende Stern, und es war so feierlich, dass mir die Tränen kamen. Als dann die Gemeinde aufstand und inbrünstig ›Stille Nacht‹ sang, saß ich vor der Holzkrippe, starrte mit glasigen Augen auf die Babypuppe, hielt mich beinahe für die echte Maria und konnte vor lauter Rührung gar nicht mehr aufhören zu weinen.«

Andy lachte und drückte sie zärtlich an sich. »Du bist ja richtig romantisch.«

»Unsinn. Da war ich doch noch ein Kind. Ich bin überhaupt nicht romantisch!«

Sie erinnerte sich an einen anderen Heiligen Abend, es musste Ende der Sechzigerjahre gewesen sein.

Als sie die Kirche verließen, war es dunkel geworden und hatte während des Gottesdienstes kräftig geschneit. Auf dem Vorplatz stand das windschiefe Küsterhaus. Das Dach war von einer dicken Schneeschicht bedeckt, und der Rauch, der aus dem Schornstein stieg, sah aus, als sei er aus Watte. Die Schneeflocken fielen wie in Zeitlupe, und es war ganz leise.

Ira und ihr Vater stapften nach Hause, und Ira betonte bei jedem Schritt, dass noch niemand vor ihnen diesen Schnee je betreten hatte. Über den Marktplatz gingen sie vorbei am Hof von Bauer Finke und dem alten Dorfkrug, hinterließen Spuren in der geschlossenen Schneedecke auf dem Schulhof, bestaunten die weiß gepuderten knorrigen Äste der mächtigen Linden. Ira rannte einmal »O Tannenbaum« singend um das Kriegerdenkmal und schob dann mit bloßen Händen den Schnee auf Weyers Mauer vor sich her. Sie hielten ihre Gesichter gegen den Himmel und ließen die Schneeflocken auf den Zungen schmelzen. Es schmeckte nach Winter und nach Weihnachten, und Ira war glücklich.

Zu Hause angekommen, zog sie die klammen Socken aus, wärmte die steif gefrorenen Zehen am bullernden Küchenofen und lauschte auf die Geräusche aus dem Wohnzimmer. Es roch nach Apfelsinen und Nüssen, nach Tannengrün und ausgepusteten Streichhölzern.

Andy lächelte, als Ira ihm das alles beschrieb. »Das war bei uns so ähnlich, aber wir mussten uns vor der Bescherung wie die Orgelpfeifen aufstellen und ein Gedicht aufsagen.«

Ira verzog das Gesicht. »Und auf der Blockflöte ›O du fröhliche‹ spielen?«

Andy schüttelte sich. »Das nicht. Dafür hatten meine Eltern keinen Sinn, Gott sei Dank. Unsere Weihnachtstraditionen beschränkten sich auf das Essen: Weißbrot, zu Dreiecken geschnitten, mit pinkfarbenem Heringssalat oder diesen grellroten Lachsersatzschnitzeln belegt.«

Ira überlegte, wann sie begonnen hatte, Weihnachten nicht mehr zu mögen. Wahrscheinlich nach Vaters Auszug. Danach hatte sie mit ihrer Mutter allein unter dem Tannenbaum gesessen.

Den Pflichtanruf bei ihrer Mutter hatte sie heute bereits erledigt. Ihre Mutter hatte hektisch gewirkt, weil sie Besuch zum Fondue-Essen erwartete. Ira war erleichtert gewesen, dass es diesmal keine Vorwürfe hagelte, weil sie sich um den Feiertagsbesuch gedrückt hatte.

Später lagen Ira und Andy aneinandergekuschelt auf dem Sofa und schauten ins Kaminfeuer.

»Am liebsten würde ich ein paar Tage wegfahren«, murmelte Ira. »Diese Horrorgeschichten der letzten Wochen gehen mir dermaßen an die Nieren! Ich träume immer wieder von kleinen Mädchen und von den alten Säcken, die sie missbraucht haben, zum Kotzen ist das. Und dann ist auch noch Weihnachten, das hält doch keiner aus.« Ira war froh, dass Heiligabend dieses Jahr zumindest auf einen Freitag fiel. »Am schlimmsten finde ich es, wenn der vierundzwanzigste mittwochs ist – fünf Feiertage am Stück sind einfach unerträglich.«

Andy grinste. »Hast du keine Termine über Weihnachten?«

»Leider nicht, aber das weißt du doch.«

»Sollen wir packen und fahren?«

»Was denn packen? Wohin denn fahren?«

»In den Schnee?«

»Ja, klar, am besten rufst du jetzt im Reisebüro an und buchst uns was Schickes für morgen.«

Andys Grinsen wurde immer breiter. Er stand auf, verließ das Zimmer und kam mit einem Schlüssel, um den eine Schleife gebunden war, zurück. »Du siehst echt süß aus, wenn du so dämlich guckst!«, sagte er, setzte sich neben Ira und legte den Arm um sie. Er hielt ihr den Schlüssel hin.

»Was ist das? Etwa ein Geschenk? Ich will kein Geschenk. Das haben wir abgemacht. Was soll die Schleife? Geh mir weg damit!«

Sie hatten verabredet, sich nichts zu schenken, und Ira hatte sich daran gehalten.

»Das, meine Süße, ist doch gar kein Geschenk. Kein Grund zur Aufregung, entspann dich. Das ist nur eine Leihgabe. Diesen Schlüssel müssen wir nämlich wieder zurückgeben, und zwar am 2. Januar.«

Ira tat so, als sei sie sauer, weil er sie überrumpelt hatte. Sie mochte keine Überraschungen. Aber Andy hatte alles organisiert, sogar an Tante Erna hatte er gedacht: Seine Tanten würden sich um den Hund kümmern, Futter und Näpfe waren schon drüben in der Kate.

»Wann müssen wir los?«, fragte Ira atemlos.

»Morgen.« Er lachte. »Du kannst den Hund nachher noch zu Tante Sophie und Tante Friedchen rüberbringen. Wir fahren morgen ganz früh in deine Wohnung und du packst ein paar warme Sachen ein. Wenn wir gut durchkommen, sind wir am Abend bereits im Schnee.«

Ira wollte es zuerst nicht zeigen, aber sie freute sich sehr.

Sie brachen am ersten Weihnachtstag um sieben Uhr morgens auf, luden in Bielefeld Iras Gepäck in Andys Auto und fuhren gen Süden. Es hatte in ganz Deutschland geschneit, und sie brauchten fast neun Stunden, bis sie am Chiemsee ankamen, aber Ira genoss die lange Fahrt. Andy war ein ruhiger und umsichtiger Fahrer. Musik hören, nachdenken, aus dem Fenster schauen, die Aussicht auf Ruhe, ein paar Tage lang nur schlafen, wandern, Liebe machen. Das Leben konnte wunderbar sein. Sie musste sich selber daran erinnern, dass sie zurzeit keine Sorgen oder Probleme hatte, sondern dass die Tragödien, die sie miterlebte, zu ihrem Beruf gehörten und nicht zu ihrem Privatleben.

Andy hatte ein Ferienhaus gemietet. Essen und Getränke für die Feiertage lagerten in Styroporkisten im Kofferraum, außerdem hatte er einen Schlitten besorgt. Ira genoss es, sich um nichts kümmern zu müssen.

Als sie in dem kleinen Ort in der Nähe des Sees ankamen, war es stockdunkel. Sie luden das Auto aus, verstauten alles in der Hütte, fachten Feuer im Kamin an und aßen Brot mit Meersalz und Olivenöl, Käsewürfel und eingelegte schwarze Oliven.

Ira und Andy redeten in den nächsten Tagen oft über ihre gemeinsame Zukunft. Andy hatte Verständnis dafür, dass Ira ihre Wohnung in Bielefeld vorerst behalten wollte, auch wenn er sie lieber heute als morgen für immer bei sich hätte. »Ich bin da inzwischen ganz entspannt. Wir bleiben sowieso zusammen, und eines Tages wirst du von ganz allein ankommen, weil du nämlich keine einzige Nacht mehr ohne mich sein willst.«

Ira liebte ihn für diese ruhige, selbstbewusste Art. Ausnahmsweise war sie entspannt genug, um auf das Thema nicht gereizt zu reagieren.

Sie sprachen erst nach ein paar Tagen über die »Fälle«. Ira hatte zuvor ein paarmal angesetzt, aber Andy das Thema sofort abgebügelt. »Nein. Du hast Urlaub.«

Jetzt saßen sie zum Mittagessen in einem Restaurant in Prien und blickten auf das dichte Schneetreiben über dem diesigen Chiemsee.

Dieses Mal fing Andy an. »Kann es sein, dass Maria Klabunde zu viel über die Königstöchter wusste und unwissentlich Details ausgeplaudert hat, die niemand erfahren sollte?«

Daran hatte Ira auch schon mehrfach gedacht. »Wenn das so wäre, könnte der vermeintliche Unfall tatsächlich ein

Mord gewesen sein. Nehmen wir mal an, du hättest recht. Wer wollte sie zum Schweigen bringen? Hat Tilly sie gestoßen? Nur sie war in der Nähe. Aber ich kenne Tilly inzwischen wirklich gut, ich traue ihr so was nie und nimmer zu.«

Dennoch konnte es, logisch betrachtet, nur ein Motiv geben: Das Geheimnis der alten Frauen sollte eins bleiben.

Hatte Maria also gequatscht? War das ihr Todesurteil gewesen?

»Es könnte auch sein, dass Konstanze im Suff darüber gesprochen hat und deswegen vergiftet wurde. Immerhin habe ich bei ihr zuerst das Wort Königstöchter gehört!«

Andy nahm den Faden auf. »Ich verstehe es trotzdem nicht. Was wäre denn schon passiert, wenn nach über sechzig Jahren herausgekommen wäre, dass die Frauen als kleine Mädchen von ihren Vätern und vielen anderen Männern im Palais im Park missbraucht wurden? Ein zerstörter Ruf? Was stand denn da noch auf dem Spiel – und für wen? Die Täter sind ja wohl alle tot.«

»Nehmen wir an, dass Maria ermordet wurde. Sie war nach Tillys Aussage keines der missbrauchten Mädchen, wusste jedoch darüber Bescheid. Der einzige Grund, den ich mir vorstellen kann, ist, dass sie geredet haben könnte. Aber wer würde sie deswegen töten wollen? Tilly und Konstanze wurden vergewaltigt. Konstanze ist aber tot. Da bleibt immer nur Tilly verdächtig! Tut mir leid, aber der Gedanke daran, dass diese nette alte Frau eine Doppelmörderin sein könnte, ist für mich völlig abwegig.«

»Man hat schon Pferde kotzen sehen … Was ist mit der vierten Frau, mit der Ilsemarie Holle?«

»Das weißt du doch. Sie war eine der Stiftungsgründerinnen, und ihr gehörte das Palais im Park, das später zum Hauptsitz der Stiftung wurde. Und ihr Sohn Philipp ist jetzt quasi der Chef.«

»Okay, noch mal von vorn: Während der Besatzungszeit war die heutige Stiftung Morgenstern unter dem Namen Palais im Park eine Missbrauchsstätte für kleine Mädchen. Die Täter waren ehemalige Nazis, die Hautevolee der Gegend und Offiziere der Besatzer. Wer könnte darüber heute noch etwas wissen? Das musst du herausfinden.«

Ira stimmte ihm zu.

Am Abend öffnete sie zum ersten Mal in diesem Urlaub das MacBook, fasste die bisherigen Erkenntnisse und Vermutungen zusammen und schickte sie als Mail an Kommissar Brück. Er würde alles an die zuständige Stelle weiterleiten.

Nach mehr als vier Wochen tappte die Polizei wegen des Giftmordes an Dr. Konstanze Deppendorf immer noch im Dunkeln. Über den genauen Stand der Ermittlungen konnte Ira nichts in Erfahrung bringen. Ob die Polizei ihre Hinweise auf die Königstöchter in den Ermittlungen berücksichtigte, wusste sie nicht, vermutete aber, dass niemand Interesse daran hatte, in Fällen, die längst verjährt waren und deren Täter seit Jahren tot waren, herumzustochern.

Ab und zu telefonierte Ira mit Tilly, erkundigte sich, wie es ihr ging, sprach mit ihr über das Wetter, über Tante Erna, über irgendetwas, aber sie erwähnte die Königstöchter nicht. Sie wollte nicht in Tillys alten Wunden bohren – die alte Dame hatte so viel mitgemacht, dass Ira sie nicht quälen wollte.

Eigentlich konnte sie das Thema ruhen lassen. Den Mord an Konstanze Deppendorf aufzuklären war schließlich nicht ihre Aufgabe, sondern die der Polizei. Sie hatte ihren Job erledigt: Die Nachrufe über Konstanze und Maria waren erschienen, und das Interesse der Öffentlichkeit verebbte, weil es nichts Neues gab. Es gab keine neuen Erkenntnisse, also gab es auch keine neuen Artikel. Im Grunde hatte Ira nichts mehr mit den Fällen zu tun.

Andererseits ließ ihr das ungeheure Verbrechen, das in der Nachkriegszeit an den Mädchen verübt worden war, einfach keine Ruhe. Vielleicht hielt sie deswegen den Kontakt zu Tilly. Jedes Mal, wenn sie an der Morgenstern-Stiftung vorbeikam, dachte sie daran, welchen Horror die Mädchen dort erlebt hatten. Musste man solche Verbrechen nicht trotzdem an die Öffentlichkeit bringen, obwohl sie schon so lange her waren? Gehörten nicht auch diese verabscheuungswürdigen Untaten zur gemeinsamen Geschichte? Musste man sich ihnen nicht stellen, sie aufdecken, anprangern und in Zukunft verhindern? Unsinn, schalt Ira sich selbst, als wäre je ein Missbrauch an einem Kind durch Bestrafung oder Öffentlichkeit verhindert worden. Was würde denn geschehen, wenn sie einen Artikel über die Königstöchter schreiben würde? Sie müsste weitere Opfer finden und in deren qualvollen Erinnerungen wühlen.

Bestenfalls würde sie den Ruf der Morgenstern-Stiftung gefährden und schlimmstenfalls zerstören und damit all denen, die dort Hilfe, Zuflucht und eine Zukunft suchten, schaden.

Aber der Gedanke, dass die Täter von damals offenbar ungeschoren davongekommen waren, ließ Ira keine Ruhe.

Wahrscheinlich waren alle tot, die an den Gräueltaten beteiligt gewesen waren oder davon gewusst hatten.

Nein, waren sie nicht. Tilly Jacobsen lebte, Ilsemarie Holle lebte, Hans Klabunde ebenfalls. Dass er, der mit den geschundenen Mädchen so lange auf engstem Raum gelebt hatte, nichts mitbekommen hatte, schien unmöglich.

Ira erinnerte sich plötzlich an einen Satz, den Ilsemarie fast nebenbei gesagt hatte: »Ich habe vergessen, wie mein Vater an diese Immobilie gekommen ist.«

Sie schlug sich mit der Hand vor die Stirn. Da hatte sie nicht geschaltet. Hieß das nicht, dass Ilsemaries Vater von den Verbrechen in seinem Haus gewusst hatte? Wahrscheinlich war auch er, wie die anderen Väter, einer der Verbrecher gewesen?

Plötzlich war Ira sich sicher: Ilsemarie hatte gelogen. Was hatte sie gesagt, als Ira sie auf den Begriff »Königstöchter« ansprach? Sie erinnerte sich genau an die Worte: »Was wird sie schon gemeint haben? Irgendwas aus der Yellow Press, denke ich.« Das war eine Lüge gewesen.

Ira konnte jetzt nicht lockerlassen. Sie würde herausfinden, was damals passiert war.

Sie musste mit Hans Klabunde sprechen.

Hans Klabunde wohnte in einer kleinen Wohnung am Stadtrand. Als er ihr die Tür öffnete, zeigte er auf seinen Stock und sagte: »Ich hab's Kniegelenk kaputt. War vorhin beim Arzt, vielleicht muss das operiert werden.«

Er war ein unscheinbarer Mann, mittelgroß, helle Augen mit blonden Wimpern und fast keine Haare auf dem Kopf. Sein schütterer Schnurrbart war schief gestutzt. Die Gläser seiner runden Brille schimmerten schlierig, er trug über einem Flanellhemd einen Pullunder.

Nachdem er am Telefon zunächst gesagt hatte, dass er nicht wisse, wozu ein Gespräch mit der Presse gut sein solle, hatte er dennoch eingewilligt.

»Ihre Aussage ist wichtig, denn ohne Ihre Hilfe können wir den Fall nicht seriös bearbeiten«, hatte Ira gesagt. Natürlich war Ira klar, dass sie dem Mann eine Kompetenz suggerierte, die sie gar nicht hatte. Ihr Satz klang nach Polizei, nicht nach Presse, aber sie hatte ihn ganz bewusst so formuliert. Sie schätzte ihn als obrigkeitshörig ein, als jemanden, der vor Institutionen kuschte. Außerdem hoffte sie, Klabundes Schwachstelle zu finden, den Punkt, der ihn zum Reden bringen würde. In den meisten Fällen waren das Eitelkeit und Geltungsbedürfnis. Sie hatte mit ihrer Taktik richtiggelegen.

Er zog das Bein nach, als er durch den engen Flur ging und Ira in ein kleines Wohnzimmer mit abgewohnten Eichenmöbeln führte. Über einer Eckbank mit verschlissenem Gobelinbezug hing ein schweres Regal, auf dem eine verstaubte Sammlung Bierseidel stand. Darunter hingen in Reih und Glied graue Zinnteller mit Brauereimotiven.

In der Mitte der Fensterbank, zwischen zwei künstlichen Usambaraveilchen in Messingtöpfen, stand eine schlichte Vase mit spitz zulaufendem Deckel. Sie sah aus wie eine Urne. Ira blickte in eine aufgeräumte Küche aus dunklem Holz. Braune Bodenfliesen, vergilbte Tapeten, gelbliche Häkelgardinen. Sie schauderte. Wie eine dunkle Höhle.

Klabunde schien ihren Blicken gefolgt zu sein. »Als ich hierhin gezogen bin, hatte ich keine eigenen Sachen. Die

Möbel habe ich fast alle vom Vormieter übernommen. Umsonst! Der ist gestorben, und seine Nichte wollte alles wegschmeißen. Das ist alles viel zu schade für die Kippe, das ist doch alles noch gut!« Er wies mit der Hand ausladend auf die klobige Schrankwand und den Kacheltisch vor dem Sofa.

Sie setzten sich und tranken Kaffee, widerliche Plörre, die zu lange auf der Warmhalteplatte gestanden hatte und verbrannt schmeckte.

Hans Klabunde war Jahrgang 1935. Er hatte dreißig Jahre lang die Villa Augusta gehütet und im Souterrain gewohnt. Das wusste Ira bereits von Tilly.

Sie bat ihn zunächst um Fakten zur Person, und er antwortete wie fast alle Leute seiner Generation in bürokratischem Ton.

»Also, ich heiße Hans Klabunde und bin der Sohn von Kurt Klabunde und seiner Frau Inge. Ich bin am 11. Februar 1935 in Oeynhausen geboren. Unser Vater war vor dem Krieg Pächter der Gaststätte Bismarckturm gewesen. Er wurde 1943 eingezogen, und als er zurückkam, hatten sie ihm den Unterkiefer zerschossen. Ich will mal so sagen, der war kaputt an Leib und Seele. Der war nicht mehr derselbe. Unsere Mutter hatte die Wirtschaft erst allein weitergeführt, bis wir wegen der Evakuierung über Nacht ein paar Plünnen zusammenpacken und dann weg mussten. Wir krochen auf Eskendor in Rehme unter, bei Bauer Weyer. In einem Zimmer haben wir da gehaust, mit Willibernd und Lisbeth König und ihrer Tochter Tilly. So lange kenne ich die Tilly schon, kann man sich gar nicht vorstellen, oder?«

Ira reagierte nicht, signalisierte aber konzentrierte Aufmerksamkeit.

Klabunde rieb mit der flachen Hand über sein Knie. »Ich will mal so sagen, ohne die Bauern wären wir bestimmt verhungert. Das waren schlimme Jahre, ganz schlimme Jahre. Die Tilly, die hatte traurige Augen. Manchmal, wenn wir Verstecken oder Fangen oder Wettlaufen spielten, dann war sie ganz anders, ich will mal sagen, so fröhlich.«

Ira beobachtete, dass er bei der Erinnerung sein Gesicht verzog, als habe er Schmerzen.

Als die Familie in das Haus an der Elisabethstraße zurückkehren durfte, war die Gaststätte von den Besatzern noch nicht freigegeben worden. Der Vater begann als Küchenhilfe in einem Restaurant zu arbeiten. Wegen seines entstellten Gesichts konnte er im Service nicht mehr eingesetzt werden, der Anblick sei zu abstoßend für die Gäste, hieß es.

Hans war in der Weserhütte in die Lehre gegangen und hatte dort nach der Gesellenprüfung weiterhin als Elektriker gearbeitet. »Da hab ich die Tilly nicht mehr so oft gesehen«, sagte er. Ira hatte den Eindruck, dass sein Gesichtsausdruck jedes Mal weicher wurde, wenn er von Tilly sprach.

»Sie hat dann geheiratet, diesen Gernot Grote. Zwei Blagen in einem Jahr hat sie gekriegt, da hatte sie gut mit zu tun. Später hat sie ihrem Mann das Kino abgekauft und da ordentlich was draus gemacht. Und Maria hat sich um die Kinder und den Haushalt gekümmert und so. Wenn ich meine Schwester am Sonntagnachmittag besucht hab, hab ich Tilly gesehen. Die sah gut aus! Fleißige Frau. Anfang der Sechzigerjahre hatte sie aus der kleinen Klitsche ein schickes Kino mit fünfhundert Plätzen gemacht, und in Minden, Bünde, Herford und Lübbecke und in siebzehn anderen Städten gab's auch Grote-Kinos. Und als Tilly damals einen

Betriebselektriker für den Großraum Oeynhausen suchte, da hab ich mich beworben. Hatt ich ja gelernt. Meine Schwester Maria hatte da ein bisschen vermittelt.«

Klabunde schob seine Kaffeetasse in die Mitte des Tisches und begann wieder sein Knie zu massieren.

»Bis zur Rente habe ich dann für Tilly gearbeitet. Keinen Tag hab ich gefehlt, und ich stand immer parat, wenn sie mich gebraucht hat. Ich will mal so sagen: Unsereins ist noch vom alten Schlag, man macht, was man zusagt, da kann sich einer drauf verlassen. Ich hatte 'n Dienstwagen, VW Variant, mit dem bin ich zu den Kinos gefahren, je nachdem, wo was zu machen war. Gewohnt hab ich in der Villa, das war Tillys Elternhaus. Das stand dreißig Jahre lang leer, die wollte da nicht reingehen, keinen Schritt.«

Ira fragte sich, ob Klabunde genau wie sie wusste, warum Tilly das Haus nicht mehr betreten hatte.

»Ich hielt die Villa in Ordnung, machte den Garten, dafür war ich übrigens auch auf der Ponderosa immer zuständig. 1965 ließ Tilly sich scheiden. Gott sei Dank.«

Klabunde nahm seine Brille ab, rieb die Gläser auf seinem Hosenbein und setzte sie umständlich wieder auf.

Er lächelte. »Danach hat sie sich ein bisschen ausgetobt. Das war die Zeit, in der sie ab und zu mal einen im Tee hatte. Aber nur dienstags, denn da war in den Kinos Ruhetag. Tilly war fleißig, und sie war immer Geschäftsfrau. Arbeit war Arbeit, und Schnaps war Schnaps. Manchmal hatte sie sich ordentlich einen gepüttjert. Dann rief sie mich aus der Kneipe an und sagte: Hans, du musst kommen. Ich wusste immer direkt, was Sache war. Tilly wollte dann nicht nach Hause, sie schlief lieber auf ner Couch im Kino. Ein paarmal habe ich sie geschultert und aufm Sofa abgeliefert. Die war aber schwer, wenn sie blau war! Deswegen hab ich später schon mal die Sackkarre genommen, bin zur Kneipe, hab Tilly auf die Karre gestellt und festgeschnallt und dann ab dafür.« Er ließ seine Stimme verschwörerisch klingen: »War mir doch ganz egal, was die Leute dachten!«

Ira hatte den Mann aufmerksam beobachtet. Sie wusste die Antwort schon, bevor sie ihn fragte, ob er je geheiratet hatte.

»Nee, ich will mal so sagen, da hatt' ich keine Zeit für«, sagte Klabunde.

Er stand ächzend auf, um sich aus der Küche noch eine Tasse von dem ekelhaften Kaffee zu holen.

Als er zurückkam, fragte Ira unvermittelt: »Wissen Sie etwas von den Königstöchtern?«

Sie schrak zusammen, als Klabunde seinen Kaffeelöffel klirrend auf die Untertasse fallen ließ.

Er räusperte sich, bevor er sprach: »Nee. Wer soll das sein?«

»Das frage ich Sie, Herr Klabunde. Tilly, Ihre Schwester und auch Konstanze Deppendorf erwähnten dieses Wort mehrfach.«

Sein Gesicht wurde krebsrot: »Ach. Maria hat davon gesprochen? Kann ich mir gar nicht vorstellen. Kannten Sie die Maria denn?«

»Also wissen Sie doch, was gemeint ist?«

Er schüttelte heftig den Kopf.

Ira glaubte ihm nicht. Sie konnte sich nicht erklären, warum sie ihm misstraute, aber es war ihr Bauchgefühl, das signalisierte: *Pass auf!*

Sie überlegte einen Moment, ob sie offen mit ihm reden sollte, entschied sich aber dagegen. Sollte Klabunde ahnungslos sein, wäre es Tilly gegenüber eine unverzeihliche Indiskretion, ihm von ihren Erlebnissen zu erzählen.

Klabunde blickte demonstrativ auf die Kuckucksuhr, die über einem vergilbten Heizkörper hing. »So, ich muss noch wohin, ich hab jetzt leider keine Zeit mehr.«

Ira verstand. Sie wusste, dass sie ihre Chance verspielt hatte und nichts mehr von ihm erfahren würde.

Als sie ihre Jacke im Flur vom Haken nahm, fiel ihr Blick auf den Hut mit dem buschigen Gamsbart. Sie wies mit dem Finger darauf. »Ungewöhnliches Teil. So was sieht man hier selten.«

Klabunde lächelte. »Ich will mal so sagen: Den hat hier in der Gegend keiner. Der ist sozusagen mein Markenzeichen. Tilly und ihr Mann haben mir den Hut aus München mitgebracht. Seitdem trag ich den. Jeden Tag, nur im Sommer nicht, da ist der zu warm für. Der ist schon alt, aber da ist nix dran. Ich sag immer: deutsche Wertarbeit.«

Im Auto wartete Ira ein paar Minuten, bevor sie losfuhr. Was hatte das Gespräch gebracht, das sie nicht schon gewusst hatte? »Nichts,« sagte sie zu sich selbst und startete den Motor. Dennoch hatte sie das Gefühl, etwas übersehen zu haben.

Am Abend redete sie mit Andy über Hans Klabunde, und er brachte es sofort auf den Punkt: »Ich glaube, Tilly hatte ein Verhältnis mit dem alten Knaben – und er ist immer noch in sie verliebt.«

»Das kann ich mir nicht vorstellen. Der Mann ist weder

attraktiv noch gebildet oder unterhaltsam, der passt doch überhaupt nicht zu Tilly!«

»Vielleicht passte er damals? Sie war ja kein Kind von Traurigkeit, vielleicht hat sie ihn im Rausch mal rangelassen?«

Ira tat entrüstet: »Andy Weyer, du Ferkel! Du denkst immer nur an das eine. Pfui.«

Er konterte lachend: »Nö. Ich denk auch an das andere. Zieh dich doch schon mal aus!«

14

Als Ira die Villa Augusta betrat, fühlte sie sich schon fast heimisch. Das Ambiente schien mit jedem Besuch ein wenig von seiner Abscheulichkeit zu verlieren.

Sie saßen im Wohnzimmer.

»Danke, dass Sie sich noch einmal Zeit nehmen. Seit unserem letzten Gespräch habe ich oft an Sie denken müssen. Es ist furchtbar, was Sie erlebt haben«, sagte Ira.

»Wir haben alle unsere Päckchen zu tragen, der eine trägt schwerer, der andere leichter.«

»Ich war bei Hans Klabunde. Es macht den Eindruck, dass er es im Leben auch nicht leicht hatte.«

»Was erwarten Sie? Seine Schwester ist gerade gestorben, er hat jetzt nur noch seinen Neffen Roland.«

»Hans Klabunde hat bis zur Rente bei Ihnen gearbeitet und sogar danach noch?«

Tilly nickte.

»Und jetzt nicht mehr? Wegen seines Knies?«

Tilly schüttelte den Kopf. »Nein.« Dann nickte sie. »Ja.«

Ira war verwirrt. »Nein, ja? Ich verstehe Sie nicht.«

»Da ist etwas vorgefallen. Ich möchte nicht darüber reden.«

Ira registrierte den Tonfall. Sie wechselte das Thema. »Ich hatte den Eindruck, dass Sie ihm viel bedeuten«, sagte sie und fügte spontan hinzu: »Wenn ich ihn richtig verstanden habe, deutete er an, mal mit Ihnen zusammen gewesen zu sein?«

Sie schämte sich nicht für ihre Schwindelei.

Tilly lächelte kokett. »Davon hat er vielleicht geträumt. Ich war ja nicht immer eine alte Frau. Früher war ich ganz hübsch.«

Ira protestierte: »Ich sehe das Bild in Ihrem Büro vor mir, Sie waren bildschön. Und Sie sind es noch!«

Tilly winkte ab. »Ach, es nutzt einem gar nichts, wie man aussieht. Wichtig ist nur, ob man ihre Bedürfnisse befriedigt. Solange das reibungslos funktioniert, ist es gut. Ich hatte nicht viel Glück mit Männern. Die Geschichte mit dem Vater meiner Kinder kennen Sie ja. Wissen Sie auch von meinem zweiten Mann?«

»Nur, dass er viel jünger war.«

»Das kann man wohl sagen.«

Ira behielt es für sich, dass Tante Sophie und Tante Friedchen ihr schon von dieser Ehe erzählt hatten. Sie war auf Tillys Version gespannt.

»Nun, wo die Liebe hinfällt. Ich war vierzig, als ich mich in Thomas Jacobsen verliebte. Er ist nur ein Jahr älter als meine Kinder. Wir heirateten, und Raimund und Monika zogen aus, als sie ihre Ausbildungen beendet hatten. Sie fanden die neue Ehe ihrer Mutter widerlich und peinlich. Monika hat nie geheiratet, aber sie hat ein Kind, Sebastian. Mein Sohn Raimund ist ein Taugenichts, er hat nichts aus seinem Leben gemacht.«

Tilly strich sich mit der Hand durch das Haar. Ira bemerkte, dass die Frisur so gut geschnitten war, dass jede Strähne wieder an die alte Stelle zurückfiel.

»Es kam, wie es kommen musste: Thomas hatte schon lange eine viel jüngere Geliebte, als ich, natürlich als Letzte, davon erfuhr. Zusammenbruch, Alkohol, Scheidung. Mit Konstanzes Hilfe bin ich damals nicht total abgestürzt, sie war eine gute Ärztin – und eine gute Freundin.« Sie zögerte, bevor sie weitersprach. »Gott sei Dank hatte ich einen Ehevertrag, sodass Thomas von meinem Vermögen nichts bekam. Er hatte aber zuvor Geld auf die Seite geschafft, immer nur kleine Summen, aber Kleinvieh macht auch Mist. Das wusste ich wohl, aber es interessierte mich irgendwann nicht mehr. Ich wollte ihn nur noch loswerden.«

»1990 habe ich die Kinos verkauft. Alle. Da kam ein hübsches Sümmchen zusammen. Danach habe ich jedes Jahr zwei Kreuzfahrten gemacht und ansonsten im Vorstand der Stiftung gearbeitet. Ich hatte sogar einen Freund, aber als er Rentner wurde, ist er nach Amerika ausgewandert, zu seinen Kindern. Dann kam eine ruhige Zeit. Vor zehn Jahren bin ich erst wieder hierher in die Villa gezogen. Seit Roland, also Marias Sohn, aus dem Haus war, wurde die Ponderosa für uns beide einfach zu groß. Die Villa hat seit dem Tod meines Vaters leer gestanden und wurde von Hans Klabunde in Schuss gehalten. Ich war dreißig Jahre nicht hier gewesen.«

Ira nickte. »Kein Wunder«, sagte sie sanft.

Tilly warf ihr einen dankbaren Blick zu. »Ich habe später gnadenlos alles entsorgt, was meinen Eltern gehörte. Möbel, Bilder, Teppiche, die Pelze, den Schmuck und das Porzellan meiner Mutter – ich habe alles versteigern lassen und den Erlös in die Stiftung eingebracht. Dabei habe ich leider festgestellt, dass der gute Hans einige Dinge bereits verscherbelt hatte.« Tilly biss sich auf die Unterlippe, als bereue sie ihre

Offenheit. »Das bleibt aber bitte unter uns!«, bat sie eindringlich, und Ira versprach es ihr.

»Ich habe ihn natürlich nicht entlassen. Jeder macht mal Fehler. Hans hat früher die elektrischen Anlagen, die Grundstücke und Gärten der Villa und der Stiftung in Ordnung gehalten. Nun ist er alt, hat Knieprobleme, geht am Stock, er kann nicht mehr so wie früher. Aber einen Teil der Arbeiten überlasse ich ihm immer noch, damit er sich weiterhin seine Rente aufbessern kann.«

»Warum haben Sie ihn nicht angezeigt?«

Tilly winkte ab. Es seien ja nur Dinge gewesen, die sie nie gebraucht habe und auch nie hatte haben wollen. »Es war die Uhrensammlung meines Vaters«, fügte sie erklärend hinzu.

Ira verstand, dass Tilly auf Erinnerungsstücke ihres Vaters keinen Wert legte. Sie schien ansonsten nicht nachtragend zu sein, denn Hans Klabunde hatte sie zu Marias Begräbnis gefahren, und es hatte nicht so gewirkt, als sei das eine Ausnahme gewesen. Ira erinnerte sich gut an die erste Begegnung auf dem Friedhof.

Sie hörte Tilly weiter zu. »Dann habe ich die Villa sanieren lassen. Oben im Dachgeschoss wohnt jetzt eine Familie zur Miete.« Tilly lächelte. »Sie haben ein Baby. Apropos Familie. Zu meinen eigenen Kindern ist der Kontakt vorbei. Für immer. Als ich die Kinos verkauft habe, haben beide ihren Pflichtteil des Erbes verlangt. Es sei unverantwortlich, dass ich Millionen für die Stiftung verpulvern würde und zuerst für fremde Leute anstatt für die eigenen Kinder sorgen würde, hieß es. Das haben sie von ihrem Vater. Diese Gier. Und diese Faulheit. Sie haben aus ihrem Leben nicht viel gemacht, trotz des Geldes, das immer reichlich da war.

Ich habe sie ausgezahlt, und seither habe ich sie nie mehr gesehen. Sei's drum.« Sie putzte sich umständlich die Nase und wischte sich ein paar Tränen ab. »Ich will nicht undankbar sein. Eigentlich hatte ich zuletzt ein gutes Leben. Maria und ich zogen also gemeinsam hierher und wollten es uns auf unsere alten Tage richtig gut gehen lassen. Aber dann kam diese entsetzliche Diagnose: Alzheimer. Damit hatte keiner gerechnet. Als es nicht anders ging, habe ich sie in der Wohngruppe im Residenz-Trakt im Haus Morgenstern untergebracht. Dann war ich allein. Ich kam unerwartet gut zurecht. Mich wunderte das, weil ich noch nie allein gelebt hatte. Aber irgendwie war alles ruhig, nahezu geruhsam. Bis zu dem Tag, als ich Maria zu unserem Spaziergang abholte und sie so grauenvoll zu Tode kam.« Sie schniefte. »Und jetzt ist Konstanze auch tot.«

Tränen liefen ihr wieder die faltigen Wangen herunter. Sie wischte sie mit dem Handrücken weg. Und Ira schämte sich dafür, Tilly des Mordes an ihren Freundinnen verdächtigt zu haben.

15

»Irakind, is ja lange her, dassde da wars. Bisste immer noch mit den Unfall von der Maria zugange? Was kann man denn da monatelang dranne rumölen?«

Ira setzte sich auf den Stuhl, den Tante Sophie ihr hingeschoben hatte.

»Bei den Ermittlungen kamen viele alte Geschichten zutage, das muss man erst mal alles verstehen und richtig kombinieren. Vielleicht erinnert ihr euch auch noch an ein paar Details?«

»Kannste die alten Sachen nich endlich mal ruhen lassen? Wer weiß, was da alles noch rauskommt, wo keiner mehr was von wissen will.«

Ira schüttelte den Kopf. »Nein, das kann ich nicht ruhen lassen, leider nicht.«

Tante Friedchen kam ins Zimmer und lächelte breit. »Hatt ich doch richtich gehört, dassde gekommen bist. Wollste mitessen? Gibt Graupensuppe!«

»Nein, danke. Andy kocht, wir essen gleich zusammen.«

Friedchen tätschelte Tante Erna den Kopf. »Aber für dich hamwa n oantlichen Knochen. Is ja nich wie bei ahme Leute.«

Sie unterhielten sich über Belangloses. Die Pudeldame lag vor dem Herd und knabberte undamenhaft schmatzend an einem Rinderknochen.

Ira liebte diesen Raum, in dem es heute nicht nach Zigarrenrauch, sondern nach den getrockneten Kräutersträußen roch, die an einer Schnur über dem mächtigen Küppersbusch-Herd hingen. Es gab zwar eine Zentralheizung in der Kate, aber die beiden Alten heizten immer noch mit Briketts und Holz, die sie in dem Ofen verfeuerten, auf dem sie auch kochten.

Irgendwann boten sie Ira vergeblich den obligatorischen Schnaps an. Tante Sophie murrte etwas wie: »Spaßbremse«, aber Friedchen sagte: »Nu lasse, Soffi, wennse doch autofahn muss un draußen isses glatt!«

Nachdem die beiden sich ihre Zigarren angezündet hatten und Ira ihren Hustenreiz überstanden hatte, kam Tante Sophie zur Sache: »Was wollste denn nu wissen, du bis ja nich zum Vagnügen da?«

»Es geht um Tilly Jacobsen und um die Geschwister Maria und Hans Klabunde.«

»Na, denn man tau«, sagte Sophie und verschränkte die Arme vor dem Bauch. Tante Friedchen lehnte sich abwartend zurück.

»Die Zeit im und nach dem Krieg war für alle Beteiligten furchtbar, aber für Tilly war sie am schrecklichsten. Sie hat mir erzählt, dass ihr eigener Vater sie missbraucht und sogar geschwängert hat. Und dass Dr. Deppendorf das Missgeschick … weggemacht hat.«

Die alten Frauen schwiegen mit reglosen Gesichtern.

Ira fuhr fort: »Ich weiß auch, dass Dr. Deppendorf seine Tochter Konstanze missbraucht hat. Und dass beide Väter die Mädchen in die Stadt ins Palais im Park brachten und sie dort fremden Männern zur Verfügung stellten.«

Tante Friedchen schlug mit der Hand auf den Tisch, stand mit einem Ruck auf und sagte mit erstickter Stimme: »Nee, Ira, üba so was, da will ich nich drüber reden. Das kannste vergessen.« Sie verließ die Küche und knallte die Tür so laut hinter sich zu, dass der Hund seinen Knochen fallen ließ und erschrocken aufsah.

Tante Sophie seufzte. »Wennde alles schon weißt, was willste dann noch? Die alten Drecksäcke sind doch schon lange hinüber. Wer hat da denn was von, wenn man da wieder von anfängt?«

»Ich kann das nicht auf sich beruhen lassen. Außerdem ist es nicht sicher, ob die Polizei bei ihren Ermittlungen wegen des Mordes an Konstanze nicht auch wegen der Königstöchter noch mal nachfragen wird.«

»Königstöchter? Was soll das denn sein?« Sophie schien den Begriff tatsächlich nicht zu kennen.

»So wurden die kleinen Mädchen genannt, die sie ins Palais im Park brachten.«

Sophie kniff die Lippen zusammen und schaukelte mit dem Oberkörper hin und her. Ihre Stimme klang brüchig, als sie sprach. »Nu bin ich so alt geworden, das is alles so lange her, und imma wieda muss man da dranne denken …«

Die alte Frau tat Ira leid; es war ihr anzusehen, dass es ihr schwerfiel, sich zu erinnern. Dennoch blieb sie sitzen, beobachtete und wartete einfach ab.

Doch Tante Sophie hatte offenbar beschlossen, dass sie sich an überhaupt nichts erinnern konnte, was mit den Königstöchtern zu tun hatte. Ihr Gesichtsausdruck bekräftigte ihre Entscheidung.

»Ich will ja gar nicht ins Detail gehen«, sagte Ira nach

einer Weile, »die alten Geschichten sind schlimm genug. Aber ich dachte, du kannst mir vielleicht was zu Ilsemarie Holle sagen.«

»Was soll denn mit der sein?«, fragte Tante Sophie.

»Es waren damals vier Mädchen. Maria, Konstanze, Tilly und Ilsemarie. Ihr habt es selbst gesagt: das Kleeblatt. Tilly kenne ich gut, sie war eines der Opfer, das steht fest. Konstanze wurde auch missbraucht, sie hat eine Kassette besprochen und davon erzählt. Bleibt Ilsemarie. War sie auch eine Königstochter?«

Tante Sophie zog an ihrer Zigarre, aber sie war ausgegangen. »Über Ilsemarie weiß ich auch nicht viel, kann aber auch sein, dass ich was vergessen hab, bin ja auch nicht mehr die Jüngste, das is alles mehr als sechzig Jahre her. Man is ja kein Elefant. Elefanten ha'm 'n gutes Gedächtnis. Ich weiß nur noch, dass diese Ilsemarie später mit so 'nem Kerl verheiratet gewesen war, der falsche Dokta, das war 'ne Geschichte! Der war so 'n richtiger Lump! Stand auch inner Zeitung!«

Wie bitte? Ilsemarie war einem Hochstapler auf den Leim gegangen?

Sophie erzählte, Ilsemarie habe versucht, die Ehe annullieren zu lassen, was bei der Presse ein großes Interesse erzeugte. Alle Zeitungen berichteten damals von der Mindener Kaufhauserbin, die einem Schwindler aufgesessen war.

Ira hörte aufmerksam zu. Darüber ließ sich mit Sicherheit in alten Akten oder in den Archiven der Zeitungen etwas finden.

Es gab, so berichtete Tante Sophie, etliche Prozesse und schließlich nicht die Annullierung der Ehe, sondern eine aufsehenerregende Scheidung. »Danach wanderte der falsche Dokta ins Kittchen, und da gehörte der auch hin!«, sagte Tante Sophie.

»Und warum hat Ilsemarie nach der Scheidung den Namen dieses Hochstaplers behalten? Hast du eine Ahnung, ob sie ein Motiv gehabt haben könnte, Maria und Konstanze zu töten?

»Mensch, lass das doch alles vonne Polizei rausfinden, da biste nich für zuständig«, mahnte Tante Sophie.

Ira klopfte mit den Fingerspitzen auf die Tischkante und stand auf. »Ich muss rüber, Andy wartet auf mich. Danke, dass du dir die Zeit genommen hast.«

Tante Sophie brummte etwas, aber sie brachte sie heute nicht zur Tür.

Als Ira draußen am Haus entlangging und noch einen Blick in die Küche warf, sah sie, dass Tante Sophie das Gesicht mit den Händen bedeckte.

Als Ira und Tante Erna in die Küche kamen, schnupperten beide mit erhobenen Nasen. »Hier riecht es aber gut. Was gibt es Leckeres?«

Andy wischte sich die Hände an einem karierten Handtuch ab.

Ira ging auf ihn zu, küsste ihn und schielte dabei in den Topf. »Gulasch?«

»Pfefferpotthast mit hausgemachten Spätzle.«

»Bei uns zu Hause gab es das immer mit Kartoffeln und Möhrengemüse.«

»Ist das hier nicht bei uns zu Hause?«

»Bitte nicht, Andy, nicht schon wieder das Thema. Ich hab den Kopf voll mit anderen Dingen.«

Beim Essen brachte sie ihn auf den neuesten Stand. Wegen des Mordes an Konstanze gab es noch immer keine offiziellen Neuigkeiten, die für die Presse und somit für die Öffentlichkeit bestimmt waren.

Aber Ira hatte durch ihr Gespräche mit Tilly und einem Telefonat mit Kommissar Brück dennoch etwas herausgefunden: Als Tilly Konstanze in ihrem Zimmer besuchte, lag auf dem Nachttisch tagelang das Geschenk, in dessen Verpackung sich der Alpenbitter befand. Bei Tillys letztem Besuch war das Geschenkpapier aufgerissen gewesen, die Flasche stand halb ausgepackt da. Tilly gab ihrer Freundin auf deren Drängen hin die »Buddel«, die sie ein paar Tage lang nur angeschaut hatte.

»Für eine Alkoholkranke war das doch wohl ein sehr ungewöhnliches Verhalten, oder nicht?«, bemerkte Andy.

»Nein, ganz im Gegenteil. Wenn Konstanze wusste, dass da Schnaps drin war, muss es sie unfassbare Selbstbeherrschung gekostet haben, die Flasche nicht anzurühren. Vielleicht hat sie Tilly sogar zu einem Schluck eingeladen, weil sie es nicht mehr aushielt? Ich meine, sie wusste doch, dass sie unheilbar krank war, es war egal, ob sie noch mal Alkohol trank oder nicht.«

Andy nickte. »Ich war ja dabei, als Tilly sagte, das Zeug schmeckt nach Essig. Und sie sagte, dann habe Konstanze gebrüllt: ›Das ist Gift, Tilly, Scheiße, das ist verdammtes Gift!‹«

»Ja,« fuhr Ira fort, »sie hatte ihr noch den Mund ausspülen wollen, doch da war Konstanze bereits zusammengebrochen.«

»Schön und gut«, sagte Andy, »aber ist ja alles nicht neu. Wissen sie inzwischen wenigstens, an welchem Gift sie gestorben ist?«

»Ja, es war Parathion.«

»Nie gehört.«

»Doch, das kennst du bestimmt noch unter dem Namen E 605. Ein Unkrautvernichtungsmittel. Es wurde 2002 verboten. Seitdem kann man es nicht mehr kaufen.«

»Und das Zeug war in der Flasche mit dem Schnaps? Wie zum Teufel ist es da reingekommen?«

Ira verdrehte die Augen. »Das weiß ich doch nicht. Fakt ist: Konstanze bekam den Alpenbitter einige Tage vor ihrem Tod, am 25. November, zugestellt. Der Sendung war ein Zettel mit der Aufschrift *Ein Gruß, allein und mit Genuss zu trinken* beigefügt.«

Andy runzelte die Stirn. »Komischer Text! Und dieses Gift, schmeckt oder stinkt das nicht nach irgendwas? Hätte Konstanze nichts riechen müssen?«

»Habe ich mich auch gefragt. Im Internet hab ich gelesen, dass E 605 bitter schmeckt und stechend riecht. Es wurde bei der Herstellung vergällt, damit man es nicht versehentlich trinkt. Außerdem wurde es eingefärbt, auch das war eine Vorsichtsmaßnahme. Als man herausfand, dass mit E 605 etliche Morde und Suizide begangen wurden, nannte man das Zeug im Volksmund auch Schwiegermuttergift. Wer es kaufen wollte, musste den Personalausweis vorlegen. Ich habe auch gelesen, dass bei Verdacht auf Vergiftung mit E 605 sofort Atropin gespritzt wurde, aber weil es diese Vergiftungen durch das Verbot nicht mehr gibt, gehört die Gegentherapie auch nicht mehr zum Standard.«

Andy war skeptisch. »Und das hat der Mörder alles gewusst und sich zunutze gemacht? Ziemlich abwegig, oder?«

»Das weiß ich nicht. Ich frage mich, warum das Fläschchen in Geschenkpapier verpackt war. Konstanze hatte im Juni Geburtstag. Gestorben ist sie am 1. Dezember. Wieso bekam sie am 25. November ein Geschenk mit einer Grußkarte?«

Andy horchte auf. »Maria ist an ihrem Geburtstag, am 25. November, gestorben. Das Geschenk könnte für sie gewesen sein.«

»Das glaube ich nicht. Wer schenkt einer demenzkranken Frau vergifteten Schnaps?«

Andy dachte kurz nach. »Die nächste Frage wäre: Wer schenkt einer Alkoholikerin vergifteten Schnaps?«

»Philipp Holle hat Tilly erzählt, er habe Konstanze das Päckchen selber gebracht …«

Andy fiel ihr ins Wort: »Moment mal! Du warst doch kurz nach Konstanzes Tod bei ihm, hast du nicht mit ihm darüber gesprochen?«

»Worüber? Wie das Geschenk in das Zimmer gekommen ist?« Sofort rief Ira sich die Situation in Holles Büro ins Gedächtnis. Sie wusste genau, dass sie ihn gefragt hatte, ob er eine Idee habe, wie das Gift in Konstanzes Zimmer gekommen war. Und Holles Worte waren gewesen: »Ich? Eine Idee? Ich habe ganz andere Sorgen.«

Ira wiederholte seine Antwort.

Andy stützte das Kinn auf seine Handfläche. »Finde den Fehler, Ira, da stimmt was nicht. Ich komme gleich drauf, warte, lass mich überlegen.«

»Zu Tilly hatte er gesagt, dass er das Geschenk bei Konstanze abgestellt hat …«

»Halt, halt, halt! Ich verstehe es richtig, dass Philipp Holle zugibt, einer Frau, die alkoholkrank war und nebenbei an fortgeschrittener Leberzirrhose litt, eine Flasche Schnaps ans Bett gestellt zu haben?«

Ira sagte: »Sie war doch in einem Geschenkkarton. Holle wusste in dem Moment vielleicht nicht, was drin war. Die Umverpackung ist nicht mehr auffindbar. Ich habe das eingepackte Geschenk ja auch zwischen dem ganzen Zeug auf dem Nachttisch stehen sehen.«

Ira wusste, dass das Paket am Empfang abgegeben worden war, wahrscheinlich von einem Boten, das konnte nicht mehr ermittelt werden.

Es hatte sich um eine Tüte gehandelt, in der eine Karte und das Geschenk gewesen waren. Und auf der Karte hatte dieser komische Text gestanden.

Keine Anrede. Keine Unterschrift, kein Absender. Sicherlich auch keine verwertbaren Fingerabdrücke. Es hatte zwar die Mitarbeiterin der Stiftung ermittelt werden können, die das Päckchen angenommen hatte, sie war jedoch außerstande gewesen, nähere Angaben zu dem Boten zu machen, der es abgegeben hatte. Sie hatte nur noch gewusst, dass es ein hektischer Tag gewesen war, sich aber nicht an das Datum erinnern können. Offenbar hat das Geschenk tagelang im Postfach von Konstanze gestanden.«

»Wieso so lange?«, fragte Andy. »Wurde den Bewohnern ihre Post nicht täglich ausgehändigt?«

»Ja, aber Konstanze war wegen ihrer schlechten Leberwerte im Krankenhaus und ist erst am 25. November morgens in die Stiftung zurückgekehrt. Die Polizei konnte herausfinden, dass die Sendung am gleichen Tag abgegeben, aber Konstanze nicht überreicht wurde. So hat es mir jedenfalls Josie Falldorf erklärt.«

An diesem Tag hatte Konstanze ihr abends im Foyer aufgelauert und von einem Mord geredet.

»Noch mal Ira, Maria Klabunde ist am 25. November gestorben. Das war ihr Geburtstag. Und das Päckchen ist auch am 25. abgegeben worden!«

»Vielleicht hast du doch recht, und die Flasche war nicht für Konstanze.«

Andy stieß einen Pfiff aus. »Heiliger Strohsack. Spinnen wir den Faden mal weiter. Ein Geburtstagsgruß für Maria Klabunde. Eine Verwechslung? Wenn der Schnaps für Maria bestimmt war … Gestorben ist sie, aber nicht durch Gift, sondern durch den Unfall. Stellt sich die Frage, warum die Pulle nicht in Marias, sondern in Konstanzes Fach gelandet ist. Und es stellt sich auch die Frage, ob ein Adressat auf dem Päckchen vermerkt war oder ob der geheimnisvolle Bote es nur abgegeben hat und sagte, für wen es sei.«

Sie waren sich einig: Das konnte kein Zufall gewesen sein. War hier der Plan eines Mörders gründlich schiefgegangen? Immerhin gab es nur die Aussagen von Philipp Holle und Josie Falldorf, dass die Sendung für Konstanze gewesen war. Aber Maria hatte Geburtstag gehabt, nicht Konstanze. Und Holle hatte den Giftcocktail nach eigener Angabe in das Krankenzimmer gebracht. Warum?

Wenn das Gift für Maria gewesen war, die aber bei dem Unfall starb, hatte er es dann anschließend absichtlich bei Konstanze deponiert? Diese Variante hielt Ira einerseits für möglich, andererseits für unwahrscheinlich. Denn: Hatte Philipp Holle überhaupt ein Motiv?

Sie war ratlos. Wieder und wieder ging sie in Gedanken alles durch, was sie bisher erfahren hatte, hörte sich die

Interviews noch einmal an, durchforstete ihre Notizen – aber sie konnte dieses Puzzle aus schrecklichen Ereignissen einfach nicht zusammensetzen.

Beide Frauen hatten von den Königstöchtern gewusst. Beide waren krank gewesen, und beide hatten zu viel geredet. Konstanze hatte von den Königstöchtern gefaselt. Und Maria? Vielleicht war sie in ihrer Demenz wieder in die Zeit zurückgefallen, in der sie mit Tilly auf Hof Eskendor gelebt und mitbekommen hatte, dass Tilly von ihrem Vater in das Palais im Park gebracht wurde?

Ira kritzelte auf einem Zettel herum, schrieb die Worte, ohne nachzudenken: *Das Geheimnis der Königstöchter*. Sie las den Satz. Ergänzte ihn intuitiv: *Das Geheimnis der drei Königstöchter.* Las ihn noch einmal. *Das Geheimnis der drei Königstöchter.* Dann dachte sie spontan assoziierend weiter: … die sich zu Wohltäterinnen entwickelt hatten. Die mit der Morgenstern-Stiftung nur Gutes getan hatten. Die ihr ganzes Geld in diese Stiftung gesteckt hatten. Wollten sie ihr Leid mit guten Taten erträglicher machen? Wenn jetzt an die Öffentlichkeit kam, was ihnen damals passiert war – ja, was dann? Dem Ruf der alten Damen konnte es nicht mehr schaden, ganz im Gegenteil, sie würden als Opfer und Märtyrerinnen dastehen.

Das Andenken an ihre Väter würde verändert, deren Ruf wäre zerstört. Zu Recht. Sie waren nach außen hin verdiente Bürger gewesen, integre Geschäftsleute, brave Familienväter, wohlhabende Männer. Sie gehörten zu den sogenannten anständigen Familien mit langen Traditionen.

Wenn nun alles herauskam, stellte sich zwangsläufig auch die Frage: Warum jetzt, nach über sechzig Jahren? Jemand schien das mit allen Mitteln verhindern zu wollen. Hatte es einen Auslöser gegeben? Lief jemand Amok? Womöglich waren Tilly und Ilsemarie in Gefahr. Oder sie hatten ein Motiv. Vielleicht wollten sie das schreckliche Geheimnis bewahren und hatten sogar zusammengearbeitet? Könnten sie ihre Freundinnen ermordet haben?

Ira lief im Zimmer hin und her, setzte sich wieder, lief erneut herum. Sie notierte auf einem Zettel jeden Gedanken, der ihr in den Sinn kam.

Verdächtig waren in jedem Fall: Tilly und Ilsemarie.

Was war mit Roland Klabunde? Er konnte durchaus seine eigene Mutter unter den Wagen geschubst und ein paar Tage später Konstanze vergiftet haben.

Nein, das war unvorstellbar.

Oder?

Wenn, dann warum? Habgier? Er erbte die Habseligkeiten seiner Mutter, aber was hätte er von Konstanzes Tod? Nein, das war aberwitzig.

Man musste Philipp Holle noch mal auf den Zahn fühlen. Stand für ihn etwas auf dem Spiel, weil die drei Damen die Stiftung der Stadt überschreiben wollten? Seine berufliche Zukunft zum Beispiel?

Wenn Hans Klabunde nicht alt und gehbehindert wäre, käme er vielleicht als Täter in Betracht. Vielleicht hatte er verhindern wollen, dass jemand von Tillys schlimmer Vergangenheit erfuhr. Aber warum?

Zu viele Fragen. Tante Sophie hatte recht: Vielleicht sollte sie es der Polizei überlassen, die Antworten zu finden.

Aber Ira konnte nicht abschalten.

Sie dachte an den Tag, an dem Marias Überreste von der

Straße aufgelesen worden waren. Und an die todkranke Konstanze, die sich im Beisein ihrer Freundin Tilly vergiftet hatte. Nein. Das alles wollte sie nicht ad acta legen und darauf warten, dass die Polizei die Fälle löste. Das waren nicht nur »Fälle« – hier ging es um Lebensgeschichten.

Ira beschloss, noch mal ganz von vorn anzufangen. Und jetzt würde sie Klartext reden. Mit allen.

16

Ilsemarie Holle schien nicht überrascht zu sein, als Ira ihr am Telefon ohne Umschweife eröffnete, dass sie neue Erkenntnisse habe und wegen der Königstöchter unbedingt noch einmal mit ihr reden müsse.

Sie empfing Ira mit ernstem Gesicht, führte sie in den Wohnraum und bot ihr auf dem Ledersofa Platz an. Wieder fiel Ira auf, wie dezent und geschmackvoll dieser Raum wirkte: Die Grautöne der Polstermöbel harmonierten mit vanille- und cremefarbenen Wänden, Kissen und Vorhänge waren in einem blassen, milchigen Petrolton gehalten, die Teppiche nahmen die Farbe in einer helleren Nuance wieder auf. Silberne Bilderrahmen, Vasen aus Metall und Kunstobjekte aus Stein und Stahl waren gekonnt platziert. Hier wurde nichts dem Zufall überlassen.

Als Ilsemarie sich eine Zigarette anzündete, zitterten ihre gepflegten Hände.

»Frau Holle, das müssen Sie wissen«, begann Ira. »Ich werde Sie nicht kompromittieren und im Laufe meiner Berichterstattung nichts veröffentlichen, wenn Sie es nicht ausdrücklich erlaubt haben. Im Moment geht es mir überhaupt nicht um einen Artikel oder um eine große Story – es geht mir, so banal es klingt, einfach nur um die Wahrheit.«

Ilsemarie zupfte an ihrer Frisur, zog an der Zigarette, legte den Kopf in den Nacken und blies den Rauch langsam nach oben. Sie sah den Rauchschwaden hinterher. »Die Wahrheit?« Ihre Stimme war leise. »Wozu soll es gut sein, wenn Sie eine Wahrheit wissen, die ich so lange verdrängt habe? Ich habe nie jemandem davon erzählt. Jeden verdammten Tag habe ich versucht, so zu leben, als ob es nie passiert ist. Das war oft schwierig, manchmal schien es unmöglich, aber irgendwie ist es doch gegangen.«

»Wozu es gut sein soll?! Manchmal gibt es keinen offensichtlichen Nutzen. Dann ist es einfach so, dass Situationen sich entwickeln und man sich ihnen stellen muss.«

Ilsemarie trug eine cremefarbene Hose und eine passende Strickjacke, eine weiße Bluse mit Stehkragen und helle Wildlederslipper. Dazu hatte sie dezenten Perlenschmuck angelegt. Alles an ihr wirkte edel und vornehm: die grauen Augen, das blonde Haar, die schmalen Lippen. Eine Dame, von Kopf bis Fuß.

Ilsemarie drückte die Zigarette aus, lehnte sich zurück und griff nach einem Seidenkissen. Sie drückte es mit den Unterarmen an ihren Bauch, als wolle sie es umarmen.

»Tilly hat mir alles von den Königstöchtern erzählt«, begann Ira.

»Ja. Ich weiß. Sie hat es mir gesagt.«

»Maria und Konstanze hatten auch davon gesprochen, aber unzusammenhängend und wirr. Nun sind die beiden tot. Ich weiß beim besten Willen nicht, wie ich diese Situation einschätzen kann. Haben Sie eine Erklärung?«

Ilsemarie holte tief Luft. Sie streifte die Schuhe von den Füßen und zog ihre Beine in den Sessel. Ira bemerkte, wie gelenkig sie war.

Auf die Frage antwortete sie nicht. Ira hatte das Gefühl, als habe Ilsemarie sich jedes Wort, das sie nun sagte, genau überlegt. Offenbar nahm sie ihre ganze Kraft zusammen, als sie erzählte, was ihr Vater ihr angetan hatte. Sie hatte nichts von dem vergessen, was passiert war, im Gegenteil.

»Mein Vater fuhr nach dem Krieg regelmäßig von Minden nach Bad Oeynhausen, um das Palais im Park zu besuchen. Ich war noch ein kleines Mädchen, als er mich zum ersten Mal dorthin mitnahm. Das, was ich dort erlebte, will ich Ihnen nicht beschreiben. Obwohl ich es könnte. Jede Nacht, jede Begegnung, jedes Detail. Ich habe nichts davon vergessen. Gar nichts.« Ilsemarie berichtete frei von Emotionen. Sie wirkte, als läse sie von einem unsichtbaren Blatt ab. Ira war klar, dass diese Frau nie zuvor so offen mit einem Fremden über ihre Kindheit geredet hatte, und sie hatte das Gefühl, Ilsemarie beschriebe etwas, das jemand anders erlebt hatte, ein Ereignis, dessen Zeugin sie gewesen war.

»Zweimal brachte mein Vater mich zu einem Engelmacher. Sie wissen schon, um wen es geht: Es war Dr. Deppendorf, Konstanzes Vater. Was in seiner Praxis passierte, werde ich auch nie vergessen. Ich wollte diese Zeit aus meinem Gehirn verbannen. Es gelang mir nicht. Meinem Vater brachte sie wichtige geschäftliche Kontakte und meinen lebenslangen Hass ein. Vielleicht hat meine Mutter sich umgebracht, weil sie mit ihrer Schuld nicht leben konnte. Niemand kann es übersehen, wenn die einzige Tochter jahrelang zwei Mal in der Woche von etlichen Männern bestiegen wird.«

»Ihre Mutter hat sich umgebracht? Wie schrecklich!«

Ilsemarie nickte. »Ja. Sie hat Tabletten genommen. Das war kurz nach meiner zweiten Abtreibung.«

Ira hatte das Gefühl, als stünden alle Haare an ihrem Körper senkrecht ab. Sie hätte vor Wut und Ekel schreien können. »Warum haben Sie das Schwein … ich meine, warum haben Sie ihn nicht angezeigt?«, fragte sie mit zittriger Stimme.

Ilsemarie sah sie an, als habe sie nicht richtig gehört. »*Angezeigt*? Einen Mann? In der Nachkriegszeit?«

»Haben Sie nie daran gedacht?«

»Ach Ira! Wie naiv sind Sie denn? Selbst wenn ich auf die Idee gekommen wäre, eine Anzeige zu erstatten – was in der Tat absurd gewesen wäre –, wer hätte mir zugehört? Wer waren denn die Richter, Anwälte, Polizisten, Lehrer und Ärzte?« Sie wartete Iras Reaktion nicht ab. »Richtig. Sie waren die Kunden im Palais im Park. Nicht alle, natürlich nicht, aber etliche.«

Ira verzerrte das Gesicht. Sie hätte schon wieder kotzen können.

Ilsemarie sagte: »Bitte, lassen Sie mich folgerichtig weitererzählen, es fällt mir dann ein wenig leichter.«

»Natürlich.«

»Ich komme aus Minden, das wissen Sie ja. Ich besuchte die Königschule und anschließend die Mädchen-Mittelschule in der Ritterstraße. Danach schickte mich mein Vater auf die Höhere Handelsschule, und ich machte dann in seinem Kaufhaus eine Ausbildung zur Einzelhandelskauffrau. 1961 war ich fertig und kündigte. Kurz zuvor war ich nämlich einundzwanzig geworden und somit volljährig. Ich ging nach Hamburg, arbeitete mich bis zur Substitutin hoch und war später Chefeinkäuferin. Damals habe ich übrigens begonnen zu schwimmen, jeden Tag eine Stunde lang, das hat mir geholfen, Ruhe in meine Gedanken zu bringen. Später war ich im Verein und habe sogar ein paar Meisterschaften gewonnen. Ich schwimme heute noch jeden Morgen eine halbe Stunde im Schwimmbad der Morgenstern-Stiftung, bevor ich ins Büro gehe.« Sie schmunzelte plötzlich. »Die Eitelkeit. Ich neige zur Üppigkeit und sorge durch die Bewegung dafür, dass ich mein Gewicht halte, wenn ich es schon nicht reduzieren kann. Aber ich schweife ab, entschuldigen Sie. Nach dem Tod meines Vaters übernahm ich das Kaufhaus. Da war ich Anfang dreißig und vor lauter Beruf und Karriere auf dem besten Weg, eine einsame Frau zu werden. Im Betrieb wurde sogar gemunkelt, ich sei ›vom anderen Ufer‹, jemand, den meine Mutter einen ›kessen Vater‹ genannt hätte, aber das war natürlich Unsinn. Ich wollte keinen Mann. Seit mein Vater von mir abgelassen hatte, durfte mich kein Mann mehr anrühren. Ich bekam schon Beklemmungen und Atemnot, wenn ich mit einem Kerl allein in einem Raum war. Wenn ich einen Fahrstuhl betreten sollte, in dem ein Mann war, drehte ich mich auf dem Absatz um und nahm die Treppe.« Ilsemarie holte tief Luft.

»Dann lernte ich Dr. Klaus-Armin Holle kennen. Er sprach mich in der Mittagspause im Restaurant ›Deutscher Kaiser‹ an. Ich hatte dort einen festen Tisch, an dem ich mit meinen Abteilungsleitern zu Mittag aß. Er sah fantastisch aus, war charmant, gebildet und brachte mich zum Lachen. Das war der Punkt. Sein Humor. Er war der erste Mann, vor dem ich keine Angst hatte. Im Juni 1978 haben wir in der Martinikirche in Minden geheiratet.«

Ihre Gesichtszüge wurden starrer, wirkten jetzt verkrampft.

»Wenige Monate später fand ich heraus, dass Klaus-

Armin kein Doktor war, sondern ein Hochstapler. Ich wollte die Ehe annullieren lassen, was die Presse mit großem Interesse verfolgte. Sogar der Spiegel berichtete darüber. Es folgten unangenehme Prozesse, eine Annullierung war nicht möglich, und schließlich kam 1981 endlich die Scheidung.«

»Darf ich Sie etwas fragen?«

Ilsemarie nickte, zündete sich eine neue Zigarette an.

»Die Geschichte von diesem Hochstapler kannte ich schon«, sagte Ira. »Die Tanten meines Freundes haben sie mir erzählt.«

»Welche Tanten?«

»Ich bin mit Andy Weyer von Hof Eskendor liiert. Seine Tanten, Frieda und Sophie Weyer, kennen Sie von früher und wussten auch von dieser unglücklichen Ehe.«

»Ach, die beiden Schwestern. An die erinnere ich mich natürlich, sie lebten mit Tilly, Maria und Hans zusammen, nach dem Krieg. Es gab damals wohl kaum jemanden, der sich nicht das Maul über mich zerrissen hat. Das war eine Geschichte, über die ganz Ostwestfalen sprach.«

»Das denke ich mir. Ich habe in den Archiven der Zeitungen aber nichts darüber gefunden.«

»Es ist vielleicht zu lange her. Was wollten Sie mich vorhin fragen?«

»Warum haben Sie den Namen Ihres Mannes behalten?«

»Weil ich den Namen meines Vaters noch viel weniger führen wollte als den eines Hochstaplers. Außerdem hatte ich einen Sohn. Um nichts in der Welt sollte das Kind so heißen wie mein Vater.«

Ira schämte sich ein bisschen. Darauf hätte sie selber kommen können.

»Philipp wurde 1979 geboren. Da war ich immerhin schon neununddreißig. Er wuchs in Minden auf, ich besaß ein Haus an der Viktoriastraße. Tja, den Rest meines Lebens kennen Sie, davon habe ich Ihnen beim letzten Mal erzählt.«

»Ich bewundere Sie dafür, dass Sie nicht verbittert sind, sondern dass Sie anderen durch die Stiftung viel Gutes tun konnten. Sie haben neulich zu mir gesagt, Sie hätten Ihre Pflicht getan und alles wiedergutgemacht. Haben Sie deswegen die Stiftung gegründet? Um an anderen Mädchen gutzumachen, was Ihnen widerfahren ist?«

»Kann sein. Vielleicht. Ja.« Ilsemarie sah ihr in die Augen. »Glauben Sie an ausgleichende Gerechtigkeit?« Sie wartete Iras Antwort nicht ab. Unvermittelt fuhr sie fort: »Die Geburt meines Sohnes war so eine Sache. Weil er während meiner Ehe geboren wurde, versuchte Klaus-Armin später, Kontakt zu ihm aufzunehmen. Ich habe ihm das per einstweiliger Verfügung verbieten müssen.«

»Kennt Ihr Sohn seinen Vater?«

»Ja. Er hat ihn ausfindig gemacht. Ich wusste aber zuerst nichts davon. Erst als Philipp ihn getroffen hatte, erzählte er es mir. Viel zu sagen hatten sie sich aber nicht. Blut ist eben doch nicht dicker als Wasser.« Ilsemarie bot Ira einen Sherry an.

»Nein, danke. Bei unserem letzten Gespräch haben Sie gesagt, dass Sie sich mit Tilly und Konstanze darauf geeinigt hatten, die Stiftung demnächst an die Stadt zu übergeben. Was sagt denn Ihr Sohn dazu?«

»Philipp? Fragen Sie ihn selbst. Oder besser, seine Gattin.« Sie betonte das letzte Wort ironisch.

»Ich werde mit ihm reden, ja. Darf ich Sie bitte noch etwas sehr Persönliches fragen?«

Ilsemarie zog die Augenbrauen hoch und legte den Kopf schräg. »Fragen Sie.«

»Wie konnten Sie all die Jahre mit diesen Verbrechen leben, ohne verrückt zu werden? Ich meine, ich erfahre jetzt, viele Jahre später, als Unbeteiligte davon und kann nicht mehr schlafen, weil mich diese Bilder vom Palais im Park und von den Königstöchtern bis in meine Träume verfolgen. Wie haben Sie das bloß ausgehalten?«

Ilsemarie strich in einer anmutigen Bewegung mit der linken Hand über ihren rechten Oberarm. »Ausgehalten. Tja. Mehrere Psychotherapeuten haben sich an mir eine goldene Nase verdient, aber das hat mir nicht wirklich geholfen. Meine Angst vor Männern habe ich mit ihrer Hilfe einigermaßen in den Griff bekommen, aber viel mehr konnten sie leider nicht bewirken. Diese Episode meines Lebens hat bis vor Kurzem alles überschattet.« Sie lächelte plötzlich. »Mein Bekannter hat mir geholfen.«

»Ihr Bekannter?«

Ilsemarie wirkte ein bisschen verlegen. »Nun, ich habe seit einiger Zeit einen Bekannten.« Sie zögerte. »Einen Freund, wenn Sie so wollen.«

»Sie haben einen neuen Partner, verstehe ich Sie richtig?«

»Nein«, sagte Ilsemarie. »Mit Herrn Lindemann verreise ich ab und zu. Wir haben ein Theater-Abonnement und sind beide passionierte Radfahrer.«

»Und wie hat Herr Lindemann Ihnen geholfen? Tut mir leid, ich stehe ein bisschen auf der Leitung.«

Ilsemarie holte tief Luft. »Ich habe zwanzig Jahre lang Tagebuch geschrieben.«

»Tagebuch.«

Sie nickte. »Niemand hat das gewusst. Wissen Sie, ich hatte nie ein Gegenüber, mit dem ich über die Geschehnisse hätte reden können, bis auf die Therapeuten. Irgendwann habe ich damit angefangen. Zuerst schrieb ich heimlich und habe ziemlich gefiltert formuliert. Aus Angst, dass jemand meine schlimmen Geheimnisse lesen würde. Aber später wurde ich freier und habe meine ganze Wut, meine Verzweiflung und meine Ängste niederschreiben können.«

»Als Mensch, dessen Beruf die Schreiberei ist, kann ich das sehr gut verstehen«, sagte Ira.

Ilsemarie lächelte wieder. »Eines Tages habe ich Robert Lindemann davon erzählt.«

»Das muss ein wichtiger Schritt für Sie gewesen sein.«

»Ja. Ich habe gelernt, jemandem zu vertrauen. Und Robert hatte eine Idee, die alles verändert hat.« Ilsemarie schaute Ira mit einem Blick an, der triumphierend und stolz zugleich wirkte. »Ich schreibe ein Buch!«

Sie sprang auf, lief auf Strümpfen durch das Zimmer und öffnete eine zweiflügelige Schiebetür, hinter der Ira ein elegantes Arbeitszimmer sah.

Ilsemarie nahm einen Ordner vom Schreibtisch und trug ihn ins Wohnzimmer. Sie legte ihn Ira auf den Schoß. »Das ist es. Zweihunderteinundzwanzig Seiten. Bis jetzt.«

Neugierig schlug Ira den Deckel auf. Die Überschrift war, genau wie das gesamte Manuskript, mit Schreibmaschine getippt.

Erinnerungen einer Missbrauchten – von Ilsemarie Holle.

»Sie wollen das unter Ihrem richtigen Namen veröffentlichen?«

»Ich bin alt genug, um zu meiner Biografie zu stehen. Was

passiert ist, ist passiert. Das kann ich nicht mehr ändern. Aber wenn ich alles erzähle, was damals geschah und wie falsch sich alle verhalten haben, die Mütter, die Geschwister, die Freunde, die Nachbarn … Auch ich habe mich falsch verhalten. Ich habe mich wie ein Opfer benommen und bin wie ein Opfer behandelt worden. Mit dem Buch kann ich vielleicht warnen, helfen, aufrütteln …«, sie schien nach weiteren Worten zu suchen, aber keine zu finden, »… verstehen Sie denn nicht?«

Langsam klappte Ira den Deckel des Ordners zu. Dieses Manuskript erklärte, warum Ilsemarie so offen mit mir geredet hatte: Sie hatte gelernt, ihre Geschichte in Worte zu fassen, sich ihr zu stellen.

Ira wählte ihre Worte mit Bedacht. »Ich verstehe, wie wichtig es für Sie ist, dieses Tagebuch geschrieben zu haben. Ich finde das mutig und stark. Meine Hochachtung. Aber, ich bitte Sie, sagen Sie niemals, Sie hätten sich damals wie ein Opfer verhalten! Sie waren eins, verdammt, Sie waren ein Opfer! Sie waren ein Kind!«

Ilsemarie starrte auf ihre Hände.

»Wenn Sie dieses Buch unter Ihrem Namen veröffentlichen wollen«, fuhr Ira fort, »kann man Rückschlüsse auf die Identität der anderen Beteiligten ziehen. Auf Tilly und Konstanze, oder nicht?«

Sie bekam keine Antwort.

Ira sprach ihre nächsten Gedanken nicht aus. Sie überlegte blitzschnell, was mit der Morgenstern-Stiftung passieren würde, wenn herauskäme, dass in dem Anwesen früher ein Kinderpuff gewesen war. Und sie dachte an Konstanze und Maria, die von den Königstöchtern geredet hatten und nun tot waren.

Wie wichtig war Ilsemarie die Veröffentlichung ihrer Autobiografie? Der Tod der beiden Frauen konnte durchaus etwas mit diesem Projekt zu tun haben. Ira ließ sich nicht anmerken, dass sie Ilsemarie plötzlich mit anderen Augen sah.

»Ich sage es noch mal, und ich meine das wirklich gut: Schreiben Sie das Buch zu Ende, und veröffentlichen Sie es. Unbedingt. Aber Sie müssen die Persönlichkeitsrechte der anderen Beteiligten beachten. Fragen Sie Ihren Anwalt, der wird Ihnen dasselbe sagen.«

Danach holperte das Gespräch. Vielleicht war Ilsemarie zu erschöpft.

Ira betonte beim Hinausgehen noch einmal, dass nichts von dem, was sie gehört hatte, ohne Ilsemaries Einverständnis irgendwo auftauchen würde. Auch von dem Manuskript würde sie niemandem erzählen.

Nachdenklich stieg sie in ihr Auto. Tante Erna hatte auf der Rückbank geschlafen und begrüßte sie überschwänglich.

Ira fuhr zu den Sielterrassen, stellte den Mini Cooper ab und lief mit dem Hund durch den Sielpark.

Sie schmunzelte, als sie an Ilsemaries Bezeichnung »mein Bekannter« dachte. Ihre Mutter nannte ihren Lebensgefährten Hermann auch so. Sie stellte sich vor, Andy als »mein Bekannter« irgendwo vorzustellen und musste lachen. Wie hieß der Typ? Robert Lindemann? Mal sehen, ob sie etwas über ihn herausfinden konnte.

Ilsemarie Holle war eine komische Frau. Freundlich, zuvorkommend, aber auch irgendwie unnahbar. Sie hatte einiges von sich preisgegeben, aber dennoch hatte Ira das Gefühl, nicht viel von ihr zu wissen. Sie rechnete es ihr hoch an, dass sie ihre Lebensgeschichte so offen erzählt und ihr das Buch gezeigt hatte. Ilsemarie schien Ira zu vertrauen, sonst hätte sie das nicht getan. Oder wollte sie mit ihrer Offenheit etwas bezwecken? Eigentlich hatte es keinen Grund gegeben, das Buch zu erwähnen. Und an eine spontane Eingebung glaubte Ira nicht, dafür wirkte die Frau zu kontrolliert.

War Ilsemarie nun verdächtig oder nicht? Wo war sie gewesen, als Maria und Konstanze starben? Lag ihr Büro in der Stiftung im selben Flügel wie das von Tilly? Wie weit war es von Ilsemaries Büro zu Konstanzes Zimmer? Und wie weit war es bis zu der Stelle, an der Maria Klabunde umgekommen war?

17

»Weißt du was? Mir wächst diese ganze Geschichte über den Kopf. Frauen, die total verkorkst sind, weil ihre Väter so verdammte Schweine waren und sie jahrelang vergewaltigt haben. Die eine war sechs, Andy, sechs Jahre alt! Ein kleines Mädchen, stell dir das mal bitte vor!«

»Nein. Ich will mir das nicht vorstellen.«

Ira hatte Jacke und Tasche auf einen Stuhl geworfen und unvermittelt zu schimpfen begonnen. Sie beachtete Andy nicht, ging zum Kühlschrank, nahm eine Flasche Pils raus, kramte in einer Schublade vergeblich nach einem Flaschenöffner und reichte Andy stumm die Flasche, als er mit den Worten »Sag doch einfach was!« seine Hand danach ausstreckte. Er öffnete die Flasche, der Kronkorken fiel auf den Boden, und Ira trat mit dem Fuß hinterher.

»Was ist mit dir los? Ist was passiert?«

»Ist was passiert, ist was passiert?«, äffte sie ihn nach. »Ja! Es passiert seit Wochen was. Zwei Frauen sind tot, das ist passiert. Eine davon wurde schon als Sechsjährige vergewaltigt. Das ist auch passiert. Wie viele Mädchen wurden im Palais im Park von alten Säcken gefickt? Ich weiß von dreien. Tilly, Konstanze, Ilsemarie. Aber es hat mit Sicherheit noch viel mehr gegeben. Das hätte sich doch sonst gar nicht gerechnet, oder? So ein großes Palais und nur drei benutzbare kleine Körper. Damit konnte man doch keine Geschäfte machen. Ich will gar nicht wissen, was aus all den Kindern geworden ist. Mir reichen die, die ich kennengelernt habe. Die eine hat angefangen zu saufen und Tabletten zu nehmen, bis sie davon meschugge war. Die andere hatte vor Männern jahrelang solche Angst, dass sie nicht mal mit einem Mann allein in einem Raum sein konnte. Und diese Frau gerät dann auch noch an einen Betrüger, von dem sie schwanger wird. Was ist das Schicksal denn bitte für eine dumme Sau!«

Andy sagte nichts, nickte nur.

Ira war so aggressiv, dass ihre Stimme schrill wurde: »Männer! Es sind immer Männer, die kleine Kinder besteigen, es sind Männer, die Frauen vergewaltigen, es sind Männer wie dieser verschissene Dr. Deppendorf, der verschissene Alois-Willibernd König und der verschissene Emil Menkhoff, die das Leben von Kindern zerstören.«

»Ira, komm runter, es gibt auch Frauen, die …«

Sie fiel ihm ins Wort: »Ach so? Es gibt auch Frauen, die Männer vergewaltigen? Wolltest du das sagen? Es gibt Frauen, die Kinder missbrauchen? Frauen, die anderen Menschen Gewalt antun, weil sie ihren Scheißtrieb nicht im Griff haben? Und dass es bei hundert Verbrechen drei gibt, die von Frauen begangen werden, macht die siebenundneunzig anderen weniger schlimm?«

Andy holte Luft, um etwas zu sagen, aber Ira schrie ihn jetzt an: »Ich habe das recherchiert, Andy. Es gab letztes Jahr laut Kriminalstatistik des Bundeskriminalamtes 15781 Opfer von Straftaten gegen die sexuelle Selbstbestimmung. Hör genau hin, das sind fast sech-zehn-tau-send Delikte. 92,2 Prozent der Opfer sind Mädchen und Frauen.« Sie riss ihr Mac-

Book aus der Tasche, öffnete es und rief ein Dokument auf. »Komm her, komm her und sieh dir das an!«

Andy sah ihr über die Schulter. »Was ist das?«

»Das ist die Kriminalstatistik der Polizei für 2009. Hier, sieh dir diese Zahlen an, Andy, sieh sie dir an, ich könnte immer nur kotzen!«

Sie vergrößerte einen Passus in der Tabelle, und Andy las laut vor: »Sonstige sexuelle Nötigung: 6044, sexueller Missbrauch von Schutzbefohlenen unter Ausnutzung einer Amtsstellung oder eines Vertrauensverhältnisses: 1597, darunter zum Nachteil von Kindern: 855. Sexueller Missbrauch: 20998, davon sexueller Missbrauch von Kindern: 11319.« Er ließ sich auf einen Stuhl fallen. »Mein Gott. So viele.«

»Ja, mein Gott, so viele. Aber mein Gott hilft den Kindern auch nicht. Zwölftausend erfasste Fälle, Andy, und die Dunkelziffer schätzt man noch mal so hoch ein. Es gibt also mindestens vierundzwanzigtausend Schicksale, die denen von Tilly, Ilsemarie und Konstanze ähneln. Vierundzwanzigtausend geile Männer, die einen Menschen zerstören, weil sie ihren verdammten Schwanz nicht im Griff haben. Jedes Jahr! Und kein Gott, der ihnen hilft.«

Sie warf sich aufs Sofa und begann bitterlich zu weinen.

Später, als Ira sich beruhigt hatte, saßen sie am Küchentisch.

»Ich verstehe deinen Ausbruch«, sagte Andy. »Aber ich bin auch ein Mann. Und ich will nicht mit diesem Abschaum in einen Topf geworfen werden.« Er nahm ihre Hand und hielt sie ganz fest. »Ira, bitte vergiss nicht: Ich bin einer von den Guten!«

»Und was ist mit den Müttern?«, fragte Ira, ohne auf ihn

einzugehen. »Frauen, die zu Mittäterinnen werden, wenn sie ihre Kinder nicht schützen oder nicht dafür sorgen, dass die Männer zur Rechenschaft gezogen werden.«

»Was war mit den Müttern von Tilly, Konstanze und Ilsemarie?«, fragte Andy.

»Die Mutter von Ilsemarie hat sich mit Tabletten umgebracht, als Ilsemarie fünfzehn war, die Mutter von Tilly ist früh an Krebs gestorben, und die von Konstanze ist, glaube ich, recht alt geworden. Ich habe keine Ahnung, ob sie wenigstens versucht haben, ihre Mädchen zu beschützen. Sie müssen es gewusst haben, so was passiert doch nicht unbemerkt!«

Sie saßen noch lange da, sagten nichts, jeder hing seinen Gedanken nach.

Es war ein hilfloses, wütendes Schweigen.

18

»… wir war'n geboren, um zu leben …«

Der Radiowecker sprang um 14:30 Uhr an und holte Ira mit einem pathetischen Lied aus dem Tiefschlaf. Sie hatte sich mittags hingelegt, nachdem sie in den Nächten zuvor so schlecht geschlafen hatte und vorhin am Schreibtisch eingenickt war.

Mit geschlossenen Augen fand sie die Schlummertaste und drehte sich um. Noch neun Minuten. Sie träumte von einem Zug, den sie unbedingt erreichen musste und dessen Türen sich nicht öffnen ließen, als sie außer Atem endlich am richtigen Gleis ankam. Als sie eine Stimme hörte, ordnete Ira sie in ihrem Traum einer Lautsprecherdurchsage auf dem Bahnhof zu. Die Stimme sagte:

»Bad Oeynhausen. Heute Morgen wurde in einem Frauenwohnheim die Leiche einer Frau gefunden. Laut Angaben eines Polizeisprechers handelt es sich um die siebzigjährige Vorstandsvorsitzende der Stiftung Morgenstern.«

Ira sprang mit einem Satz aus dem Bett.

Sie lauschte mit angehaltenem Atem.

»Die Stiftung war in den vergangenen Wochen in die Schlagzeilen geraten, weil zwei Bewohnerinnen auf unnatürliche Weise ums Leben gekommen waren. Und nun zum Wetter.«

»Scheiße. Scheiße, Scheiße, Scheiße!«

Hektisch griff sie nach ihrem Handy. Sechs Anrufe in Abwesenheit, alle von der Redaktion. Die mussten noch warten. Zuerst wählte sie die Handynummer von Kommissar Brück und rannte im Zimmer hin und her, bis er sich endlich meldete. »Ich habe es eben im Radio gehört. Es ist Ilsemarie, oder? Ist es Ilsemarie? Ist sie tot?«

Brück sagte, Ilsemarie Holle sei um sieben Uhr in der Früh von einer Putzfrau im Schwimmbad der Stiftung gefunden worden. Sie hatte leblos im Wasser gelegen. Augenscheinlich war sie ertrunken, aber die offizielle Todesursache stand noch nicht fest.

Ira schrie: »Sie ist nicht ertrunken! So ein Unsinn. Ilsemarie war eine vorzügliche Schwimmerin, sie hat früher sogar an Meisterschaften teilgenommen und schwimmt immer noch jeden Tag. Sie kann nicht ertrunken sein. Brück, ich sage Ihnen, das war auch ein Mord!«

»Beruhigen Sie sich«, sagte Brück trocken. »Wir wissen schon, was zu tun ist. Die Pressekonferenz ist morgen um elf, dann wissen wir mehr – und Sie erfahren es auch.«

Immer wieder trat Ira zu heftig aufs Gaspedal, fuhr zu dicht auf, musste so hart bremsen, dass Tante Erna im Heck des Mini Coopers unmutig kläffte. Das Radio war auf volle Lautstärke eingestellt, Ira wollte kein Wort der Lokalnachrichten verpassen.

Sie hatte in der Redaktion angerufen. Horstmann hatte sie angeblafft, weil sie nicht drangegangen war. »Ich brauche Ihnen ja wohl nicht zu sagen, was Sie zu tun haben! 200 Zeilen und drei bis vier Fotos, Deadline ist morgen Mittag.«

Ilsemarie war tot. Ertrunken. Niemals. Eine passionierte Schwimmerin ertrinkt nicht in einem Hallenbad. Das konnte einfach nicht wahr sein! Ira schlug mit der flachen Hand auf das Lenkrad und fluchte.

In ihren letzten Überlegungen war Ilsemarie die Hauptverdächtige gewesen, weil sie bei beiden Todesfällen in der Nähe gewesen war. Weil sie mit dem Buch einen neuen Lebensinhalt gefunden hatte und sich vielleicht nicht daran hindern lassen wollte, es zu Ende zu schreiben.

Ira hatte kombiniert, dass Maria und Konstanze zu viel geredet hatten. Konstanze konnte angedroht haben, die Veröffentlichung zu verhindern. Andererseits: Hätte sie die Kassette mit ihrer Lebensbeichte besprochen und ausgerechnet einer Reporterin gegeben, wenn sie nicht gewollt hätte, dass die Fälle bekannt wurden?

Es konnte eine Art Rivalität zwischen den beiden gegeben haben, einen Wettstreit darüber, wer die Wahrheit zuerst veröffentlichte. War das ein Mordmotiv?

Die Schwachstelle der Theorie mit Ilsemarie als Mörderin war Maria Klabunde. Warum hätte Ilsemarie sie unter das Auto schubsen sollen? Und wann? Und wie? Wahrscheinlich war Marias Tod doch ein Unfall gewesen. Mit ein bisschen Mühe hatte die Formel von Motiv und Gelegenheit nur bei Konstanzes Tod gepasst.

Nun passte überhaupt nichts mehr zusammen. Jetzt sah die Sache ganz anders aus. Jetzt sah es aus, als liefe da draußen ein Serientäter durch die Stadt und tötete alte Frauen, die als Kinder vergewaltigt worden waren.

Zur Morgenstern-Stiftung brauchte Ira nicht zu fahren. Dort war mit Sicherheit alles abgesperrt. Die Spurensicherung musste das Schwimmbad Zentimeter für Zentimeter untersuchen. In der Stiftung wimmelte es bestimmt von Polizei. Drei Tote in sieben Wochen, das war eine große Sache. Also würde sie dort nur anrufen.

Philipp Holle war nicht zu sprechen. Natürlich nicht, damit hatte Ira auch nicht gerechnet. *Wenn meine Mutter tot in einem Pool gefunden würde, wäre ich auch nicht zu sprechen*, dachte sie.

Seine Stellvertreterin fing am Telefon fast an zu heulen, als Ira um eine Stellungnahme für *Tag 7* bat. »Wissen Sie, was hier los ist? Alle Bewohner und Mitarbeiter werden verhört …«

Ira fiel ihr automatisch ins Wort: »Befragt.«

»Was?«

»Sie werden befragt, und wenn sie etwas zur Sache zu sagen haben, werden sie vernommen.«

»Von mir aus auch das.«

»Frau Blechschmidt, bitte, Sie wissen, dass die Medien über diesen dritten Todesfall, der sich innerhalb weniger Wochen bei Ihnen ereignet hat, berichten *müssen*?«

»Was wollen Sie denn hören?«

Mehr, als Ira von Kommissar Brück erfahren hatte, wusste Tanja Blechschmidt allerdings auch nicht. Das hieß, Ira musste den Artikel »kalt« schreiben und sich mit Informationen aus dem Internet und aus ihren eigenen Unterlagen begnügen. Von der Polizei würde sie vor der Pressekonferenz auch keine Details erfahren.

Als Ira gegen Abend durch die Einfahrt auf Hof Eskendor fuhr, stand Tante Sophie in der offenen Haustür der Kate und paffte. Im fahlen Schein der Lampe über dem Eingang hing der Zigarrenrauch wie Nebelschwaden. Heimeliges Licht schien auf den Weg; durch die Fenster sah Ira Tante Friedchen in der Küche hantieren. Sie ließ den Pudel aussteigen, der sofort zu der Alten hinüberlief und sich ausgiebig streicheln ließ.

»No, Fiffi, wolltste was abstauben? Geh mal nach Friedchen hin, die gibt dir was«, sagte Tante Sophie und rief Ira ein knurriges »Moin, wie isses?« zu.

»Geht so. Ich glaub, ich brauch heute mal ’nen Schnaps!«

Das ließ Tante Sophie sich nicht zweimal sagen. Noch bevor Ira das Auto abgeschlossen und die Küche der Kate betreten hatte, standen der Braken und die Gläser auf dem Tisch.

Tante Sophie und Tante Friedchen waren sichtlich entsetzt. Ira hatte den Satz »Ilsemarie Holle ist heute tot aufgefunden worden« drei Mal wiederholen müssen, bevor die beiden ihn kapiert hatten. Darauf tranken sie sofort noch einen Klaren. Ira lehnte den zweiten ab und verweigerte damit die »Nahrung«, wie Sophie bemerkte.

Aus Tante Friedchens Duttfrisur hatte sich eine Strähne gelöst. Sie spielte damit herum, wickelte sie um ihren krummen Zeigefinger, ließ sie wieder los. Dann stand sie auf, schlurfte zum Küchenschrank und kramte hektisch in einer Schublade.

»Was suchste denn da, Frieda?«

»Hab schon«, sagte die und kam mit einem zerdrückten Päckchen Peter Stuyvesant zurück. Sie achtete nicht auf den missbilligenden Blick ihrer Schwester, die, zu Ira gewandt, sagte: »Sie soll das ungesunde Zeuch nich rauchen, nimm ’ne Zigarre, die ist gesünder!«

»Sei still, Soffi.« Sie bot Ira und Tante Sophie eine Zigarette an. Beide nahmen sie, Tante Sophie inhalierte tief. Ira zündete ihre nicht an, aber irgendwie tat es gut, sich für ein paar Minuten an etwas festhalten zu können.

An der Wand tickte die Uhr. Sonst hörte man nichts, nur die Geräusche, die entstanden, wenn eine der beiden Frauen den Rauch auspustete.

»Das waren ja mal vier Mädchen gewesen«, sagte Tante Sophie nach einer Weile. »Ganz adrette, gut erzogene Mädchen. Und nu sind drei davon übern Jordan. Eine ist zerfetzt, eine vergiftet, eine ersoffen. Was soll man dazu sagen?«

»Und eine is noch am Leben. Heilandsack!«, sagte Tante Friedchen und füllte ihr Schnapsglas und das ihrer Schwester erneut. »Du wolltest ja nicht«, sagte sie zu Ira. Sie schwiegen wieder.

Schließlich räusperte sich Tante Sophie. »Die Maria, das war 'n ganz nettes Mädchen. Da konnte jeder hinkommen, wenn er was hatte, die war immer hilfsbereit, und die war auch nich bange vor Arbeit.«

Dass Maria fleißig und hilfsbereit gewesen war, hatte Ira bisher von jedem gehört, der sie gekannt hatte.

Tante Sophie fuhr fort: »Und diese Ilsemarie, die war ja nicht von hier, die kam ja aus Minden, die fand ich 'n bisschen hochnäsig. Da dachte man immer, die hielt sich für was Besseres. Aber das war vielleicht ihre Art, mit den ganzen Kumma feartich zu werden.«

»Konstanze war 'n Donnerweib, wie das im Buche steht«, sagte Tante Friedchen. »Die hatte Haare auffe Zähne gehabt. Die war ja mal mit 'nem Schwatten verheiratet gewesen …«

»Konstanze war *verheiratet*?« Ira fiel aus allen Wolken.

»Jaja, das war aber kein Geheimnis, da hat eintlich jeda Bescheid gewusst.«

Auch Tante Sophie und Tante Friedchen wussten ziemlich genau Bescheid: Bei Konstanze sei im Privatleben immer alles drunter und drüber gegangen, sie habe mit ihren Geschichten oft genug für Tratsch in der Stadt gesorgt.

Mitte der Neunzigerjahre habe sie »mitten auffe Straße« einen jungen Schwarzen kennengelernt, der nach einer Messerstecherei Probleme mit seinem Asylantrag hatte. Konstanze hatte ihn bei sich aufgenommen und geheiratet. Da war sie über sechzig und Tayo, so hieß der Bursche, Anfang dreißig.

»Das wär ungefähr so, als würd ich heute mit einem poussieren, der so alt ist wie unser Andy.« Tante Sophie schüttelte sich bei dem Gedanken daran. »Das fehlte mir noch. Jedenfalls: Wir trafen uns damals immer mit den Kolleginnen aus'm Krankenhaus einmal im Monat zum Kaffeetrinken inner Stadt, und irgendwer wusste da immer was Neues.«

Ira erinnerte sich daran, dass Tante Sophie bis zur Rente als Krankenschwester gearbeitet hatte. »Schwester Rabiata« war ihr Spitzname gewesen, weil sie nie zimperlich gewesen war, nicht in ihren Bemerkungen und erst recht nicht, wenn es ums Zupacken ging. Es war naheliegend, dass sie und ihre Kolleginnen Konstanze Deppendorf auch als Ärztin gekannt hatten – darauf hätte sie auch selbst kommen können.

Tante Sophie berichtete von einer Kollegin, die vermutet hatte, dass Konstanze den »Schwatten« wegen ihres Helfersyndroms aufgenommen hatte, die andere hatte auf ordinäre Torschlusspanik getippt. Tante Sophie glaubte eher an Angst vor dem Alleinsein, aber Tante Friedchen schimpfte: »So'n

Blödsinn. Die war doch ihr Lebtach allein gewesen, kannte die doch gar nich anders.«

Nach dem Kenntnisstand der Schwestern kam Tayo aus einer gut situierten Familie in Nigeria und war mit acht Geschwistern aufgewachsen. Seine Vita klang wie die Folge einer RTL-Vorabendserie, aber die Schwestern schworen, dass sie wahr sei.

Der Vater, zwei Brüder und eine Schwester, kamen bei einem Autounfall ums Leben, als Tayo acht war. Die Mutter ernährte die verbleibenden fünf Kinder mit Näharbeiten und ermöglichte den vier Söhnen einen Schulabschluss und eine Ausbildung. Tayo zog nach der Schule in seiner Heimatstadt einen Autohandel auf. Als er nach Deutschland kam, um hier Gebrauchtwagen zu kaufen, wurde er bestohlen und hatte kein Rückflugticket mehr. Bei einem Jamaikaner fand er Unterschlupf. Tayo telegrafierte seinem Bruder, der in Amerika lebte, und bat ihn um Geld. Der Bruder schickte 1500 Dollar. Er überwies sie auf das von Tayo angegebene Konto, es gehörte dem Jamaikaner. Ira ahnte schon, wie die Story weiterging, und sie behielt recht: Der Jamaikaner betrog Tayo um das Geld. Es kam zu einer Messerstecherei, beide wurden verhaftet. Der Jamaikaner wurde ruckzuck ausgewiesen, Tayo kam für einige Monate ins Gefängnis. Er stellte nach seiner Entlassung einen Asylantrag wegen politischer Verfolgung. Warum er plötzlich in Deutschland bleiben wollte, wussten die Schwestern nicht.

Kurz vor Weihnachten kam Tayo zusammen mit anderen Asylbewerbern in ein Auffanglager in Bad Oeynhausen.

Ira staunte immer wieder über das gute Gedächtnis der beiden Alten, sie schienen sich jedes Detail dieser abenteuerlichen Geschichte gemerkt zu haben. Tante Sophie sagte: »Von meiner Kollegin Emmi die Kusine, die war Sprechstundenhilfe bei der Deppendorf, und von der weiß ich, dass Konstanze mal im dunen Kopp in der Wirtschaft erzählt hat, dass sie sich sofort in diesen Schwatten verguckt hatte.«

Und ganz im Vertrauen hatte Konstanze bei Bier und Schnaps auch verraten, dass sie sich weiß Gott geschmeichelt gefühlt hatte, weil so ein kräftiger junger Bursche mit ihr alten Krawallschachtel ins Bett stieg. Sie habe sich tapfer eingeredet, dass es ihretwegen gewesen war und nicht wegen ihres Geldes.

Tante Friedchen nahm das leere Schnapsglas in die Hand und drehte es gedankenverloren hin und her. Schließlich sagte sie: »Das kann man ja wohl verstehen, oder? Das mit dem Vergucken, mein ich. Der hatte 'n ganz strammen Pöter, das kann ich dir aber sagen!«

»Frieda!«, rief Tante Sophie. »Du bist über achtzig, benimm dich!«

Tante Friedchen kicherte. »Damals war ich aber noch gut in Schuss, da hatte man schon mal unanständige Gedanken.«

»Frieda, getz ist aba Schicht im Schacht, das gehört hier nich hin!«

Ira unterdrückte ein Lachen und wandte sich wieder der älteren Schwester zu.

»Jedenfalls hat die Konstanze damals zu der Emmi ihrer Kusine gesagt, sie hätte sich selber nicht mehr gekannt. Sie wär dem Mann schnell auf die Schliche gekommen, aber sie hat ihn trotzdem nicht rausgeschmissen.« Sophie zog ein Gesicht und betonte: »Aba da gehörn immer zwei dazu. Er ließ sich behandeln wie einen Diener und«, sie räusperte sich, »der Schwatte ließ sich mit Sex von ihr erpressen.« Sie sprach das Wort »Six« aus und schmunzelte verlegen.

»Erpressen?«, fragte Ira.

»Ja, also so in dem Sinn, dass er mit ihr … was machen musste, damit sie ihn nicht inne Wüste schickte.« In gewohnt burschikosem Ton fuhr sie fort: »Frieda, schütt noch mal 'n Schlürschluck ein, und dann is hier auch mal Feierahmt.«

Ira erfuhr noch, dass Konstanze ihrem Tayo nach etwa zwei Jahren die Heirat anbot und er annahm. Daraufhin bekam er natürlich eine Aufenthaltsgenehmigung und begann eine Lehre als Mechaniker.

»Das war von ihm eigentlich ganz vernünftig. Und mit Konstanze ging es dann ganz berchab. Pillen, Schluck und Kippen. Da war die süchtig nach allem!«, schloss Tante Sophie ihren Bericht, an dessen Details sie sich ganz offensichtlich mit einer Mischung aus Ekel und Schaudern erinnerte.

»Ich möchte nach Hause. Kommst du mit?«, fragte Ira.

Andy verstand sie sofort. Er wusste, dass sie buchstäblich Abstand von den Trauerspielen gewinnen musste. Er packte seine kleine Reisetasche, und sie fuhren nach Bielefeld. Ira räumte ein bisschen auf, nahm ein Bad, schrieb ihren Artikel.

Andy hatte den Fernseher eingeschaltet, das Regionalfernsehen berichtete über die Mordserie in Bad Oeynhausen. »Die wissen auch noch nicht mehr als ich«, murmelte Ira, als der Beitrag zu Ende war.

Später tranken sie in der Küche ein Glas Wein.

Sie hatten wieder kein anderes Thema als die toten Frauen, auch Andy ließ es keine Ruhe. Die Fragen hörten nicht auf. Wer profitierte von den Geschehnissen? Tilly? Sie war die Letzte des früheren Kleeblatts. Hatte sie Maria unter den Wagen geschubst? Konstanze vergiftet? Hatte sie mit Ilsemaries Tod etwas zu tun? Konnte ihre Angst, dass der Missbrauch ans Tageslicht kam, so groß sein, dass sie dafür drei Morde begangen hatte?

»Ich kann es mir nicht vorstellen, es ergibt einfach keinen Sinn. Und außerdem ist das alles viel zu lange her.«

Gedankenverloren spielte Ira an den Tasten des Ghettoblasters herum, der immer noch auf der Arbeitsplatte stand. Sie hatte ihn noch nicht wieder in den Keller gebracht, nachdem sie sich Konstanzes Kassette angehört hatte. Ira nahm die Kassette aus dem Fach und zeigte sie Andy. »Guck mal, hier hat sie die Sicherungen mit Tesafilm überklebt und die Kassette dann besprochen.«

Sie legte das Band wieder ein, drückte automatisch auf Play. Und bekam Gänsehaut, als sie Konstanzes brüchige Stimme hörte.

»Ich wusste, dass er immer noch illegale Abtreibungen vornahm. Und ich wollte der widerlichen alten Drecksau das Handwerk legen.«

Ira hatte das Gefühl, ihr Herz bliebe stehen. Was war denn das? Was sagte sie da?

Sie stoppte die Aufnahme, nahm die Kassette wieder heraus, schaute sie fassungslos an, drehte sich zu Andy um und sagte: »Das ist die B-Seite! Die Kassette hat natürlich eine B-Seite! Und die hat Konstanze auch besprochen. Daran habe ich überhaupt nicht gedacht! Ich hab sie eben versehentlich andersrum eingelegt.«

Mit angehaltenem Atem hörten sie sich die zweite Seite gemeinsam an.

»Ich wollte ihn töten. Ich hatte kein anderes Ziel, als ihn zu töten. Was ich ja auch mit dem größten Vergnügen getan habe. Wie? Insulin in den Anus. Den Einstich findet niemand. Das war leicht. Am 5. Oktober 1971 habe ich meinen Vater umgebracht. Schade war nur, dass er im Schlaf verreckt ist, denn ich hatte ihm vorher starke Schlafmittel verabreicht. Es ist ein Jammer, dass er nicht gelitten hat. Ich hätte es unendlich genossen, wenn er gejammert und gebettelt hätte, und wenn ich diesmal diejenige gewesen wäre, die nicht darauf hörte. Ich hätte ihn gern gequält. Ach Gott, wie viele Arten, ihn zu quälen und zu foltern, habe ich mir in all den Jahren ausgemalt. Warum ich ihn nicht einfach angezeigt habe? Die Praxis warf viel Geld ab, hatte einen guten Namen. Das wollte ich mir selber zunutze machen. Der Alte hat es immer verstanden, als jovialer, bodenständiger und netter Hausarzt dazustehen. Etwas ruppig war er, aber das mochten die Leute. Er war zeitlebens ein angesehener Bürger. Wie so viele von denen … Ich habe übrigens viele von ihnen immer wiedergesehen. Diese dreckigen perversen Schweine. Lebten weiter, als hätten sie nie was Böses getan. Als ob sie nie Gewissensbisse hatten. Verdammte Saukerle.«

»Der Alte hatte ordentlich Schotter auf der Kante gehabt, meine Mutter, mein Bruder Friedgerd und ich haben gut geerbt. Mutter ist nach Spanien gezogen, Friedgerd hat sein Geld versoffen, bis er krepiert ist. Aber das ist eine andere Geschichte. Ich wollte das Geld nicht. 1973 gründeten Tilly, Ilsemarie und ich die Stiftung. Das war der Preis, den ich für den Mord an meinem Vater gezahlt habe: Sein dreckiges Geld in sauberes zu verwandeln. Ich dachte, das sei Wiedergutmachung genug. Aber das stimmte nicht. Die Dämonen der Vergangenheit bin ich nie losgeworden. Ich hab wahrlich tapfer versucht, sie zu ersäufen, zu betäuben und auszuräuchern, aber es ist mir nicht gelungen.«

Es gab eine kurze Pause. Dann sprach Konstanze weiter.

»Bis 1998 hatte ich die Praxis. Gleichzeitig war ich von Anfang an Stiftsärztin im Haus Morgenstern. Wir haben so vielen Frauen helfen können … sie konnten ein halbwegs normales Leben führen. Für mich gab es nie ein normales Leben. Nachdem meine erste Liebe Cornelius mich verlassen hatte, habe ich es ewig lange nicht mehr geschafft, einen Mann zu ertragen. Einerseits habe ich mich nach einem Partner gesehnt, aber wenn ich dann einen hatte, bin ich fast ausgeflippt. Es ging nicht. Alles, alles hat dieses Drecksviech, das mein Vater war, zerstört.

Als ich Tayo kennenlernte, war ich schon eine böse alte Frau. Den Burschen hatte ich in der Hand. Der war eine arme Sau. Aber auch ihn hab ich nüchtern nicht ertragen. Ich hab mich selbst nicht ertragen. Wir sind nie geschieden worden. Ich hab alles verkauft, auch mein Haus. Tayo musste sehen, wie er klarkam, drauf geschissen. Ich bin in eine kleine Eigentumswohnung gezogen. Vorher hatte ich Unsummen an karitative Einrichtungen verschenkt. Das gefiel Tayo nicht besonders. Er wollte mich entmündigen lassen, weil er Angst um sein Erbe hatte. Warum ich ihn nicht enterbt habe? Weil ich müde bin. Den größten Teil meines restlichen Vermögens bekommt sowieso die Stiftung.

Als ich mir die Diagnose Leberzirrhose stellen musste, bin ich ins Haus Morgenstern gezogen. Es war pures Glück, dass ein Apartment frei wurde. Meinen Posten im Vorstand habe ich aufgegeben, wohl gerade noch rechtzeitig. Keinen

Tropfen habe ich mehr angerührt, ich weiß ja, dass man die Zirrhose nicht heilen, aber immerhin zum Stillstand bringen kann. Die Hoffnung stirbt zuletzt? Haha. Meine Hoffnung ist schon lange tot. Ich spreche auf dieses Ding, weil ich mich bald nicht mehr erinnern werde. Die Medikamente geben mir den Rest. Denken Sie, ich merke nicht, dass ich verrückt werde? Womöglich beginnende Demenz. Viele demente Personen kehren mit ihrem Bewusstsein in ihre Kindheit zurück. Da sei Gott vor.«

Hier endete die Aufnahme.

Ira saß reglos da. Ihre Hände lagen auf dem Tisch, in ihren Ohren rauschte es, und ihre Kehle war so trocken, dass sie kaum schlucken konnte.

Auch Andy hockte da wie eine Statue.

Sie schwiegen lange.

Konstanze hat ihren Vater ermordet. Ira dachte diesen Satz nicht nur, sie sah ihn in Riesenlettern vor sich.

Konstanze hat ihren Vater ermordet.

Was für ein Albtraum. Sie sah die alte Ärztin vor sich, wie sie in ihrem Bett gesessen hatte: das eingefallene Gesicht mit der gelblichen, dünnen Haut, die steilen Raucherfalten über dem lippenlosen Mund, der graue, zottelige Zopf, die hängenden Brüste, das Gebiss im Wasserglas. Konstanze war einmal ein hübsches kleines Mädchen gewesen. Das war ihr zum Verhängnis geworden. Was für ein verpfuschtes Leben.

Ira hielt inne. Da war plötzlich so eine vage Ahnung, das Aufblitzen eines Gedankens. Er entwickelte sich rasch zu einem entsetzlichen Verdacht. Sie zog ihr MacBook heran, rief die Suchfunktion auf und gab einen Namen ein. Die

Daten, die auf dem Bildschirm erschienen, übertrug sie auf ein Blatt Papier. Ebenso verfuhr sie mit dem zweiten und dem dritten Namen.

»Ach du heilige Scheiße, Andy, sieh dir das an!«, rief sie und warf den Stift auf den Tisch.

Entgeistert starrte Andy auf die Notizen.

Das Todesdatum von Alois-Willibernd König war der 27. März 1971, das von Dr. Wilhelm Deppendorf der 5. Oktober 1971. Ilsemaries Vater, Emil Menkhoff, war wenig später, am 26. Dezember, gestorben.

Alle drei Männer waren innerhalb eines Jahres gestorben.

»Denkst du, was ich denke?«, fragte Ira.

Er nickte.

»Das kann kein Zufall sein, oder?«

»Nein, das ist kein Zufall.« Er dachte kurz nach. »Du musst ihre Todesursachen herausfinden. Wenn das nach über vierzig Jahren überhaupt noch möglich ist.«

Ira nickte. »Ja. Vielleicht geht es hier und heute gar nicht um die Verbrechen an den Kindern.«

War es möglich, dass die Frauen Anfang der Siebzigerjahre ihre Väter umgebracht hatten? Nun waren drei tot. Nur Tilly lebte. Wenn Tilly nicht die Mörderin war, schwebte sie in großer Gefahr.

Es herrschte Totenstille in der Wohnung. Andy war mit Tante Erna in den Park gegangen und hatte Ira länger schlafen lassen. Sie lag noch im Bett und grübelte, dachte an Ilsemarie. Die elegante Kaufhauserbin, die als Neunjährige ins Palais im Park gebracht wurde. Wer wusste, wie lange sie vorher schon von ihrem Vater bestiegen worden war. Was für ein Scheißleben! Wie viel Mut musste es sie gekostet haben, ihre Erinnerungen in einem Buch zusammenzufassen. Und nun war auch sie tot. Sollte sie zum Schweigen gebracht werden, wie ihre Freundinnen vorher? Oder hingen diese Tragödien ganz anders zusammen?

Ausgerechnet Iras Mutter hatte gestern angerufen, nachdem sie in den Lokalnachrichten von dem neuesten Todesfall gehört hatte.

»Natürlich wünscht man keinem so einen Tod, aber die Frau Holle, die hatte es doch immer gut. Die hat doch kein Leid gekannt, die hatte immer genug Geld, die brauchte nie einen Finger krumm machen, die hatte für alles ihre Leute«, hatte sie gezetert.

Typisch Mutter, für sie hing immer alles nur am Geld. Sie kannte Ilsemarie Holle aus der Zeitung und machte sich ihr Bild.

Ira war drauf und dran gewesen, ihre Mutter anzuschreien, ihr zu sagen, welches Leid Ilsemarie erfahren hatte und dass es keine »Leute« gegeben hatte, die ihr als kleinem Mädchen zu Hilfe gekommen waren.

Sie hatte es aber nicht getan, bloß nicht, denn dann wüsste es am nächsten Tag die ganze Siedlung. Aber Ira hatte sie ziemlich aggressiv darauf hingewiesen, dass Ilsemarie Anfang der Sechzigerjahre immerhin allein nach Hamburg gegangen war und Karriere gemacht hatte – für Iras Mutter, die nicht mal ohne Begleitung in den Aldi oder ins Einkaufszentrum fuhr, eine geradezu absurde Vorstellung.

Sie hatte Ira jedoch gar nicht richtig zugehört, sondern weitergetratscht: »An der Holle siehst du mal, dass diese reichen Weiber auch auf die falschen Männer reinfallen können, genau wie unsereins damals mit deinem Vatter. Gerda Grottendick hat nämlich noch alte Zeitungen mit den Artikeln von dem Heiratsschwindler, der dieser Holle das Kind gemacht hat und später eingesperrt wurde.«

Ira hatte das selbstzufriedene Gesicht ihrer Mutter vor sich gesehen. Christa Wittekind freute sich diebisch, wenn Adlige, Reiche und Prominente mit Krankheiten, Unfällen und anderen Schicksalsschlägen fertigwerden mussten. Ihr Standardsatz war dann: »Da hat das ganze schöne Geld nix genutzt.«

»Mutter, kannst du mir davon Kopien besorgen?«, hatte Ira gefragt.

»Wovon? Was meinst du?«

»Von den Zeitungsartikeln. Vielleicht ist das wichtig für meine Arbeit.«

Ira wusste, dass ihre Mutter in der kleinen Pause, die im Gespräch folgte, überlegt hatte, was Gerda Grottendick denken könnte, wenn sie dem Wunsch ihrer Tochter nachkam.

Offenbar bestand keine Gefahr, sich unbeliebt zu machen, denn Christa Wittekind hatte versprochen zu sehen, was sich da organisieren ließe.

Ira sah auf die Uhr. Zeit zum Aufstehen. Sie ging in die Küche, kochte Kaffee, schaltete das Radio ein.

Sie dachte an Tilly. Was tat sie jetzt? War sie verdächtig? Schuldig? Befand sie sich in Gefahr? Wie wurde man damit fertig, wenn innerhalb weniger Wochen drei Menschen ermordet wurden, die im eigenen Leben eine große Rolle gespielt hatten?

19

Ira brachte die Pink-Floyd-Kassette zur Polizei. Kommissar Brück versicherte, sie an den leitenden Kommissar der Mordkommission weiterzugeben. Brück war kurz angebunden, hatte es furchtbar eilig, und Ira kam nicht dazu, ihn irgendetwas zu fragen. Die Antworten wären wahrscheinlich sowieso nicht befriedigend gewesen. Laufende Ermittlungen … kann beim jetzigen Stand keine Auskunft geben … warten Sie auf die Pressemitteilungen … Das Übliche.

Sie ermittelte weiter auf eigene Faust.

Sie legte eine Akte an und nannte sie »Königstöchter«. Alles, was sie über die drei Toten erfahren hatte, druckte sie aus. Sie fertigte Gesprächsprotokolle an und markierte, was unklar war, rot.

Zuerst befasste sie sich intensiv mit dem Fall »Ilsemarie«. Dafür recherchierte sie in den Archiven der Tageszeitungen und druckte die Todesanzeigen von Ilsemaries Vater aus. Emil Menkhoff starb »nach kurzer schwerer Krankheit« am zweiten Weihnachtstag 1971. *Todesursache?*, schrieb Ira neben seinen Namen.

Sie würde Philipp Holle befragen. Außerdem wollte sie seinen Vater, den falschen Doktor, ausfindig machen – wenn er noch lebte. *Klaus-Armin Holle suchen*, lautete die nächste rote Notiz.

Ilsemarie hatte damals nicht nur das Kaufhaus, sondern auch das Palais im Park geerbt. Ira fand Informationen über das Anwesen und kopierte den Artikel in ihre Datei:

Die Villa entstand in den Jahren 1896 bis 1898 für den Fabrikanten Dietrich Grube nach einem Entwurf des Architekten Kurt Mewes, der für die Familie bereits mehrere Bauprojekte umgesetzt hatte. Sie wurde im Stil des Spätbarocks errichtet. Als Bildhauer an dem Neubau wirkte Dido Ferrahd mit, als Kunstschmied Wieland Meyer. Im Nachgang wurde 1931 noch ein Gartenhaus erstellt, für das sich ebenfalls Kurt Mewes verantwortlich zeichnete. Bis 1925 diente die Villa als Privathaus, danach wurde sie zu einer luxuriösen Privatpension für Badegäste umgebaut.

Nach dem Zweiten Weltkrieg wurde die Villa unter dem Namen »Palais im Park« Teilstandort der britischen Besatzungsmacht. Für diese wurde das Anwesen nach den im Krieg erlittenen Schäden, von denen das Haupttreppenhaus teilweise und das Dach schwer betroffen waren, ab 1946 wieder hergerichtet. Die endgültige Wiederherstellung der Villa erfolgte 1950/51 für die britische Besatzungsmacht. Die angrenzenden Villen waren ebenfalls im Krieg beschädigt worden und – nach Nutzung durch die Besatzer – bereits 1949 durch Neubauten ersetzt worden, die in den folgenden Jahren durch mehrere Anbauten dem Haupthaus angeschlossen wurden. Nach Abzug der Briten erwarb der Mindener Kaufmann Emil Menkhoff das Anwesen.

Nach dem Tod des Besitzers (1971) gründete dessen Tochter die Morgenstern-Stiftung, das »Palais im Park« ging in den Besitz der Stiftung über und ist seither ein Wohnheim für Frauen.

Das war alles ziemlich vage formuliert, viel ließ sich daraus nicht ableiten. Ira fiel aber auf, dass die Morgenstern-Stiftung 1973 gegründet worden war, fast zwei Jahre nach dem Tod der Väter. Wahrscheinlich war viel Bürokratie und Vorbereitung nötig gewesen, um so ein Projekt auf die Beine zu stellen; mit Stiftungsrecht und allem, was dazugehörte, kannte Ira sich nicht aus. Die Details waren aber nicht wichtig, wichtig waren zunächst die Daten.

Ira bat einen befreundeten Notar um »Amtshilfe«. Es war zwar nicht ganz legal, aber er besorgte ihr Auszüge aus den Mindener und Bad Oeynhausener Grundbüchern. Und er fand heraus, dass Ilsemarie auch mehrere schuldenfreie Mehrfamilienhäuser geerbt hatte. Sie hatte die Häuser verkauft und dieses Geld ebenfalls in die Stiftung investiert.

Ira legte eine weitere Mappe für Tilly Jacobsen an. Tilly hatte ihr erzählt, dass ihr Vater im März 1971 gestorben war, wenige Monate nach dem tödlichen Herzinfarkt seiner Frau Lisbeth. Tilly hatte seine Firma geerbt, sie an einen Konzern aus dem Ruhrgebiet verkauft und die Millionen aus der Transaktion in die Stiftung gesteckt.

Zudem hatte sie ihr Elternhaus, die Villa Augusta in Bad Oeynhausen, geerbt. Über deren Geschichte wusste Ira ja Bescheid. *Tillys Kinder, Monika und Raimund Grote, finden* schrieb sie sich auf.

Dr. Wilhelm Deppendorf war im Oktober 1971 gestorben. Zeitnah hatte Konstanze seine Praxis übernommen. Die Mutter, eine geborene Heide Labender, hatte bis zu ihrem Tod in Andalusien gelebt. Sie war offensichtlich ausgewandert. Konstanze hatte das Haus, in dem sich die Praxis befand, und außerdem ein stattliches Aktienpaket geerbt. Das hatte sie mit enormem Gewinn verkauft, und das Geld war in die Stiftung gegangen.

Das alles sah doch nach einem Plan aus!

Tayo aufsuchen hieß der nächste Punkt. Wenn Konstanze nicht von ihm geschieden worden war, erbte er womöglich doch etwas? Vielleicht stand ihm ein Pflichtteil zu, wie hoch auch immer dieser sein würde. Damit hatte Tayo vielleicht ein Motiv gehabt, Konstanze umzubringen. Aber es blieb die Frage, warum er Ilsemarie und Maria hätte töten sollen. Wenn er am Tatort gewesen wäre, hätte sich jemand an ihn erinnert: So viele dunkelhäutige Menschen gab es nicht in Bad Oeynhausen. Er wäre in der Stiftung mit Sicherheit aufgefallen; wenn er Konstanze an ihrem Todestag besucht hätte, wüsste irgendjemand davon. Nein, er gehörte nicht zu den Verdächtigen.

Dann notierte Ira noch jemanden, den sie suchen wollte: *Die Frau des Friseurs*. Vielleicht lebte die Frau noch, die damals assistiert hatte, wenn die Mädchen im Friseurstuhl saßen.

Der letzte Name auf ihrer Liste lautete: *Robert Lindemann*.

Als Ira mit ihren Recherchen so weit war, dass sie sich kaum noch konzentrieren konnte, griff sie zum Handy und wählte Tillys Festnetznummer. Sie musste sich unbedingt danach erkundigen, wie es ihr nach diesem neuen Schock ging. Außerdem wollte sie überprüfen, ob Tilly sich irgendwie verdächtig benehmen würde.

Es ging niemand ans Telefon.

Vielleicht schlief sie oder war in der Morgenstern-Stiftung. Bestimmt ging es ihr ziemlich schlecht. Irgendwann kam schließlich jeder an seine Grenzen. Ira versuchte es auf dem Handy, aber dort schaltete sich nur die Mailbox an.

Ira dachte plötzlich an Marias Tod. Tilly hatte sie stehen lassen, weil ihr Handy geklingelt hatte. Wer hatte sie eigentlich angerufen? Was war so wichtig gewesen, dass sie ihre orientierungslose Freundin an der Hecke »parkte«? Sie verfasste eine weitere Notiz: *Wer rief Tilly an?*

Dann sah sie auf die Uhr. Höchste Zeit. Sie packte ihre Tasche, kontrollierte die Akkus der Kamera, steckte einen Stenoblock und Stifte ein und schnappte sich das Programmheft der Oetkerhalle. Sie hatte Dienst, musste für den Kulturteil von *Tag 7* über Gustav Mahlers Auferstehungssinfonie berichten. Ira seufzte. Auch wenn sie nicht freiwillig zu diesem Konzert gegangen wäre, so war es nun doch eine willkommene Abwechslung.

20

Sie tauchte unangemeldet im Haus Morgenstern auf.

Philipp Holle kam ihr in der Halle entgegen. Er wirkte erschöpft. Als er Ira entdeckte, sah er verwirrt aus. »Haben wir einen Termin, Frau Wittekind?«

»Nein. Ich möchte Ihnen mein Beileid wegen des Todes Ihrer Mutter aussprechen und wollte das nicht am Telefon, sondern persönlich tun.« Sie reichte ihm die Hand, er drückte sie schlaff. »Weiß man inzwischen, wie es passiert ist?«, fragte Ira.

»Sie ist wohl ertrunken.«

»Aber sie war eine hervorragende Schwimmerin. Wie konnte das passieren?«

»Vielleicht hatte sie einen Schwächeanfall. Sie hatte viel zu hohen Blutdruck.«

»Hat die Obduktion zweifelsfrei den Tod durch Ertrinken ergeben?«

»Ob zweifelsfrei oder nicht, das spielt doch jetzt keine Rolle mehr. Sie ist tot.« Ira war da anderer Meinung, aber ihm das jetzt zu sagen schien ihr pietätlos. Stattdessen fragte sie: »Wissen Sie schon, wann sie beerdigt werden kann?«

»Nein, sie ist noch nicht zur Bestattung freigegeben worden. Aber ich lasse Ihnen Bescheid geben, wenn es so weit ist. Wollen Sie einen Artikel darüber schreiben?«

»Wir haben den Todesfall bereits als Nachricht gebracht. Und natürlich recherchiere ich jetzt, was es damit auf sich hat, dass in der Stiftung drei Frauen gestorben sind.«

Holles Gesicht zeigte keinerlei Regung.

»Was die Beerdigung angeht …«, sagte Ira. »Ich war vor ein paar Tagen bei Ihrer Mutter, wir führten ein bewegendes Gespräch. Sie war sehr offen. Ich würde mich in der Tat gern von ihr verabschieden.«

»Bewegendes Gespräch? Warum? Worüber denn?«

»Es ging um eine alte Geschichte in der Vergangenheit, etwas Vertrauliches.« Ira überlegte, ob Holle von dem Buchprojekt seiner Mutter gewusst haben könnte, entschloss sich aber, ihn dazu nicht zu befragen.

Holle schien verärgert. »Frau Wittekind, Sie kommen hierher, reden von meiner Mutter, die vor wenigen Tagen verstorben ist und noch nicht mal unter der Erde liegt, Sie erwähnen ein persönliches Gespräch, das Sie mit ihr gehabt haben wollen, und dann möchten Sie mir nicht sagen, worum es dabei ging? Ich bitte Sie!«

Ira zögerte. Sie verstand seinen Unmut. »Es betrifft Sie nicht. Es ging um etwas, das passiert ist, lange bevor Sie geboren wurden.«

»Wieso glauben Sie beurteilen zu können, was mich betrifft und was nicht? Wir reden von meiner Mutter, verdammt noch mal!«

Holle bemerkte, dass er zu laut geworden war, einige Leute im Foyer drehten sich zu ihnen um. Sein Lächeln wirkte hilflos. Er sah auf seine Armbanduhr. Ira registrierte, dass er heute keine Rolex, sondern einen klobigen Chronometer von Breitling trug.

»Wenn Sie ein bisschen Zeit haben, erzähle ich Ihnen, worum es bei unserem Treffen ging.«

Sie folgte ihm in sein Büro.

Philipp Holle war groß und kräftig, und erst jetzt fiel Ira auf, dass er eine Figur wie ein Handballspieler hatte. Er hielt ihr die Tür auf, half ihr aus dem Mantel, bot ihr einen Stuhl an und fragte, ob sie etwas trinken wolle. Formvollendet. Er sah Ilsemarie ähnlich, hatte von ihr offensichtlich das blonde Haar und die hellen Augen geerbt. Wie sah sein Vater aus? Was wusste er über ihn? Ira nahm sich vor, ihn danach zu fragen.

Sie erinnerte sich an Ilsemaries Worte: *Wissen Sie, Philipp hat ein bisschen zu wenig Ehrgeiz, aber viele Pläne. Er ist sehr freundlich und hasst Veränderungen, hat exzellente Umgangsformen und einen gewissen Charme, aber er ist jemand, das muss ich als Mutter einfach zugeben, der auch ohne Rückgrat stehen kann. Irgendwas hab ich falsch gemacht …* Sie hatte einen Moment geschwiegen und hinzugefügt: … *sonst hätte er sicher nicht diese Lydia Golominski geheiratet.*

Ira sah Holle in die Augen. »In Anbetracht der letzten Monate … Maria Klabunde und Konstanze Deppendorf … wenn wir davon ausgehen, dass Ihre Mutter nicht ertrunken ist, sondern dass jemand nachgeholfen hat … haben Sie einen Verdacht, wer sie … wer dafür gesorgt hat, dass sie …?«

Er fiel ihr ins Wort: »Wer sie umgebracht hat? Ich habe keine Ahnung, das können Sie mir glauben. Das habe ich auch der Polizei gesagt.« Er dachte einen Moment nach. »Glauben Sie, dass ihr Tod etwas mit den Ereignissen von früher zu tun hat, von denen Sie eben sprachen? Ging es um meinen Erzeuger?«

Das passte ja prima, dachte Ira.

»Sie meinen Ihren Vater, Klaus-Armin Holle?«

»Pah, Vater. Mein Erzeuger ist er. Nicht mehr. Er ist ein Heiratsschwindler, ein Hochstapler.«

»Wie kommen Sie auf ihn? Lebt er überhaupt noch?«

Holle nickte.

»Kennen Sie ihn?«

»Ja. Ich habe ihn getroffen. Meine Mutter hatte kein gutes Händchen, was Männer anging. Sie war sowieso ein Spätzünder, hatte immer nur das Kaufhaus und die Morgenstern-Stiftung im Kopf und lernte Holle erst kennen, als sie schon Ende dreißig war. Sie war mit mir schwanger, als sie irgendwie herausfand, dass mein Erzeuger nicht der Arzt war, für den er sich ausgab. Das ließ sie sich nicht bieten, sie hat ihn verklagt, bis er nicht mehr wusste, ob er Männchen oder Weibchen war. Ich habe lange gar nicht gewusst, wer er ist. Mutter hat immer gesagt, sie habe ihn in die Wüste geschickt, bevor ich geboren wurde. Irgendwann – ich glaube, es war, als sie nach dem Herzinfarkt im Krankenhaus lag – hat sie mir gestanden, dass er in Herford lebt. Ich habe seine Adresse schnell herausgefunden.«

»Und dann?«

»Habe ich ihn angerufen und mich mit ihm verabredet.«

Ira versuchte, sich Holles Gefühle in dieser Situation vorzustellen. »Als junger Erwachsener einen fremden Mann zu treffen, der der eigene Vater ist, das muss eine denkwürdige Begegnung gewesen sein«, sagte sie.

Holle schüttelte den Kopf. »Er ist ein alternder Pfau, der nichts Sinnvolles zu sagen hat.«

»Sie haben sich nicht gut mit ihm verstanden?«

»Nein. Er war eine einzige Enttäuschung.«

»Schade. Was hatten Sie denn erwartet?«

»Nun, es hätte ja sein können, dass er bei einer anderen reichen Frau mit seiner Masche mehr Erfolg gehabt hatte als bei meiner Mutter. Dann würde ich erben, wenn er mal abtritt. Hat er aber nicht.«

Ira versuchte, sich ihre Abscheu über diese Bemerkung nicht anmerken zu lassen. Sie gab sich Mühe, in neutralem Ton zu fragen: »Ist Ihnen Geld so wichtig?«

Holle sah sie verwundert an. »Selbstverständlich. Geld regiert die Welt, das ist ein Sprichwort, das nicht von ungefähr kommt. Meine Mutter ist, nein, ich muss ja jetzt sagen, sie *war* eine steinreiche Frau, trotzdem habe ich als Schüler schon schuften müssen. Sie hielt es nämlich für pädagogisch wertvoll, dass ich für mein Geld arbeiten ging. Seit ich vierzehn war, musste ich exakt die Hälfte jeder Ferien im Kaufhaus arbeiten. Ich habe Kartons ausgepackt, Klamotten aufgebügelt, Regale geputzt, Kleiderbügel gewaschen, Rundständer abgestaubt, Botengänge für die Verkäuferinnen gemacht. Fräulein Witthus, eine Verkäuferin der ganz alten Garde, hatte mir an einem langen Samstag mal gesteckt, dass mein Vater ein fescher Bursche gewesen sei. Sie fand es schade, dass es so ein öffentliches Drama um ihn gegeben habe. Die arme Frau Mama. Hä? Mitleid für meine Mutter? Sie war wegen ihrer Launen im Betrieb nicht besonders beliebt, wissen Sie. Aber um den Alten wurde sie offenbar von den Fräuleins beneidet, und das so genannte Drama war ein schickes Abenteuer für die alten Jungfern, die selbst nichts erlebten. Das hat mich neugierig gemacht. Erst nach und nach habe ich herausgefunden, dass er sich als Doktor ausgegeben hat. Von meiner Mutter war nichts zu erfahren. Wenn ich sie nach ihm fragte, wich sie aus, hatte keine Zeit. Irgendwann fragte sie mich, warum ich das wissen wolle und ob ich als Kind irgendetwas vermisst hätte.«

»Haben Sie etwas vermisst?«

»Als Kind? Nein, jedenfalls nicht bewusst.«

Ira fragte ihn, wie er aufgewachsen sei.

Zum ersten Mal lächelte Holle. »In Minden, an der Viktoriastraße. Ich sehe das Haus noch vor mir: Es war mit Schieferschindeln verkleidet, in der Mitte der Vorderfront wuchs ein mächtiger Rosenstock. Im Sommer, wenn die Rosen blühten, sind manchmal Leute vor dem Haus stehen geblieben und haben Fotos gemacht. Das Haus war alt, Baujahr 1900, und es hatte einen riesigen Garten. Wir bewohnten die untere Etage, das waren, glaube ich, hundertfünfzig Quadratmeter. Der Seitenflügel und die oberen Etagen waren vermietet. Die Mieter kümmerten sich um den Garten. Ich hatte Aupairmädchen, jedes Jahr ein neues, und es gab eine Haushaltshilfe, die täglich kam. Dann wurde meine Mutter krank, ich erwähnte es schon, sie hatte einen Herzinfarkt. Das muss ein Wendepunkt in ihrem Leben gewesen sein. Anschließend hat sie das Kaufhaus an einen Konzern verkauft. Ihre Immobilien hat sie kurz danach alle abgestoßen, dazu gehörte auch das Haus an der Viktoriastraße. Ich war davon alles andere als begeistert, denn ich hatte kurz vorher meine Ausbildung zum Einzelhandelskaufmann bestanden und geglaubt, den ganzen Laden irgendwann zu übernehmen. Was denn auch sonst? Wenn du in so einer Firma aufwächst und quasi der Kronprinz bist, rechnest du doch nicht damit, dass von jetzt auf gleich alles verkauft wird und damit deine ganze Zukunftsplanung hinüber ist. Mutter hatte mich früher nie etwas anderes glauben lassen, als dass ich das Kaufhaus erben würde. Das war vielleicht ein Schock, als sie sich plötzlich anders entschied und mir damit den Boden unter den Füßen wegzog.«

»Immerhin hatten Sie eine abgeschlossene Ausbildung und konnten sich selbst ernähren«, warf Ira ein.

»Sie reden wie meine Mutter. Ich bin zwar, so sagen alle, der geborene Verkäufer, und ich habe das auch immer gerne gemacht – aber nach dem Verkauf des eigenen Ladens zu Karstadt oder Kaufhof zu gehen, dazu hatte ich damals weiß Gott keine Lust.«

»Wann haben Sie Ihren Vater getroffen?«

»Hm, das muss 1999 gewesen sein. Es war kurz nachdem meine Mutter wieder auf die Beine kam und die glorreiche Idee hatte, sich nur noch um sich selbst und um die Stiftung zu kümmern.«

Eigentlich war Ira hergekommen, um mehr über Ilsemaries Tod herauszufinden. Und nun redete ihr Sohn nur von sich, erzählte ungefragt Dinge aus seinem Familienleben, die sie eigentlich gar nichts angingen und die seine Mutter nicht besonders gut darstellten. Warum? Vielleicht stand er unter Schock? Er machte eher einen kontrollierten Eindruck. Aber auch das konnte eine Schutzreaktion sein. Wer konnte schon beurteilen, wie ein Mensch trauerte?

Sie spielte sein Spiel mit, ging auf seinen letzten Satz ein, kombinierte, dass er seinen leiblichen Vater erst dann gesucht hatte, als er sein Erbe gefährdet sah. »Ich kann mir nicht vorstellen, dass Ihre Mutter den Betrieb und etliche andere Vermögenswerte verkauft hat, ohne entsprechend für Sie zu sorgen.«

Holle schnaubte. »Auf ihre Art hat sie für mich gesorgt, das stimmt schon. Mutter sagte: ›Du bist jetzt alt genug, um dein Leben selbst in die Hand zu nehmen.‹ Ich bitte Sie, ich war gerade mal zwanzig! Da hat sie es sich ziemlich leicht gemacht. Sie kaufte mir eine winzige Zweizimmerwohnung am Weser-Glacis, die wurde mit Möbeln vom Portamarkt eingerichtet, ich bekam einen Golf GTI und dreihundert Mark im Monat. ›Das ist deine Basis, mach was draus‹, hat sie gesagt. Typisch Mutter.«

Ira warf ein, dass eine abgeschlossene Berufsausbildung, eine eingerichtete Wohnung, ein bezahltes Auto und ein monatliches Taschengeld nicht der schlechteste Start für einen jungen Mann seien.

Holle reagierte nicht, er erzählte weiter. »Irgendwas musste ich tun. Sie hat mich quasi dazu gezwungen. Ich hab dann als Verkäufer in einer Herrenboutique in der Bäckerstraße gearbeitet. Damit war ich nachher ganz zufrieden, ich verdiente achthundert Mark plus Stückprämien und Umsatzprovision: Wenn meine Umsätze zehntausend Mark im Monat überstiegen, bekam ich von allem, was darüber lag, fünf Prozent. Das war völlig in Ordnung, nachdem ich mich daran gewöhnt hatte, nur Angestellter zu sein. Da hätte ich für immer bleiben können. Aber dann wurde eine befristete Stelle im Kuratorium der Morgenstern-Stiftung frei, und meine Mutter brachte mich dort unter. Sie hatte wohl doch ein schlechtes Gewissen, nachdem sie mich nahezu abserviert hatte. Mir war es recht: Halb so viel Arbeit, super Arbeitszeiten und doppelt so viel Geld – mehr wollte ich gar nicht. Letztlich war alles gut, so wie es gekommen ist, denn in der Stiftung lernte ich Lydia kennen.«

Ira horchte auf. »Ihre Frau lebte hier in der Einrichtung?«

Holle nickte. »Sie war erst siebzehn und hatte schon eine kleine Tochter, Britney-Chayenne. Lydia hat schlimme Erfahrungen mit ihrem damaligen Freund gemacht, er hat sie mit dem Baby sitzen lassen. Sie kam dann in der Stiftung in das Wohnprojekt für minderjährige, alleinerziehende Mütter.«

Ira machte sich eine Notiz und unterstrich diese mehrmals.

»Es war Liebe auf den ersten Blick bei uns beiden«, sagte Holle. »Meine Mutter hat mit allen Mitteln versucht, unsere Heirat zu verhindern, aber ich habe mich zum ersten Mal in meinem Leben gegen sie durchgesetzt. Das war ein echter Kampf! Lydia ist zu jung, Lydia hat einen schlechten Ruf, Lydia ist ungepflegt, Lydia muss erst mal eine Ausbildung machen und lernen, ihr Leben selber in den Griff zu bekommen. Na ja. Mutter eben. Sie war immer der Meinung, Lydia habe nur einen Versorger gesucht, weil sie zu faul zum Arbeiten sei. Und das nur, weil sie aus einer, sagen wir mal, schwierigen Familie kommt.«

Philipp Holle schien völlig vergessen zu haben, dass er keine Zeit hatte. Und Ira machte ihn nicht darauf aufmerksam.

»Bei meiner Mutter galt für so was natürlich keine Entschuldigung. Ich zitiere sie: ›Philipp, es gibt das Projekt Morgenstern, damit Frauen wie Lydia lernen, für sich selbst zu sorgen. Genau aus diesem Grund haben wir die Stiftung gegründet. Wenn sie diese Chance nicht begreifen, dann kann ihnen niemand mehr helfen. Aber: Deine Lydia hat ihre wirkliche Chance immerhin sofort gesehen und genutzt.

Eine Ausbildung ist nicht mehr vonnöten, sie hat ja jetzt dich.‹«

Er stand auf und begann, im Raum hin und her zu gehen.

»Eine Kaufhauserbin kann da gut reden. Meine Mutter kannte doch keine existenziellen Sorgen, sie hatte immer mehr Geld, als sie ausgeben konnte! Lydia hatte im Leben gar keine Chance. Bis ich kam. Wir sind schnell zusammengezogen, haben 2003 geheiratet, ich habe Britney-Chayenne adoptiert, und 2008 kam unsere gemeinsame Tochter Kimberley-Jolina zur Welt. Endlich habe ich meine eigene Familie. Mehr wollte ich nie. Eine richtige Familie, nicht so ein Alleinerziehungskonstrukt mit jährlich wechselnden Aupairmädchen, wie meine Mutter es mir vorgelebt hat. Okay, Mutter hat sich für mich Zeit genommen, wann immer sie konnte, da kann ich ihr nichts vorwerfen. Ich bin auch nie allein gewesen, es war stets jemand für mich da. Aber sie hat mich dauernd bevormundet. Und sie war so schrecklich spießig. Eine dröge Westfälin mit dem Aussehen einer Hanseatin.«

Ira hätte ihm am liebsten den Mund verboten, sie konnte sein selbstherrliches Gerede kaum aushalten.

»Sie mischte sich ständig in unser Leben ein, wollte, dass Lydia eine Ausbildung macht, dass sie zum Familienunterhalt beiträgt, aber das ging einfach nicht! Mutter sagte immer: ›Wer etwas will, sucht Wege, wer etwas nicht will, sucht Gründe.‹ Tolles Blabla. Lydia musste keinen Grund suchen, sie hat einen. Sie muss sich nämlich um Britney-Chayenne kümmern. Das Mädchen ist ein bisschen speziell. Sie ist jetzt zehn und leider ziemlich jähzornig. Entweder hat sie ADHS, oder sie ist hochbegabt. Wir müssen das mal untersuchen lassen. Außerdem leidet sie an Enkopresis.«

»Was ist das?«

»Sie kann den Stuhl nicht halten. Lydia sagt, das liegt daran, dass sie als Kind oft Verstopfung hatte und deswegen nicht gelernt hat, ihren Darm zu kontrollieren. Deswegen merkt sie es nicht, wenn sie in die Hose macht. Mutter war der Meinung, das läge an Lydia. Sie würde nicht loslassen können und Britney unangemessen verwöhnen. Sie würde sie absichtlich unselbstständig und unmündig halten, um selber gebraucht zu werden und sich unentbehrlich zu machen. Na ja, Mutter mit ihrer Hobby-Psychologie. Sie hat sogar einen Arzt konsultiert, um mir mit dessen Ferndiagnose das Fehlverhalten von Lydia aufs Brot zu schmieren. Alles Unsinn. Okay, seitdem Kimberley-Jolina geboren ist, führt Britney sich manchmal schrecklich auf. Aber das ist doch ganz normal bei diesem Altersunterschied.«

Ira schwieg; sie notierte sich die Krankheitsbezeichnungen, um sie später nachschlagen zu können.

Holle wechselte das Thema. »Beruflich hat sich bei mir alles extrem positiv entwickelt. Erst war ich als viertes Mitglied im Vorstand der Stiftung, und seit 2008 bin ich Vorstandsvorsitzender. Gut, die drei alten Weiber, äh, Damen, waren schon lange nicht mehr so ganz klar im Kopf. Die haben oder hatten mit über siebzig doch keine Ahnung mehr vom Geschäft. Seit meine Mutter ihren Typen hatte, diesen Lindemann, interessierte sie sich plötzlich kaum noch fürs Geld und für die Stiftung. Umso besser für mich und …«

Ira reichten seine Ausführungen – welchen Triggerpunkt hatte sie denn erwischt, der ihn so quasseln ließ?! Sie unterbrach ihn: »Wissen Sie eigentlich, warum die Morgenstern-Stiftung seinerzeit gegründet wurde?«

Holle setzte an und begann den Anfang des Werbeslogans aus den Prospekten zu zitieren, aber Ira fuhr ihm erneut über den Mund. Sie hatte jetzt endgültig genug von seinem Gerede. »Herr Holle, wissen Sie etwas über Ihren Großvater?«

»Wie kommen Sie denn jetzt darauf? Der war schon lange tot, als ich geboren wurde. Und dieses Haus hier, das gehörte ihm früher mal. War mal 'ne Pension oder so. Meine Mutter hat es geerbt. Was hat mein Großvater mit der Stiftung zu tun?«

Ira war jetzt ziemlich aggressiv, sie nahm keine Rücksicht. »Ihre Mutter, Konstanze Deppendorf und Tilly Jacobsen wurden als kleine Mädchen von ihren Vätern jahrelang missbraucht. Unter anderem in diesem Haus. Als sie nach dem Tod der Väter durch die Erbschaften zu Geld kamen, haben sie die Stiftung gegründet. Sie wollten an anderen Frauen und Mädchen wiedergutmachen, was ihnen selber passiert ist.«

Holle erhob sich ruckartig von seinem Schreibtischsessel, stützte sich mit den Händen auf den Glastisch und starrte sie fassungslos an. »Was reden Sie denn da?«

Ira fuhr ungerührt fort und beobachtete sein Gesicht, als sie ihm vom letzten Gespräch mit seiner Mutter, den Königstöchtern und von Konstanzes Kassette erzählte. Das geplante Buch erwähnte sie nicht, irgendetwas hielt sie davon ab.

Als sie geendet hatte, sagte Philipp Holle kühl: »Das ist ganz schön harter Tobak, den Sie da von sich geben. Können Sie das irgendwie beweisen?«

»Beweisen? Warum sollte ich? Konstanze hat gestanden, ihren Vater getötet zu haben, die Kassette mit dem Geständnis liegt bei der Polizei. Sie hat erzählt, dass sie als Kind an Männer verkauft wurde. Und das war hier, in diesem Gebäude, Herr Holle, vielleicht in diesem Raum, nur damit Sie es nicht vergessen. Zu diesen Mädchen gehörten auch Tilly und Ihre Mutter!«

Ira registrierte den angewiderten Ausdruck auf seinem Gesicht, aber was in ihm vorging, konnte sie ihm nicht ansehen. *Meine Güte, wie würde ich mich fühlen, wenn mir einer erzählen würde, dass meine Mutter als Kind vergewaltigt wurde?*

Sie fuhr fort: »Und wenn ich Sie nun darauf hinweise, dass deren Väter, von denen einer ihr Großvater war, alle drei innerhalb eines Jahres das Zeitliche gesegnet haben, werden Sie zugeben müssen, dass das gewaltig stinkt! Wissen Sie zufällig, woran Ihr Großvater gestorben ist?«

»Frau Wittekind, hören Sie doch auf! Was habe ich denn damit zu tun, was vor meiner Geburt in diesem Haus passiert ist? Warum erzählen Sie mir das alles überhaupt?«

Ira bemühte sich, ruhig zu bleiben, aber es gelang ihr nicht ganz. Sie sprach betont langsam und deutlich, damit er ihr nicht anmerkte, wie wütend sie war. »Dass die alten Geschichten Sie nicht berühren – geschenkt. Aber Ihre Mutter ist tot. Sie starb im Schwimmbad dieses Hauses und wurde vermutlich ebenso ermordet wie Konstanze. Die wurde in diesem Haus vergiftet, und Sie waren es, der ihr die Flasche mit dem Gift ins Zimmer gebracht hat. Ich weiß es, weil Sie es Tilly gesagt haben. Maria Klabunde kam vor dem Grundstück dieses Hauses ums Leben, kurz nachdem Sie von einem Besuch in der Stadt zurückkamen. Und Sie, mein Lieber, Sie sind der Vorstandsvorsitzende dieses Hauses. Sind das alles Zufälle?«

Holle machte sich gerade. Er stand immer noch, und dort, wo er seine Hände auf den gläsernen Tisch gepresst hatte, waren jetzt schweißnasse Abdrücke. »Was wollen Sie damit sagen?«

Ira sah ihn unschuldig an. »Ich finde, Sie haben ein Recht auf ein paar Details. Und ich finde nicht, dass Sie so tun können, als ginge Sie das alles nichts an.«

21

Dienstagnachmittag klingelte Ira an der Tür der Villa Augusta.

Tilly Jacobsen öffnete. Sie trug Schwarz. Seit ihrem letzten Treffen schien sie um zehn Jahre gealtert zu sein. Sie hatte abgenommen, wirkte nicht mehr schlank, sondern regelrecht mager. Die Wangen waren welk und eingefallen, die Lippen schmal und farblos. Außerdem benutzte sie einen Gehstock.

»Sind Sie gefallen?«, fragte Ira und deutet auf den Stock.

Tilly schüttelte den Kopf. »Ich bin nur wackelig auf den Beinen. Ist alles ein bisschen viel für so ein altes Mädchen wie mich.«

»Können wir miteinander sprechen?«

Tilly nickte. »Bitte kommen Sie rein. Ich habe Besuch, aber Sie kennen sich ja.«

Ira folgte ihr ins Wohnzimmer.

Roland Klabunde wirkte auf dem zierlichen Chippendalesofa völlig deplatziert. Er saß breitbeinig, beide Arme lagen ausgestreckt auf der verschnörkelten Sofalehne, den Kopf hatte er zurückgelegt, das Doppelkinn nach vorn geschoben. Wie ein trotziges Riesenbaby, dachte Ira. Auf seinem rosafarbenen Pullover prangte das überdimensionale Emblem eines Designers.

Hans Klabunde saß ihm gegenüber in einem Sessel. Er trug einen dunkelbraunen Anzug aus Kord und ein Hemd, das ihm am Kragen zu weit war. Mit einem Stöhnen stand er auf, um Ira zu begrüßen. Dabei fiel sein Gehstock um, den er an den Sessel gelehnt hatte.

Ira war schneller als der alte Mann, nahm den Stock und stellte ihn wieder an seinen Platz. Sein Neffe hatte keinerlei Anstalten gemacht, sich zu erheben.

Sie reichte zuerst Hans und dann Roland Klabunde zur Begrüßung die Hand. Letzterer hielt ihr schlaff seine Pranke hin. *Fühlt sich an wie ein Klumpen Mett*, dachte Ira, *klebrig, feucht und kalt*.

»Ich möchte mit Ihnen über Ilsemaries Tod reden«, begann sie.

Die beiden Alten wechselten einen Blick, den sie nicht deuten konnte, und nickten synchron. Roland sah sie ausdruckslos an.

Tilly zerknüllte ein Taschentuch zwischen ihren Händen. »Es ist einfach nur furchtbar. Wer macht so was? Ilsemarie hat doch niemandem etwas getan.«

»Dieselbe Frage kann man sich natürlich auch bezüglich Konstanze und Maria stellen«, sagte Ira bewusst lapidar. »Sie hatten auch niemandem was getan, sie waren ja eh schon halbtot.«

Hans Klabunde mischte sich energisch ein: »Was soll das heißen?«

Ira wunderte sich über seinen scharfen Ton. »Wie bitte?«

»Maria ist verunglückt. Da konnte keiner was dafür. Und ich will mal so sagen, für Tilly ist schon alles schwer genug, auch, dass die Polizei sie immer wieder Sachen fragt. Da müssen Sie nicht auch noch ankommen und komische Fragen stellen!«

»Bisher habe ich keine Frage gestellt, und ich will auch gar nicht viel wissen. Mir ist klar, dass sie jetzt Ruhe braucht, um alles zu verdauen.«

»Fragen Sie schon«, sagte Tilly müde.

»Kennen Sie Robert Lindemann, Ilsemaries Freund?«

»Das war nicht ihr Freund, jedenfalls nicht so, wie Sie vielleicht denken. Sie gingen nur zusammen aus.«

Tilly gab ihr seine Adresse, und sie notierte sich Straße und Hausnummer.

»Tilly, was ich jetzt zu sagen habe, ist persönlich. Ich weiß nicht, ob wir das in Gegenwart der Herren besprechen sollten.«

»Worum geht es denn? Sie können vor den beiden alles sagen, wir sind wie eine Familie.«

Rolands Blick signalisierte jetzt aufmerksames Interesse.

»Sind Sie ganz sicher?«, fragte Ira.

»Natürlich. Nun machen Sie es nicht so spannend.«

»Als ich vor ein paar Tagen bei Ilsemarie war, haben wir auch über die Königstöchter geredet.«

Aus dem Augenwinkel registrierte Ira Hans Klabundes entsetztes Gesicht.

»Ja«, sagte Tilly.

»Ich weiß inzwischen, dass auch Konstanze und Ilsemarie dazugehörten. Nun sind beide tot.« Ira machte eine Pause. »Ich will Ihnen keine Angst machen, aber haben Sie noch gar nicht daran gedacht, dass Sie selbst in großer Gefahr sein könnten? Wenn der Täter in allen Fällen derselbe ist, weil er vielleicht nach weiteren Königstöchtern sucht, warum auch immer, dann könnte es sein …«

»Das hat der Kommissar auch angedeutet, deshalb sind

Hans und Roland ja im Haus«, sagte Tilly, und Ira bemerkte, dass ihre Hände nervös zuckten.

Der alte Klabunde sah nicht so aus, als könne er Tilly im Notfall beschützen. Im Moment saß er auf der Sesselkante und umklammerte den Griff seines Gehstocks so fest, dass die Knöchel seiner Hände ganz hell waren.

Roland hatte noch kein Wort gesagt, er zog immer wieder die rechte Hälfte seiner wulstigen Unterlippe zwischen die Zähne und biss darauf herum.

Ira überlegte, mit welchen Worten sie Konstanzes Geständnis auf der Kassette ansprechen sollte. Wahrscheinlich war Tilly von der Polizei schon dazu befragt worden, aber darüber würde sie natürlich keine Auskunft bekommen.

Sie entschloss sich, ohne Umschweife zum Punkt zu kommen. »Tilly, ich weiß nicht, ob Ihnen jemand gesagt hat, dass Konstanze vor ihrem Tod ein Geständnis abgelegt hat.«

»Geständnis abgelegt«, echote Tilly.

»Ja. Sie hat gestanden, ihren Vater mit Insulin getötet zu haben.«

»Getötet zu haben«, wiederholte Tilly tonlos.

»Dr. Deppendorf, Ihr Vater und der von Ilsemarie, sie starben alle im selben Jahr. War das … Ich weiß nicht, wie ich das sagen soll … Sollen wir vielleicht lieber doch allein weiterreden?«, fragte Ira mit Blick auf Roland und Hans Klabunde.

»Nun sagen Sie doch endlich, was Sie sagen wollen!«, rief Tilly.

»Der Tod Ihrer Väter innerhalb so kurzer Zeit … war das ein Zufall?«

Ira konnte noch rechtzeitig aufspringen, um Tilly aufzufangen, bevor sie ohnmächtig vom Sessel rutschte.

In diesem Moment klingelte es.

Während Ira Tilly in die stabile Seitenlage brachte und sie immer wieder sanft ansprach, schlurfte Hans Klabunde, auf seinen Stock gestützt, zur Tür und öffnete. Der Dicke saß immer noch wie angewachsen auf dem Sofa.

Zwei Männer wiesen sich als Kriminalkommissare aus und betraten das Wohnzimmer.

»Was ist hier los?«, sagte der Ältere – groß, etwa Ende vierzig, aber schon komplett weißhaarig – mit Blick auf die am Boden liegende Tilly und stellte sich als Kommissar Zander vor, während er mit schnellen Schritten auf Tilly und Ira zuging.

»Sie ist einfach umgekippt. Sie atmet, hat Puls, aber sie reagiert nicht. Ich wollte gerade den Notarzt anrufen.«

Der Kommissar verstand sofort, nahm sein Handy und wählte die 112.

Tilly schlug die Augen auf und stöhnte leise.

Ira, die immer noch neben ihr hockte, streichelte ihre Hand. »Da sind Sie ja wieder. Sie waren ohnmächtig. Gleich kommt ein Arzt, machen Sie sich keine Sorgen, es wird alles gut.«

Es dauerte nur wenige Minuten, bis der Rettungswagen eintraf, der Notarzt folgte ihm unmittelbar.

Während Tilly untersucht wurde, standen die Polizisten, Hans Klabunde und Ira nebenan in der Diele. Roland lehnte in der geöffneten Haustür und rauchte. Er blies den Rauch in kurzen Abständen hinaus auf die Veranda. Iras Hüsteln überhörte er.

»Es ist doch zu viel. Sie schafft das nicht, es ist alles zu viel für sie, hoffentlich überlebt sie das«, klagte Hans Klabunde.

»Sind Sie ein Verwandter?«, fragte Zander.

Klabunde sah ihn irritiert an. »Wer? Ich? Nein.«

»Sondern?«

Der alte Mann machte beflissen einen angedeuteten Bückling, dabei wackelte seine Hand, und der Stock bewegte sich bedenklich hin und her. »Hans Klabunde, wohnhaft Herforder Straße. Ich bin hier nur auf Besuch.«

»Dann sind Sie ein Freund von Frau Jacobsen?«

»Nein. Ja.« Als der Kommissar verständnislos schaute, fügte er hinzu: »Ich bin Betriebselektriker gewesen und gucke immer noch nach dem Rechten.« Plötzlich streckte er seinen knorrigen Zeigefinger aus, wies damit auf Ira und stach hektisch in die Luft. »Sie ist schuld! Sie schnüffelt überall herum und stellt Fragen, die keiner aushält. Wir sind anständige Leute. Hier hat keiner was zu verbergen!« Seine Stimme kippte dabei in eine schrille Tonlage.

Der Kommissar wandte sich an Ira. »Wer sind Sie?«

Als er ihren Presseausweis prüfte, war ihm anzusehen, dass er von ihrer Anwesenheit alles andere als begeistert war.

Der Notarzt erschien in der Tür. »Wir nehmen sie mit, um abzuklären, warum sie umgekippt ist.«

»Wann können wir mit Frau Jacobsen sprechen?«, fragte Zander.

Darauf antwortete der Arzt nur mit einem genervten Achselzucken, und Tilly wurde von den Sanitätern hinausgetragen.

22

»Sitzt du? Nein? Dann mach das mal. Heute habe ich dir zur Abwechslung was Neues zu erzählen!«

Es war schon spät, als Andy anrief. Ira war erst vor einer Stunde nach Hause gekommen. Sie hatte den Vormittag im Bielefelder Landgericht verbracht und anschließend in der Redaktion ihren Artikel über einen aufsehenerregenden Prozess geschrieben: Ein Psychotherapeut saß auf der Anklagebank, weil er Patienten hypnotisiert und währenddessen bestohlen hatte.

Andy klang ziemlich aufgeregt, und als Ira seine Neuigkeiten hörte, verstand sie, warum. Natürlich war der Tod von Ilsemarie Holle überall in der Stadt *das* Gesprächsthema. Die Oeynhausener spekulierten und rätselten und gruselten sich angesichts der »Mordserie im Morgenstern«, wie es hieß.

Andy hatte das Catering für die Jubiläumsfeier eines Sportvereins übernommen, und Dieter Schnippelkötter, der Vorstandsvorsitzende, war zufällig ein Nachbar von Philipp und Lydia Holle.

»Na, den hättest du hören müssen, als das Gespräch auf die Holles kam! Weißt du, wie die Nachbarn ihn und seine Frau nennen? Den Fürst und Ette.«

»Wieso das denn?«

»Na, offenbar tritt er in der schicken Neubausiedlung nicht so auf, wie es da erwartet wird. Er gilt als neureicher Angeber, und seine Frau passt in der Gegend auch nicht gerade ins Profil.«

»Ich kenne die Siedlung nicht, wie hat man denn da zu sein?«

»Rama-Familie im lässigen Landhaus-Look mit Barbour-Jacken, flachen Schuhen und guten Haarschnitten, also sportlich teures Understatement.«

Ira dachte an Marias Beerdigung und an die dralle Blondine mit dem unangemessenen Ausschnitt und dem stark blondierten Haar, die neben Philipp hergestöckelt war. Nein, so eine Frau passte weiß Gott nicht in die Wohngegend dieses »anständigen« Ortsteils.

»Schnippelkötter wohnt direkt neben denen, mein Gott, hat der sich aufgeregt! Ein Beispiel: Die Häuser in der Straße sind alle weiß verklinkert und haben dunkelblaue oder dunkelgraue Dächer. Fürst Holle aber bewohnt ein gelbes Anwesen mit weißen Säulen und rotem Dach. Dreihundert Quadratmeter Wohnfläche und tausendfünfhundert Quadratmeter Garten. Schnippelkötter wusste das alles ganz genau. Außerdem hat Holle nicht, so wie alle anderen, weiße Zäune oder Buchsbaumhecken, die das Grundstück eingrenzen, sondern einen schwarzen Eisenzaun mit goldenen Pfeilspitzen.«

»Das geht natürlich nicht«, bemerkte Ira trocken.

»Das ist ja noch nicht alles.« Andy betonte jetzt bewusst übertrieben: »Es gibt bei den Holles ein zweiflügeliges Tor, das mit einer Fernbedienung vom Auto aus geöffnet werden kann. Und obwohl er nur zwei Mittelklasseautos besitzt, hat der Fürst drei Garagen. Das muss man sich mal vorstellen!«

»Du bist als Tratschtante ganz entzückend.«

Andy wusste noch mehr, zum Beispiel, dass es im Haus der Holles eine Putzfrau und einen Gärtner gab, dass Lydia erst kürzlich einen nagelneuen VW Beetle bekommen hatte und dass sie mindestens dreimal im Jahr in den Urlaub fuhren. »Es scheint so, als lebe unser junger Vorstandsvorsitzender auf ziemlich großem Fuß.«

Ira überlegte. »Seine Mutter war schon immer vermögend, insofern ist der Titel neureicher Angeber nicht ganz korrekt. Allerdings wurde Philipp finanziell immer kurzgehalten. Ilsemarie wollte, dass ihr Sohn selbst etwas erreicht und es sich nicht mit geschenktem oder ererbtem Geld gutgehen lässt. Wenn ich daran denke, dass er den Kontakt zu seinem Vater erst suchte, als er sein Erbe durch den Verkauf des Kaufhauses gefährdet sah, kann ich mir vorstellen, dass Ilsemarie durchaus ihre Gründe hatte, ihn so zu behandeln. Den Kontakt zu seinem Vater hat er zum Beispiel direkt wieder abgebrochen, als er feststellte, dass da nichts zu holen war.«

»Scheint mir ein ganz schön ausgekochtes Früchtchen zu sein«, sagte Andy.

»Ja. Klingt nicht so, als sei er bei den Nachbarn besonders beliebt, dabei kann er sehr höflich und freundlich sein.«

Dieter Schnippelkötter hatte sich bei Andy so richtig ausgekotzt, er schien sich seit Langem über den Lebensstil von Philipp und Lydia zu ärgern. Ira war froh, sich nicht mit solchen Nachbarn befassen zu müssen. Die Anonymität ihrer Wohnung in dem Bielefelder Apartmenthaus schien ihr ein freieres Leben zu garantieren als das Wohnen im Grünen, Zaun an Zaun mit Frusthennen und Krawallschachteln.

Schnippelkötter wusste offenbar alles – auch Ereignisse, die lange vor dem Einzug in den »Protzbau« passiert waren. So erfuhr Andy von ihm, dass Lydia und Philipp gegen den Willen der Mutter geheiratet hatten, das Haus aber erst ein paar Jahre später gebaut hatten. Schnippelkötter berichtete Andy brühwarm von der Holle-Hochzeit, die standesgemäß im Oeynhausener Kaiserpalais gefeiert worden war und alles in den Schatten gestellt hatte, was man bisher gesehen hatte. Obwohl er nicht zu den geladenen Gästen gehört hatte, kannte Schnippelkötter jedes Detail zu Pferdekutsche, Brautkleid, Frack und Halbkaräter. Er erzählte von der Trauung auf der Bühne des GOP-Varieté, der ein Acht-Gänge-Menü und ein rauschendes Fest mit Big Band und begeisternden Showeinlagen gefolgt war.

»So was kostet mindestens fünfzigtausend«, vermutete Ira.

»Wenn du damit hinkommst. Das Brautpaar ist danach eine Woche nach Antigua geflogen. Schnippelkötter hat im Internet recherchiert und herausgefunden, dass die Reise um die siebentausend Euro gekostet haben muss.«

Ira stieß einen Pfiff aus. »Bisschen viel für das Gehalt des Vorstandsvorsitzenden einer kleinen Stiftung. Vielleicht hat er einen Kredit aufgenommen? Möglicherweise mit Ilsemaries Vermögen als Sicherheit. Jeder in Bad Oeynhausen weiß, wie wohlhabend sie war.«

»Wenn sie bei einem Kredit nicht unterschrieben hat – und das glaube ich nach allem, was du gesagt hast, nicht –, kann er sie nicht als Bürgen benutzt haben.«

»Auch wieder wahr. Auf die Idee, mich für einen einzigen Tag meines Lebens über viele Jahre zu verschulden, käme ich niemals, aber manchen ist eine große Hochzeit offenbar so wichtig, dass es egal ist, was es kostet.«

»Bist du überhaupt je auf die Idee gekommen zu heiraten?«

»Andy, das gehört nicht hierher!« Es tat ihr leid, dass sie so barsch klang, aber warum musste er immer wieder mit diesen Themen anfangen?

Er schnaubte, tat dann so, als sei die letzte Bemerkung nicht gefallen, und fuhr fort: »Die Nachbarn haben sich noch mal gehörig das Maul zerrissen, als das Traumpaar letztes Jahr gleich zwei Kreuzfahrten auf der *MS Europa* gemacht hat: einmal zu zweit und im Spätsommer noch mal mit beiden Kindern. Das kostete über zwanzigtausend Tacken, Schnippelkötter hat auch das gegoogelt.«

Ira seufzte. »Hat er dir auch erzählt, welche Stellungen die beiden im Bett bevorzugen und wer dabei oben liegt?«

»Wenn ich ihn danach gefragt hätte, wüsste ich das bestimmt auch! Na, bist du dankbar, dass ich dir so wunderbare Neuigkeiten besorgt habe?«

»Du bist mein bester Schatz«, sagte Ira und legte auf.

Zuerst legte sie eine neue Datei im Ordner *Königstöchter* an und nannte sie *Holle junior*. Darin vermerkte sie: Als Maria überfahren wurde, war er kurz zuvor aus der Stadt gekommen. Als Konstanze vergiftet wurde, hielt er sich im Haus auf. Und nachdem seine Mutter leblos im Pool gefunden worden war, war er nur wenige Minuten später dort. Hinter das Wort *Alibi* machte Ira ein Fragezeichen.

Hinter das Wort *Motiv* schrieb sie *Habgier*.

23

Nach der Redaktionskonferenz fuhr Ira gegen Mittag nach Hause. Horstmann hatte ihr grünes Licht für eine vierundzwanzigteilige Serie gegeben: Sie würde in den kommenden Monaten doppelseitige Reportagen über Generationswechsel in alt eingesessenen Familienbetrieben schreiben. Nun musste sie interessante Firmen suchen, deren Inhaber zu Interviews und Bildgeschichten bereit waren. Sie freute sich auf die bevorstehende Aufgabe.

Ihre Recherchen zu der Mordserie im Haus Morgenstern liefen parallel weiter. Die Polizei hatte bisher nichts Neues zu den Fällen veröffentlicht, was im Klartext hieß, dass ein Mörder in der Stadt herumlief, der wahrscheinlich drei Menschen umgebracht hatte. Niemand konnte wissen, ob er nicht ein weiteres Mal töten würde. Bei dem Gedanken daran machte Ira sich erneut große Sorgen um Tilly.

Sie plante ihre Arbeit so, dass sie am späten Nachmittag nach Bad Oeynhausen fahren konnte, um Tilly im Krankenhaus zu besuchen.

Hans Klabunde saß neben dem Krankenbett.

Als Ira die Tür öffnete, lächelte Tilly und legte ihre Zeitung und den Stift weg. Sie hatte Kreuzworträtsel gelöst, während Klabunde offenbar nur tatenlos neben ihr gesessen hatte.

»Hans, nun geh mal nach Hause, jetzt ist die Frau Wittekind ja da und passt auf mich auf. Leg dich ein bisschen hin.«

Der alte Mann wirkte erleichtert und beleidigt zugleich, nahm umständlich seinen Stock, griff den auffälligen Hut und seinen Mantel und verabschiedete sich.

Als er aus dem Zimmer gegangen war, seufzte Tilly. »Er sitzt jeden Tag stundenlang hier und sagt nichts. Er hat ja auch nichts zu erzählen, außer übers Wetter und das Fernsehprogramm von gestern. So langsam wird mir seine Fürsorge ein bisschen zu viel.« Sie forderte Ira mit einer Handbewegung auf, sich zu setzen.

Der Sitz des Stuhles war noch warm. Ira erkundigte sich nach den Ergebnissen der Untersuchungen.

Es ging Tilly soweit gut, sie sollte aber noch ein paar Tage zur Beobachtung bleiben.

»Ich bin Privatpatientin, die suchen sogar unter den Fußnägeln nach der Ursache für meine alberne kleine Ohnmacht.«

»Wie schön, dass Ihr Humor wieder da ist! Und was war nun die Ursache?«

Tilly zog die Schublade der Nachtkonsole auf und nahm einen Zettel heraus. »Ich habe es mir aufgeschrieben: Der Doktor nannte es eine reflexvermittelte Ohnmacht, ausgelöst durch psychoemotionale Reize wie zum Beispiel die Übermittlung schlechter Nachrichten.«

»Ich war dabei, als Sie umgekippt sind. Ich kann mir vorstellen, welche Nachricht Ihnen so zugesetzt hat.«

»Ich habe lange darüber nachgedacht, ob ich es Ihnen erzählen soll«, sagte Tilly. »Wenn man so daliegt, hat man viel

Zeit zum Nachdenken, auch wenn Hans hier dauernd rumsitzt. Sie haben natürlich recht. Niemand weiß, wer Konstanze und Ilsemarie getötet hat, und vielleicht hat dieser Unbekannte auch Maria auf dem Gewissen. Niemand weiß, warum die drei sterben mussten. Und niemand weiß, ob ich nicht die Nächste bin.«

Ira schaute Tilly in die Augen. Sie schien keine Angst zu haben. *An ihrer Stelle hätte ich keine ruhige Minute mehr*, dachte Ira. *Es sei denn …*

In diesem Moment sagte Tilly mit fester Stimme: »Und niemand weiß, ob nicht ich die Mörderin meiner Freundinnen bin, nicht wahr?«

Iras Gedanken schweiften plötzlich ab; sie dachte spontan an ihre allererste Begegnung mit Konstanze, damals, im Foyer der Stiftung. Sie hörte sie sagen: *Das war ein Mord. Ich habe es ganz genau gesehen. Ein astreiner Mord war das.* Was konnte Konstanze überhaupt gesehen haben? War sie draußen im Garten gewesen oder im Haus? Wenn Maria ermordet worden war, gab es nur die Möglichkeit, dass sie hinter das Fahrzeug gestoßen worden war. Von wo aus hätte Konstanze etwas sehen können? Tilly hatte angegeben, zum Telefonieren ein paar Schritte in den Garten gegangen zu sein.

»Mit wem haben Sie eigentlich telefoniert, als das mit Maria passierte?«, sagte sie unvermittelt.

»Wie bitte?« Tilly machte große Augen.

»Als Sie den Anruf auf Ihrem Handy bekamen, während Sie mit Maria spazieren gingen – wer war der Anrufer?«

Tilly nickte fast unmerklich mit dem Kopf. Sie schaute aus dem Fenster. »Ach so. Verstehe. Ich sagte ja eben, ich kann es auch gewesen sein, nicht wahr? Ich war jedes Mal in der Nähe.« Langsam drehte sie den Kopf wieder zu Ira. »Ich will Ihnen etwas erzählen, meine Liebe. Es ist keine schöne Geschichte, und ich überlasse es Ihnen, was Sie nachher damit anfangen.« Sie lehnte sich in die Kissen zurück und faltete die Hände auf der Decke. Was sie sagen wollte, schien sie sich vorher genau überlegt zu haben.

»Ira, ich habe Ihnen erzählt, dass ich seinerzeit den Kontakt zu meinen Eltern abgebrochen hatte, nachdem ich Gernot Grote geheiratet habe. Die Gründe muss ich Ihnen ja nicht erneut erklären. Wissen Sie, was perfide ist?«

Ira schüttelte den Kopf.

»Perfide ist, dass sie mich christlich erzogen haben. Und dass mein Vater mir das vierte Gebot so lange eingetrichtert hat, bis ich es – entschuldigen Sie bitte die Wortwahl –, bis ich es hätte kotzen können. Du sollst deinen Vater und deine Mutter ehren, auf dass es dir wohlergehe und du lange lebest auf Erden. Ich ging noch nicht in die Schule, als ich diesen Satz schon auswendig kannte …«

Ira wusste genau, was Tilly damit meinte, und schüttelte sich vor Ekel.

»Meine Eltern waren nicht zu meiner Hochzeit eingeladen, wir hatten keinerlei Kontakt mehr. Aber meine Mutter stand am Tag nach der Entbindung meiner Tochter im Krankenhaus plötzlich in der Zimmertür, sie hielt ein Geschenk und einen Blumenstrauß in der Hand. Ich habe sie rausgeworfen. Man musste mir ein starkes Beruhigungsmittel geben, so hysterisch war ich. Danach habe ich meine Mutter nie wiedergesehen.« Sie wischte sich mit dem Ärmel ihres geblümten Nachthemdes eine Träne von der Wange. »Heute bin ich alt. Ich habe meine eigenen Fehler gemacht, schlimme Fehler, unverzeihliche. Manchmal war ich dumm, manchmal ignorant und manchmal schwach. Daher weiß ich heute, dass auch meine Mutter ein schwacher Mensch war …«

Ira unterbrach sie: »Tilly, ich bitte Sie! Sie waren ein kleines Mädchen! Und sie war Ihre Mutter, sie hätte Sie verdammt noch mal vor diesem Drecksack beschützen müssen. Es gibt keine, aber wirklich *gar keine* Entschuldigung.«

Ira dachte daran, dass auch Ilsemarie die Schuld bei sich gesucht hatte.

»Im Laufe der Jahre habe ich immer wieder nach einer Entschuldigung gesucht, aber es gab keine, da haben Sie recht. Immerhin war ihre Charakterschwäche eine Erklärung für ihr Verhalten, wenigstens das. Wissen Sie, was schrecklich war? Immer, wenn mein Vater von mir abgelassen und sie mich nachher angesehen hatte, wusste ich, dass sie es wusste. Und ich war immer davon überzeugt, sie würde mich hassen, weil er das getan hatte.«

Tilly brauchte eine Weile, bevor sie weiterreden konnte. Ira sah die alte Dame vor sich, als kleines Mädchen mit Zöpfen, Schutz suchend bei der Mutter, besudelt und benutzt.

»Nachdem die Villa Augusta von den Besatzern wieder freigegeben worden war, zogen meine Eltern dorthin zurück. Obwohl wir alle in einem Ort wohnten, lernten meine Kinder ihre Großeltern nicht kennen, dafür habe ich mit großem Aufwand gesorgt. Im Kindergarten und auch später in der Schule habe ich Fotografien meiner Eltern verteilt und Erzieher und Lehrer angewiesen, die Kinder niemals mit ihnen mitgehen zu lassen und mich gegebenenfalls sofort zu verständigen, falls einer der beiden auftauchen und versuchen sollte, mit Monika oder Raimund auch nur zu reden. Ich habe es tatsächlich geschafft, dass sie sich nie begegnet sind. Tja, und dann starb meine Mutter ganz plötzlich an einem Herzinfarkt. Im Kaufhaus Hitzemann brach sie auf der Treppe zusammen. Als kurze Zeit später ein Notarzt eintraf, war sie schon tot.«

Tilly atmete schwer, es war ihr anzusehen, dass die Erinnerungen an diese Ereignisse sie sehr mitnahmen.

Alois-Willibernd König hatte seine Tochter Tilly nicht über den Tod ihrer Mutter informiert. Sie erfuhr es erst durch eine überregional erschienene Traueranzeige in der *Neuen Westfälischen*. Tilly zitierte auswendig: »Plötzlich und unerwartet verstarb meine geliebte Ehefrau Lisbeth König, geborene Hagenhorst, am 04. Februar 1971 nach kurzer, schwerer Krankheit im Alter von 66 Jahren. In tiefer Trauer: Alois-Willibernd König, Gernot und Tilly Grote, geborene König, mit Monika und Raimund … Er hat einfach meinen Namen in die Anzeige schreiben lassen!«

»Es ist unglaublich, was Sie aushalten mussten.« Ira griff Tillys Hand und hielt sie ganz fest. Nie, niemals hätte sie dieser Frau, die früher als Kino-Tilly in der Öffentlichkeit immer taff und burschikos gewirkt und sich ihre ansteckend fröhliche Art bis heute bewahrt hatte, eine solche Vergangenheit zugetraut! »Ihr erster Mann, Gernot Grote, hat er eigentlich etwas von den schrecklichen … Ich meine, hat er irgendwas gewusst? Er muss sich doch gewundert haben, dass Sie nichts mit Ihren Eltern zu tun haben wollten und den Kontakt zu den Kindern so rigoros unterbunden haben.

Und Ihre Kinder, haben sie nie nach ihren Großeltern gefragt?«

»Ich konnte damals nicht darüber reden. Nicht zu Gernot, zu überhaupt niemandem. Gernot wird es geahnt haben, denn mein Verhalten war ja tatsächlich nicht normal, aber es hat ihn wohl nicht weiter interessiert. Er fragte jedenfalls nicht. Und meinen Kindern habe ich erzählt, Oma und Opa seien tot.« Sie senkte den Kopf und blickte auf die Bettdecke. »Ich schäme mich heute dafür, dass ich sie so belogen habe, aber damals wusste ich einfach nicht, was ich ihnen sonst hätte sagen sollen.«

Ira fehlten die Worte. Aber es kam noch viel schlimmer.

Tilly ging mit ihren Kindern zum Begräbnis ihrer Mutter. »Davor konnte ich mich nicht drücken. Es hatte in der Zeitung gestanden, und meine Kinder erfuhren durch ihre Mitschüler vom Tod meiner Mutter. Sie fielen aus allen Wolken, als sie lesen mussten, dass ihre Namen in der Traueranzeige einer Frau standen, die sie seit jeher für tot gehalten hatten. Ich konnte ihren Schock verstehen. Sie begleiteten mich zur Beerdigung, aber sie sprachen kein einziges Wort mit mir.«

An diesem Tag begegneten Monika und Raimund ihrem Großvater zum ersten Mal.

Tilly hatte ihren Vater siebzehn Jahre lang nicht gesehen.

Als sie am offenen Grab ihrer Mutter stand und mit der kleinen Schaufel ein Häufchen Erde auf den Sarg warf, trat Willibernd König plötzlich neben sie und berührte mit seinem Ellenbogen wie zufällig ihren Arm.

Tilly erstarrte. Sie roch sein Rasierwasser. Pitralon. Er benutzte es immer noch. Sie kannte diesen Geruch nur zu gut, allerdings war er in ihrer Erinnerung mit dem strengen

Geruch von Schweiß vermischt. Ihr Magen rebellierte. Sie begann zu schwitzen und zu zittern. Dann nahm sie ihren ganzen Mut zusammen und sah ihn an. Sein Haar war grau geworden. Er hatte den linken Mundwinkel hochgezogen, kniff die dunklen Augen unter den buschigen Brauen leicht zusammen und sah sie mit süffisantem Blick an. Er trug immer noch das exakt gestutzte Clark-Gable-Bärtchen, das die harten, strichdünnen Lippen in seinem hageren Gesicht betonte. Tilly schaffte es nicht, seinen Blick auszuhalten, und drehte ihren Kopf weg. Sein leises, höhnisches Schnauben entging ihr nicht. »Ich hatte das Gefühl, mein ganzer Körper sei eine zerfließende Masse«, sagte sie, »und ich weiß noch, dass mein Blut so laut in meinen Ohren rauschte, dass ich nichts anderes mehr hören konnte.«

Sie wusste nicht mehr, was danach geschah. Natürlich faltete sie die Hände und murmelte irgendein Gebet, starrte den Pastor an, als würde sie ihm zuhören, aber nichts von dem, was er sagte, drang zu ihr vor. Sie schüttelte Hände und nahm Beileidsbekundungen entgegen, fuhr im Fond irgendeiner Limousine mit und betrat das Hotel Schäfer, in dem sich die Trauergäste zu Kaffee, Schnaps und Platenkuchen versammelten.

Tilly wusste, dass das alles geschehen war, aber sie erinnerte sich nicht genau daran. Die Erinnerung an eine Szene, die sie in den folgenden Jahren wie einen Film in endlosen Zeitlupewiederholungen immer wieder vor sich sah, überlagerte im Nachhinein alles.

Tilly irrte sich auf dem Weg zu den Toiletten in der Tür. Deshalb kam sie zufällig dazu, als ihr Vater sich in einem Nebenraum von ihrer sechzehnjährigen Tochter Monika einen blasen ließ. Zwischen ihren Brüsten steckte ein Fünfhundert-Mark-Schein.

Ihr Vater hatte sich bequem zurückgelehnt, die Arme hinter dem Kopf verschränkt, und sah sie grinsend an.

»Damals habe ich beschlossen, ihn zu töten.«

24

Ich verstehe dich. Keine Ahnung, ob ich dem Schwein nicht schon viel früher den Schädel eingeschlagen oder ihn im Schlaf mit einem Kissen erstickt hätte!

Ira sprach nicht aus, was sie dachte.

Doch als könne sie Iras Gedanken lesen, sagte Tilly: »Glauben Sie nur nicht, dass ich in diesem Moment zum ersten Mal daran gedacht habe, ihn zu töten. Und so absurd es klingt: Dieser Hass hatte mich das alles ertragen lassen. Er war mein stärkstes Gefühl, meine Triebfeder, um weiterzumachen. Seit meiner Kindheit hatte ich mir die schrecklichsten Todesarten für ihn ausgemalt. Ich habe ihn mit einem Draht erdrosselt, mit einem Hammer erschlagen, ich habe ihn mit einem Küchenmesser abgestochen und ihn mit allen möglichen Substanzen vergiftet, ihn in einem dunklen Keller qualvoll verhungern und verdursten lassen. Ich habe ihm unmenschliche Dinge angetan, jede Nacht. Sie glauben gar nicht, wie grausam ich in meiner Fantasie sein konnte. Aber nachdem Monika und Raimund geboren waren, konnte ich den Hass verdrängen. Oder, besser gesagt, ich konnte anders mit ihm umgehen. Mein Leben bekam einen anderen Sinn, und dieser Sinn war ein guter, verstehen Sie?«

Ira nickte.

»Ich wusste plötzlich, wofür ich da war.« Tillys Mundwinkel zuckten. »Ich liebte meine Kinder über alles und wollte, dass es ihnen gut geht und an nichts fehlt. Dafür habe ich gearbeitet. Ich habe ihnen keine Brote geschmiert und keine Nasen geputzt, ich haben keine aufgeschlagenen Knie verarztet und ihnen kein Lieblingsessen gekocht, das alles konnte ich nicht. Aber ich konnte arbeiten und Geld verdienen wie ein Mann. Es hat ihnen nicht gereicht.«

Ira verstand. Tilly hatte sich nie wieder von einem Mann abhängig machen wollen, in keiner Beziehung, weder emotional noch finanziell, sie hatte unbedingt alles allein schaffen wollen.

»Wie haben Sie auf diese abscheuliche Situation nach der Beerdigung Ihrer Mutter reagiert?«

»Sie meinen, als ich meinen Vater mit meiner Tochter erwischt habe? Ich habe die Tür zugemacht, mich umgedreht und bin gegangen. Ich war ganz kalt, habe nichts gefühlt. Ich war wie tot.«

Tilly war in den Saal zurückgekehrt, in dem die Trauergäste saßen, hatte sich irgendwo hingesetzt und der Gesellschaft reglos zugeschaut. Sie registrierte alles: Sah ihren halbwüchsigen Sohn, der tat, als gäbe es sie nicht, sah Bekannte, Freunde ihrer Eltern, Fremde, die vorgaben, um ihre Mutter zu trauern.

Sie fühlte nichts. Sie konnte nicht weinen, nicht schreien, nicht sprechen.

Dann ging die Tür auf, und ihre Tochter kam herein. Monika stolzierte an ihrer Mutter vorbei und sah sie so verächtlich an, dass Tilly zu zittern begann. Sie steuerte auf das Kuchenbüfett zu und bediente sich, als sei sie auf einer Party.

Wann ihr Vater den Saal betrat, wusste Tilly nicht. Sie hörte irgendwann seine Stimme und erstarrte.

Nie mehr, schwor sie sich in dieser Minute, *nie mehr wirst du ein Mädchen anfassen*.

Wie ferngesteuert ging sie an dem Tag, an dem sie ihre Mutter beerdigt, sich ihr Sohn von ihr abgewandt, sie ihre Tochter verloren und ihren Vater zum Tode verurteilt hatte, durch die Straßen. Sie wusste nicht mehr, welche Wege sie damals einschlug, wo sie stehen blieb, ob sie unterwegs jemanden sah oder jemand mit ihr sprach. Sie setzte einen Fuß vor den anderen, wie ein Automat, den jemand programmiert hatte und der seine Bewegungen ausführte, bis die Batterien leer waren.

Es war schon fast zehn Uhr abends, als sie vor Konstanzes Tür stand.

»Sie sah mich an, sagte kein Wort und zog mich in ihre Wohnung. Dann drückte sie mich in einen Stuhl und wartete. Konstanze hat sofort gewusst, dass etwas Schreckliches passiert war. Ich habe ihr erzählt, was mein Vater mit Moni gemacht hatte. Natürlich verstand sie mich. Sie kannte ihn. Wir waren beide Königstöchter gewesen und hatten als Kinder oft zusammen geweint.«

Ira konnte sich die Situation genau vorstellen.

»Konstanze sagte einfach nur: Jetzt ist Schluss! Mehr nicht. Dann tranken wir einen Dujardin.« Tilly lachte auf. »Kennen Sie die alte Werbung: Darauf einen Dujardin? Nein? Das haben wir gesagt, als wir angestoßen haben. Klingt wie ein Witz, aber in dieser Nacht war schon die Entscheidung wie eine Befreiung.«

Tilly schwieg einige Minuten. Ira wusste, dass sie in Gedanken im Damals war. Dann fuhr sie fort: »Wir haben etliche Möglichkeiten in Erwägung gezogen. Wir wollten ihn mit dem Auto überfahren, wussten aber nicht, wie wir ihn vor das Fahrzeug locken konnten. Wir haben geplant, ihn zu betäuben und auf die Bahngleise zu legen, aber auch das war nicht möglich, er war über einen Meter achtzig groß. Wie hätten wir ihn transportieren sollen? Wir überlegten, wie wir an eine Waffe kommen und ihm seinen Schwanz abschießen konnten. Ich hatte sogar die Vision, meinem Vater das Ding abzuschneiden und es ihn scheibchenweise fressen zu lassen.« Tilly achtete nicht auf Iras schockierten Ausruf, sie redete weiter: »Wir wollten ihn in einem verlassenen Keller verstecken und ihn langsam im Dunkeln verrecken lassen. Aber all das konnten wir nicht. Wissen Sie, es ist gar nicht so leicht, jemanden umzubringen.«

Ihr bitteres Lächeln erschütterte Ira.

Wenige Wochen später, am Samstag, dem 27. März 1971, klingelten Konstanze und Tilly an der Tür der Villa Augusta. Es war etwa eine halbe Stunde vor Mitternacht.

Willibernd König öffnete, hemdsärmelig, mit zerzaustem Haar. Er hatte vor dem Fernseher geschlafen und wirkte noch leicht benommen. Außerdem hatte er eine Fahne. Es dauerte einen Moment, bis er die Frauen im Halbdunkel erkannte. Sie waren dunkel gekleidet und trugen schwarze Kopftücher.

Durch das helle Licht der Diele fiel sein Schatten riesig über Konstanze und Tilly. Im ersten Moment reagierten sie so, wie sie als kleine Mädchen reagiert hatten, wenn ein Mann vor ihnen stand: Sie rückten eng zusammen, fassten sich an den Händen und traten gleichzeitig einen Schritt zurück.

König nahm mit langsamen Bewegungen eine Taschenuhr aus der Hosentasche, ließ den Deckel aufschnappen und runzelte die Stirn. »Sieh an, das Fräulein Tochter. Steht nach so vielen Jahren um Mitternacht vor meiner Tür wie ein armer Sünder. Und die Freundin ist gleich mit dabei.« Er zog abfällig die Mundwinkel herunter. »Hässlich seid ihr geworden, richtig ranzige alte Weiber. Was wollt ihr?«

Konstanze fasste sich zuerst wieder. Sie sagte das, was sie zuvor verabredet hatten: »Herr König, wir haben ein Geldproblem und denken, Sie können es lösen.«

König stieß ein widerliches Lachen aus. »Ich sag's immer wieder: Man vergisst nie die Hand, die einen mal gefüttert hat.« Dann ging er einen Schritt zur Seite und ließ die beiden eintreten.

Ira staunte. »Er hat Sie nach der langen Zeit einfach so ins Haus gelassen?«

Tilly nickte. »Der war doch viel zu selbstherrlich, um es nicht zu tun.«

Sie gingen ins Wohnzimmer. Der Fernseher rauschte, es war Sendeschluss. Auf dem Tisch stand ein halb volles Glas Rotwein neben einer fast leeren Flasche.

»Jetzt bin ich ja mal gespannt, was ihr beiden Grazien von mir wollt«, sagte König, und Ira konnte sich sein hämisches Grinsen dabei gut vorstellen.

»Dann lief alles wie am Schnürchen«, sagte Tilly. »Er musste ins Bad, sagte, er sei gleich zurück, und Konstanze schüttete sofort die Tropfen in seinen Wein.«

»Welche Tropfen?«

»Sie hatte sie in der Manteltasche. Das müssen so was wie K.o.-Tropfen gewesen sein. Ich habe sie nie danach gefragt.

Mein Vater kam zurück, pflanzte sich breitbeinig auf die Couch und trank einen großen Schluck Wein. Ich hatte panische Angst, dass er etwas riechen oder schmecken würde, aber er bemerkte nichts. Dann fragte er noch einmal, was wir wollten. Wir haben nichts gesagt. Kein Wort. Ich habe irgendwann tief Luft geholt, um ihn doch in ein Gespräch zu verwickeln. Diese Stille konnte ich nicht ertragen – aber Konstanze machte eine Handbewegung, die bedeuten sollte: abwarten. Mein Herz schlug so laut, dass ich dachte, er könnte es hören.«

Sie mussten eine gefühlte Ewigkeit warten, bis König bewusstlos wurde. Sein Oberkörper kippte einfach zur Seite.

Tilly und Konstanze öffneten seinen Gürtel, zogen ihm die Hose und die Unterhose runter. Konstanze nahm eine vorbereitete Spritze aus ihrer Manteltasche. Als sie dem bewusstlosen Willibernd König eine Überdosis Insulin in den Anus jagte, schaute Tilly nicht hin.

Gemeinsam zerrten sie die Hose wieder nach oben, schlossen den Gürtel und ließen ihn so, wie er war, liegen.

»Dann sind wir ins Tanzlokal Zur Rose gegangen und haben dafür gesorgt, dass uns viele Leute sahen. Es war ja ein Samstag, der Laden war voll. Die Haushälterin fand meinen Vater am nächsten Morgen tot in seinem Wohnzimmer und rief Dr. Deppendorf an, Konstanzes Vater.« Tilly lachte. »Ausgerechnet ihn. Tod durch Herzstillstand. Das stand auf dem Totenschein. Ein besseres Alibi konnten wir nicht bekommen.« Sie atmete tief durch. »Jetzt wissen Sie, warum ich die Villa fast dreißig Jahre lang nicht mehr betreten habe. Weil ich seit diesem Tag damit lebe, dass ich meinen Vater ermordet habe.«

»Ich verstehe Sie. Ich hätte genauso gehandelt. Da können Sie sicher sein. Aber wahrscheinlich hätte ich nicht so lange damit gewartet.«

Ira dachte an das Geständnis auf der Kassette. Was hatte Konstanze im Wortlaut gesagt? »Insulin in den Anus. Das war leicht. Am 5. Oktober 1971 habe ich meinen Vater umgebracht. Schade war nur, dass er im Schlaf gestorben ist, denn ich hatte ihm vorher starke Schlafmittel verabreicht.« Sie hatte also zweimal dieselbe Methode verwendet.

»Was werden Sie jetzt tun? Werden Sie mich anzeigen und es der Polizei melden?«

Ira reagierte nicht auf die Frage. Sie sah Tilly nachdenklich an. »Was ist mit Emil Menkhoff, Ilsemaries Vater? Er starb, wenn ich das richtig in Erinnerung habe, Weihnachten 1971. Wurde er auch umgebracht?«

Tillys Antwort war schlicht und klar. »Ja.«

»Auf dieselbe Weise?«

Sie nickte.

»Und das hat niemand gemerkt?«

»Nein. Menkhoff starb in Minden. Ich war nicht dabei. Ilsemarie und Konstanze haben das gemacht.«

Ira war aufgestanden und schaute aus dem Fenster. Draußen war es inzwischen dunkel geworden.

Sie wusste nicht, wie lange sie dort gestanden hatte, als Tilly ihre Frage wiederholte: »Was werden Sie jetzt tun? Gehen Sie zur Polizei?«

Ira drehte sich um, ging den einen Schritt bis zur Bettkante, setzte sich darauf und sah Tilly an. »Nein. Das werde ich nicht tun. Wenn die Polizei das jemals herausfinden sollte, werde ich mich an dieses Gespräch nicht erinnern.« Sie biss sich auf die Lippe, bevor sie fortfuhr. »Gibt es jemanden, der darüber Bescheid weiß?«

Sie sah an ihrem Blick, dass die alte Frau genau wusste, warum sie diese Frage gestellt hatte.

»Nein. Ich habe nie darüber geredet, und Ilsemarie und Konstanze auch nicht, da bin ich ganz sicher.«

»Ilsemarie und Konstanze sind tot.«

»Ja«, sagte Tilly tonlos. »Und Maria auch.«

Ira dachte nach. Dann sagte sie: »Sie haben mir immer noch nicht erzählt, wer sie angerufen hat, als Maria starb.«

Sekundenlang war es still.

»Es war Monika.«

»Ihre Tochter?«

Tilly nickte.

»Was wollte sie?«

»Ich weiß es nicht, ich konnte sie ja nicht verstehen, weil der Kehrwagen solchen Lärm machte.«

»Haben Sie sie später zurückgerufen?«

Tilly schüttelte den Kopf. Dann drehte sie Ira den Rücken zu und begann zu weinen.

Es roch nach frisch aufgebrühtem Kaffee, als Ira aufwachte. Tageslicht schimmerte durch die Vorhänge. Hatte sie verschlafen? Verwirrt tastete sie nach dem Smartphone auf dem Nachttisch. Neun Uhr. Sie schwang die Beine aus dem Bett, rieb sich die Augen, streckte sich – dann fiel ihr ein, dass heute Samstag war. Sie hatte frei. Also schlüpfte sie wieder unter die Decke und zog sie bis zur Nasenspitze über ihr Gesicht.

Die Tür war nur angelehnt, und sie konnte Andy in der

Küche hantieren hören. Wie herrlich, gleich würde sie aufstehen, sich an den gedeckten Tisch setzen, der Kaffee würde heiß sein, der Speck knusprig gebraten und die Eier wachsweich gekocht! Frühstück war Iras Lieblingsmahlzeit. Sie konnte stundenlang im Schlafanzug am Tisch sitzen bleiben, mit Andy quatschen oder mit ihm schweigen, die Zeitung von der ersten bis zur letzten Seite lesen, Radio hören, noch ein Brötchen essen, noch einen Kaffee trinken, noch ein Schlückchen Sekt dazu genießen.

Sie dachte an früher, an ihr Zuhause, damals, als Vater noch bei ihnen gelebt hatte.

Sonntags, und nur sonntags, gab es Frühstückseier. Meist hatte Vater sie gekocht, und solange Ira denken konnte, gab es ein scherzhaftes Geplänkel über seine Eierkochkunst.

»Das is 'n Eichen, Mutter, nech?«, sagte er oft, und Iras Mutter grinste.

Um halb elf nahm Vater Ira mit zum Frühschoppen. Sie ging gern mit, denn im Dorfkrug oder im Rehmer Eck gab es Karina-Schokolade und Florida-Boy und manchmal ein großes Eis zu fünfzig Pfennig. Andere Väter nahmen ihre Kinder auch mit, aber das waren ausschließlich Jungs. Das war doof, denn die Jungs spielten draußen Fußball, und Ira musste drinnen bleiben.

»Du bist ein Mädchen, nun benimm dich auch so«, sagte Vater, wenn sie deswegen maulte. Ihre weißen Sonntagskniestrümpfe durften nicht dreckig werden, und die guten Schuhe waren eben nicht zum Spielen gedacht.

Sie bekam einen Notizblock mit Kabänes-Reklame und einen Stift und sollte lieb sein und ein schönes Bild malen. Wenn Vater seinen Lächeltag hatte, kam er an den Tisch und brachte ihr einen Bierdeckel mit umgeklappten Seiten, in den er Erdnüsse gefüllt hatte. Dann malte sie Bauernhöfe, Kirchen und ganze Dörfer auf die Notizblätter, und Vater lobte: »Das ist aber schön, mein Mädchen.«

Vater sah sonntags toll aus. Er trug dann keinen grauen Kittel, sondern dunkle Hosen und eins der weißen Nyltest-Hemden, die über dem Hosenbund eine eingestickte schwarze Rose hatten. In seiner rechten Gesäßtasche steckte ein silberner Kamm, den er vor dem Betreten der Wirtschaft behände benutzte: Er ging vor dem Schaukasten neben der Eingangstür leicht in die Knie, nahm den Aushang als Spiegel und kämmte mit der rechten Hand die Strähnen des Resthaares nach, das er mit der linken Hand über die Glatze gelegt hatte.

Die Männer würfelten. Ihre Spiele hießen »Schocken« oder »Zehntausend« oder »Knobeln«. Manchmal brüllten sie vor Vergnügen und wiesen Tante Liese hinter dem Tresen an, »beide Teile fettich« zu machen – das hieß, sie wollten Bier und Schnaps.

Ira liebte die Musikbox, an der sie für eine blanke Münze zehn Lieder aussuchen konnte. Während die Musik lief und Ira die Texte in Gedanken mitsang, beobachtete sie die spielenden Männer. Manchmal warfen sie Geld in den Metallkasten, in dem jeder von ihnen ein Sparfach hatte. Manche bestellten bei Tante Liese ein Sülzkotelett, das sie aus der verglasten Rundung der Theke von einer Pyramide aus Sülzkotelett-Büchsen nahm und mit einem Strauß Petersilie auf einem geblümten Teller servierte.

»Um eins wird gegessen!«, hatte Mutter beim Weggehen gesagt, und Vater achtete darauf, dass sie pünktlich zurückkamen.

Um Punkt eins stand das Essen tatsächlich dampfend auf dem Tisch. Sobald Vater und Ira die Treppe zur Wohnung hinaufgingen, öffnete sich oben die Tür, und Mutter stand dort im weißen Sonntagskittel.

Ihre Laune für den Rest des Tages hing davon ab, wie sie Vaters Zustand einschätzte. Wenn seine Lider zu weit über den Augen hingen und er müde aussah, aber trotzdem grinste, grunzte sie nur. Aber wenn er undeutlich sprach und schwankte oder gar kicherte, erstarrte ihr Gesicht zu einer Maske. »So wie du zustehst, können wir den Besuch bei Trude und Horst heute Nachmittag vergessen! Du bist ja vollstramm.« Ihre Stimme klang wütend bei solchen Sätzen.

Vaters entspannt selige Miene veränderte sich von einem Moment zum anderen: Entweder war er geduldig und setzte sich wortlos zum Essen hin, oder er marschierte schnurstracks ins Wohnzimmer, legte sich auf die Couch und begann innerhalb kürzester Zeit zu schnarchen.

Ira schrak zusammen, als sie eine kühle Hand auf ihrer Schulter spürte. »Aufstehen, meine Schöne«, flüsterte Andy in ihr Ohr.

Im ersten Moment wusste sie nicht, wo sie war, so real hatte sie sich in ihren Erinnerungen verloren, aber dann schlang sie die Arme um seinen Hals und zog ihn zu sich ins Bett.

Später saßen sie am Tisch. Andy hatte für neuen Kaffee und frischen Speck gesorgt; die ersten Portionen waren kalt geworden.

»Was machst du jetzt mit Tilly?«, fragte Andy kauend.

»Sie hat dir einen Mord gestanden. Du musst zur Polizei gehen, oder nicht?«

»Nein, ich muss gar nichts. Ich muss keine Straftaten verfolgen, das ist Sache der Polizei. Angenommen, ich wüsste, dass jemand einen Mord plant, dann müsste ich das melden, aber so nicht. Allerdings darf ich auch nichts unternehmen, um Tilly vor den Ermittlungen der Polizei zu schützen, das wäre nämlich Strafvereitelung, und das ist strafbar. Mord verjährt nie. Auch der versuchte Mord und die Teilnahme daran nicht. Wenn diese Taten, für die ich absolutes Verständnis habe, ans Tageslicht kommen, muss Tilly den Rest ihres Lebens im Gefängnis verbringen, auch wenn es schon vierzig Jahre her ist.«

»Kann man ihr das heute noch beweisen? Vielleicht war es allein Konstanzes Idee? So, wie du mir das Gespräch von gestern erzählt hast, war Tilly gar nicht bei klarem Verstand, als sie damals zu Konstanze ging.«

»Nein, für die Tötung von Tillys Vater würden beide Frauen als Mörderinnen verurteilt, auch wenn Konstanze die eigentliche Tötungshandlung begangen hat. Im Amtsdeutsch hieße das: Beide hatten den Tötungswillen aus Rache und sind arbeitsteilig vorgegangen. Tilly hat den Zugang zum Haus des Vaters ermöglicht. Erst dadurch wurde die Tötung durch Konstanze möglich. Daher würden sie beide als Täterinnen bestraft und nicht als Täterin und Helferin. Da spielt es keine Rolle, ob wir ihr Motiv verstehen, ob wir den Drecksvätern selber die Pest an den Hals wünschen oder nicht. Es gibt Gesetze, und die besagen, dass Mord nicht verjährt.«

»Du gehst also nicht zur Polizei?«

»Nein, ich zeige Tilly nicht an.« Iras Stimme wurde lauter.

»Diese Frau ist jahrelang misshandelt, vergewaltigt und zwangsprostituiert worden. Sie wurde von ihrem Vater geschwängert und musste zwei Abtreibungen über sich ergehen lassen. Ihr erster Mann hat sie betrogen, der zweite hat sie betrogen und um Geld beschissen. Ihre eigene Tochter hat sich von ihrem Vater zum Blowjob überreden lassen und dafür Geld genommen. Nein, Andy, ich werde Tilly nicht anzeigen, nie im Leben.«

Er hob beschwichtigend die Hände. »Okay, okay! Ich verstehe dich. Ich will nur nicht, dass du in Schwierigkeiten kommst, indem du gegen das Gesetz verstößt.«

»Wenn wir Erbsen zählen wollen, dann bist du in derselben Situation wie ich. Du weißt jetzt nämlich auch von dieser Straftat.« Sie sah Andy triumphierend an.

»Du hast recht«, murmelte er. »Wenn Tilly nicht selbst zur Polizei geht, dann kommt es nicht raus, oder?«

»Ich denke nicht. Es sei denn, jemand weiß davon.«

»Wer? Alle Beteiligten sind tot.«

»Nicht alle. Hans Klabunde lebt. Ich kann mir nicht vorstellen, dass er nichts mitgekriegt hat, als sie auf Hof Eskendor in einem Raum gelebt haben. Dass er von den Morden an den Vätern weiß, bezweifle ich allerdings.«

»Und was ist mit Konstanzes Geständnis, prüft die Kripo das nicht nach?«

Ira überlegte. »Hm. Konstanze hat nur den Mord an ihrem eigenen Vater gestanden. Wenn jetzt herauskäme, dass sie auch den beiden anderen die tödlichen Spritzen verabreicht hat – keine Ahnung, ob man die Leichen von König und Menkhoff exhumieren würde. Ich kann mir nicht vorstellen, dass nach so langer Zeit überhaupt noch Vergiftungen nachzuweisen sind. Was den alten Deppendorf angeht, müsste es für die Ermittlungen der Polizei unerheblich sein, den Toten zu untersuchen, weil Konstanze als Täterin selbst tot ist. Es könnte kein Strafverfahren mehr geben. Wenn ich das richtig sehe, würde nach Aktenlage ermittelt, weil mit der Kassette ein Geständnis vorliegt. Die Ermittlungsergebnisse würden an die Staatsanwaltschaft übergeben, und die stellt das Verfahren dann ein.« Ira nahm einen Schluck Kaffee. »Anders sieht das natürlich aus, wenn ein Täter oder ein Tatbeteiligter noch lebt. Dann erfolgen die üblichen Vernehmungen, und es kommt zur Anklage.« Sie sah Andy eindringlich an. »Wir dürfen Tilly nicht die letzten Jahre ihres Lebens zerstören.«

»Wenn Tilly aber ihre Freundinnen gekillt hat, würde ich sie nicht decken, darüber könnte ich nicht schweigen.« Er überlegte. »Aber allein die Tatsache, dass sie die einzige Überlebende der Königstöchter ist, macht sie noch nicht tatverdächtig, oder? Sie könnte genauso gut das nächste Opfer sein.«

»Das ist genau der Punkt, Andy. Wer hatte ein Interesse daran, drei Frauen zu töten, von denen zwei sowieso todkrank waren? Wird dieser Jemand auch Tilly töten? Das finde ich viel wahrscheinlicher und beunruhigender als den Verdacht, dass Tilly eine Serienmörderin ist.«

Sie rätselten, diskutierten diverse Möglichkeiten, verwarfen sie wieder, konstruierten Szenarien, Motive, Verbindungen – aber nichts ergab einen Sinn. Sie konnten sich nicht vorstellen, dass es verschiedene Täter gab.

Sie konnten sich aber auch nicht vorstellen, was einen einzigen Täter zu diesen Morden getrieben haben könnte.

Angenommen, jemand hatte Maria und Konstanze ermordet, um sie daran zu hindern, über die Königstöchter zu reden – warum war Ilsemarie getötet worden? Sie war bis zuletzt kerngesund und Herrin ihrer Sinne gewesen, hatte nie öffentlich »geplaudert«. Warum hatte sie sterben müssen? Vielleicht war ihr das geplante Buch zum Verhängnis geworden? Aber wer wusste davon? Ilsemarie hatte gesagt, dass nur Robert Lindemann ihre Aufzeichnungen kannte und sie dazu ermutigt hatte, sie druckreif zu überarbeiten.

Ira fasste zum hundertsten Mal zusammen, was bisher geschehen war – und zum hundertsten Mal konnte sie das Rätsel der Königstöchter nicht lösen. Irgendein Detail blieb immer unklar.

Sie hatten den ganzen Tag gefaulenzt, ferngesehen, Musik gehört, gequatscht, gegessen und getrunken. Beim Fernsehprogramm waren sie auf dem Sofa eingeschlafen, erst gegen zehn Uhr abends wieder aufgewacht. Nun fühlten sie sich putzmunter.

Ira hatte eine Idee. »Schlafen können wir sowieso nicht, wollen wir uns anziehen und in der Stadt ein Bier trinken?«

»Jetzt noch?«

»Warum nicht? Gibt es das Brösel noch? Früher war da bis morgens um fünf was los!«

Das Bierhaus Brösel war eine Oeynhausener Institution: Eine urige Hinterhofkneipe, in der jeder Zentimeter der Wände und der Decke mit einem Sammelsurium an Skurrilitäten, Raritäten und Kitsch bedeckt war. Alte Spielautomaten hingen neben Gemälden in Prunkrahmen, Kuckucksuhren tickten neben Reklameschildern, Schaufensterpuppen standen Seite an Seite mit antiken Kaugummiautomaten, geschmacklos schönen Skulpturen und dem alten Fahrzeug eines Autoscooters, Sechzigerjahre-Kitsch prangte neben Strohblumensträußen. Sogar eine ausrangierte englische Telefonzelle gab es.

Ira und Andy hatten während des Abends eine Flasche Wein geleert und bestellten deshalb ein Taxi.

Im Brösel war Partystimmung; die Musik war schon in der Klosterstraße zu hören. Sie fanden einen Stehplatz an der Theke und bestellten zwei Pils. Ira sah sich um. Bunt gemischtes Publikum, aus der unteren Etage kamen immer wieder junge Leute hinauf. An der langen Theke saßen offenbar Stammgäste, die sich viel zu erzählen hatten, und beim Kerzenlicht an den Tischen plauderten Leute mittleren Alters.

In einer Ecke des Lokals gab es plötzlich Tumult, ein Glas ging klirrend zu Bruch, das Stimmengewirr verstummte fast, aber nur für den kurzen Moment, in dem die Gäste neugierig hinübersahen, bevor sie sich wieder ihren Getränken widmeten.

Zwei Kellner standen neben einem schwankenden Mann, der bis eben mit dem Kopf auf dem Tisch gelegen und geschlafen hatte. Sie diskutierten mit ihm, offensichtlich ohne Erfolg. Schließlich packten sie ihn unter die Arme und beförderten ihn zur Tür.

Als der Betrunkene an Ira und Andy vorbeibugsiert wurde, traute sie ihren Augen nicht. »Das ist Philipp Holle!«, raunte sie Andy zu, als der mit derangierter Garderobe, fleckigem Sakko, offenem Hosenstall und weit gespreizten Armen über den Schultern der Kellner hing.

Sein sonst so sorgfältig geföhntes Haar hing ihm wirr in

die Stirn. Er stierte Ira mit blutunterlaufenen Augen an, erkannte sie aber nicht. Durch das Fenster sah Ira, dass er draußen auf einen Klappstuhl gesetzt wurde. Einer der Raucher, für die dort ein Zeltpavillon und ein Tisch mit Stühlen aufgestellt worden waren, räumte seinen Platz für ihn. Holle sagte etwas, ein Kellner kam zurück ins Lokal, holte einen Mantel, der über dem Stuhl hing, auf dem Holle eingeschlafen war, und brachte ihn hinaus. Holle deckte sich damit umständlich und unbeholfen zu, ließ den Kopf augenblicklich auf die Brust sinken und rührte sich nicht mehr.

Ira und Andy sahen sich an. »Der kann doch bei der Kälte nicht da draußen sitzen bleiben!«, sagte Andy.

Sie zahlten und gingen hinaus. Holle hing wie ein Häufchen Elend auf dem Stuhl, er rutschte langsam nach vorn, Andy fing ihn in letzter Sekunde auf.

Wie in Zeitlupe hob Holle den Kopf, starrte Andy an und sagte etwas, das klang wie: »Waswilsudn von mia?« Dann sah er Ira an, runzelte die Stirn und lallte grinsend: »Kukkstu, die Sseitungsdante is auffer Piste … trinksse ein'n mit?«

Ira schmunzelte. »Nein, vielen Dank. Sie haben ein bisschen zu viel gefeiert. Sollen wir Sie rüber zum Bahnhof bringen, damit Sie sich ein Taxi nehmen können?«

Holle begann zu singen: »Taaaxi nach Paaariis, nua füa eine Naaacht … Jau, Taxi is gut.«

Ira und Andy halfen ihm, den Mantel anzuziehen und hängten ihm den Schal, der im Ärmel gesteckt hatte, um den Hals. Dann nahmen sie ihn in die Mitte. Für die hundert Meter vom Bierhaus Brösel bis zum Bahnhof brauchten sie fast zwanzig Minuten. Holle knickte immer wieder ein, dann blieb er stehen, schwankte, drehte sich stolpernd um die eigene Achse und sang mit kreisendem Zeigerfinger immer wieder inbrünstig vom Taxi nach Paris.

Vor dem Bahnhof war kein Wagen zu sehen.

»Nutzt ja nichts, wir können ihn hier nicht allein lassen, der fällt in seinem Zustand noch vor ein Auto oder läuft womöglich oben auf die Bahngleise. Und wenn er hier einpennt, ist er morgen früh erfroren«, sagte Andy.

Also setzte Andy sich mit Holle auf eine Bank, während Ira in der Taxizentrale anrief.

»Ein Wagen zum Bahnhof, jawoll, ist notiert, dauert ein Viertelstündchen bis zwanzig Minuten«, sagte die Frau am Telefon.

Holle saß zwischen ihnen und sang schief und halblaut vor sich hin. Er hatte den Titel gewechselt: Jetzt ging es darum, dass er noch niemals in New York und noch niemals richtig frei gewesen war.

Sie warteten fast eine halbe Stunde, bis endlich ein Taxi vorfuhr. Als Andy die Wagentür öffnete und Holle zum Einsteigen aufforderte, erbrach der sich plötzlich plätschernd auf den Boden zwischen seinen Beinen.

»Nee, danke, das könnt ihr vergessen!«, rief der Taxifahrer, beugte sich auf die Beifahrerseite, zog die Tür mit einem Ruck wieder zu und fuhr mit quietschenden Reifen davon.

Ira und Andy sahen sich ratlos an. Sie konnten den Mann unmöglich sich selbst überlassen, aber was sollten sie mit ihm anfangen?

»Herr Holle, haben Sie ein Handy dabei?«, fragte Ira.

Der hatte sich just mit seinem Schal den Mund abgewischt und wegen des Geruchs die Nase gerümpft. Nun wühlte er übereifrig in der Innentasche seines Sakkos, nestelte ein

Smartphone heraus, sah es an, sagte »Jawoll!« und steckte es wieder ein.

Ira und Andy mussten lachen.

»Herr Holle, würden Sie Ihre Frau anrufen, damit die sie abholt? Sie können ja nicht auf der Bank hier übernachten«, sagte Andy.

Holle lallte: »Meine Frau? Anrufen? Aba mit absluta Sicherheit.« Er kicherte. »Mensch, die is doch gar nich ssu Hause. Die is in Wiehien!«

»In Wien?«

»Jawoll, die kommt morgen wieder. Is morgen Sonntag?«

Ira nickte.

»Ja, dann kommt se morgen wieder. Musse ja, weil: Nächste Woche wird meine Frau Mama«, er machte eine Pause, als müsse er überlegen, »verbrannt.«

Ira verdrehte die Augen, als Holle unvermittelt zu heulen begann, sich aber nach einer Minute schon wieder beruhigte. »Wenn er ein Nachbar von deinem Bekannten ist, dann weißt du doch, wo er wohnt«, sagte sie zu Andy. »Wie weit ist es bis dahin?«

»Zu Fuß? Mit ihm in der Mitte? Vergiss es. Zwei Stunden brauchen wir bestimmt.«

»Sitzen lassen können wir ihn nicht. Ein Taxi nimmt ihn nicht mit, vollgekotzt wie der ist, also was sollen wir machen?« Ira wurde langsam ungeduldig.

»Mussu 'n Wagen von Timmerberg anrufen, die kennen mich, die kommen!«, mischte Holle sich plötzlich ein.

»Ist das wahr?«, fragte Ira.

Holle nickte eifrig. »Jaja, ins Auto kotzen kost' bei denen nur vierhundert.« Dann bekam er einen Lachanfall.

Ira suchte mit dem Smartphone die Nummer des Taxiunternehmens heraus. »Wir haben hier offenbar einen Ihrer Stammgäste, ihm wird ab und zu übel, und die Kollegen am Bahnhof nehmen ihn nicht mit. Transportieren Sie Herrn Holle nach Hause?« Sie lauschte, nickte. »Okay, wenn es nicht anders geht, dann warten wir so lange hier.« Während sie das Gespräch wegdrückte, erklärte sie: »Die haben heute Nacht nur zwei Wagen, einer ist zum Flughafen nach Hannover gefahren, und der andere ist auf dem Weg nach Minden. Wenn der zurückkommt, holt er Holle hier ab.«

Andy stöhnte und sah auf die Uhr. »Es ist fast halb zwei! Wie lange soll das dauern?«

»Knappe Stunde. Immer noch besser, als ihn nach Hause zu schleppen«, sagte Ira und setzte sich wieder auf die Bank. Dabei ließ sie so viel Abstand wie möglich zwischen sich und Holle und passte auf, nicht in die stinkende Lache zwischen seinen Füßen zu treten.

Offenbar ging es Holle langsam besser: Er musste nicht mehr kotzen, und die kalte Nachtluft schien seinen Rausch zu mildern. Unvermittelt begann er zu reden. Er sprach die Silben undeutlich aus und lallte immer wieder, aber Ira verstand, was er sagte.

»Sie kenn' meine Lydia nich, oder?«

Ira schüttelte den Kopf.

Er grinste breit. »Wir ham uns 'n klitzekleines bisschen verschuldet. Verstehste? Wir ham sehr groß geheiratet und meine Mutter, tot isse und verbrannt wird se nächste Woche, die wollte d's ums Verrecken nich bezahlen.« Er kam Ira mit dem Gesicht nahe, und sie hielt die Luft an, um seiner Fahne auszuweichen. »Also. Hör zu: Wir ham für die Hochzeit sechzigtausend aufgenommen. Dreihundert Leute waren da. Un dann sin wir nach Antigua gefahren. Sechstausendsiebenhundert Tacken.« Holle zog mit dem rechten Zeigefinger sein linkes Unterlid herunter. »Holzauge, sei wachsam! Ich bin ja nich blöd. Off'zjeller Grund für die Reise: Gespräche über Marketingmaßnahmen. Hat die Stiftung bezahlt. Schlau, oder?«

Ira und Andy wechselten einen bedeutungsvollen Blick.

»Ja, un dann ham wir gebaut, un weil Lydia ganz recht hat, wenn sie sagt, das is unser Zuhause fürn ganzes Leben, ham wir auch nich am falschen Ende gespart. Wir brauchen nämlich zwei Autos, damit Lydia auch mobil ist, wir ham 'ne Putzfrau, weil Lydia den Haushalt nich schafft, sie hat genug mit den Kindern zu tun, un n'türlich will 'ne junge Frau sich ab un ssu was Schönes kaufen. Sie macht sich ja für mich hübsch.«

Holle war offenbar nicht bewusst, dass er sich um Kopf und Kragen redete – er brabbelte und lallte immer weiter, grinste, lächelte, wuschelte sich durch die Haare, fragte Andy und Ira zwischendurch immer wieder »Verstehste?«, forderte sie auf: »Hör zu!«, und beide nickten jedes Mal, damit er bloß nicht aufhörte.

Ira war inzwischen wieder stocknüchtern, hellwach und hatte die Kälte längst vergessen.

Heimlich steckte sie ihr Smartphone in die Manteltasche, die Holle am nächsten war, dabei schaltete sie unbemerkt den Rekorder ein und nahm jedes Wort auf, das er sagte. Sie hatte schon geahnt, was kommen würde, und sie lag richtig: Holle kam mit seinem Vorstandsgehalt nicht hin. Mit pfauenhaftem Getue erzählte er von »seiner kleinen List«: Von

August 2004 bis Ende 2007 habe er über'n Daumen hundertfünfundneunzigtausend Euro abgezweigt und durch Manipulation von Kassenbelegen und Fälschung von Postquittungen vertuschen können.

Andy war sein Erstaunen anzusehen, nicht nur, weil Holle so unvorsichtig daherredete, sondern auch, weil er trotz seines Zustandes die genauen Zahlen nennen konnte.

Holle dachte laut nach: »Weiß ich überhaupt gar nich, wieso d's so schnell so viel werden konnte.«

Und dann sei ein Großspender namens Hammerstein aufgetaucht und habe der Stiftung über ein Sponsorenkonto eine Million Euro zur Verfügung gestellt. Holle schlug sich auf die Schenkel. »Da hatte ich im Lotto gewonnen, vastehste? Ich hab gar nich nachgedacht, als ich die hundertneunzigtausend wieder ausgeglichen habe. Ich war aber danach echt fix un fertig un krass erschöpft.«

Lydia und er machten dann eine Kreuzfahrt, um ein bisschen Zeit für sich zu haben. Holle sah Andy an und erklärte mit todernstem Gesicht, dessen Mimik ihm allerdings immer wieder entgleiste: »Ich hab d's alles vom Sponsorenkonto bezahlt. Holzauge sei wachsam.«

Er schien mächtig stolz darauf zu sein.

»Un 2009 sin wir dann mit den Kindern noch mal mit der *MS Europa* gefahren, zweiundzwanzigtausend hab ich mir vom noblen Großspender … sozusagen erstatten lassen.« Er lachte. »Stichwort Kooperation *MS Europa*.« Dann raufte er sich wieder die Haare. »Und dann fand die b'scheuerte Deppendorf, die hässliche alte Schnapsdrossel, d's alles heraus.«

In diesem Moment fuhr das Taxi vor.

25

Die ersten Töne der Melodie »Here comes the rain again« dudelten immer und immer wieder, bevor Ira realisierte, dass es ihr Handy war, das sie aus dem Tiefschlaf holte.

Mutter ruft an! stand auf dem Display. Ira drückte das Gespräch weg und stellte Vibrationsalarm und Klingelton aus.

»Wer war das?«, murmelte Andy verschlafen.

»Meine Mutter.«

»Und warum gehst du nicht ran?«

»Weil es erst neun ist.«

Sie kuschelte sich noch einmal in seinen Arm, konnte aber nicht wieder einschlafen. Als das Display erneut aufleuchtete, wusste sie im Voraus, dass ihre Mutter es wieder versuchte, und sie wusste auch, wie das Gespräch ablaufen würde.

Sie schnappte das Handy, schwang sich aus dem Bett und huschte ins Wohnzimmer, um Andy nicht ganz aufzuwecken. Es war immerhin halb fünf gewesen, als sie endlich zu Hause gewesen waren.

»Hast du noch geschlafen?« Die hohe Stimme von Christa Wittekind klang aufgesetzt munter.

»Ja, Mutter.«

»Ehrlich? Also, ich bin schon seit sieben Uhr wach. Ich musste zur Toilette und dann hab ich gedacht, da kann ich auch gleich aufbleiben …«

Ira hörte nicht zu, sie sagte nur ab und zu »Hm« oder »Echt?«. Sie interessierte sich nicht dafür, ob die Nachbarin aus dem Erdgeschoss den Biomüll in die Restmülltonne geworfen hatte oder ob der Mieter in der ersten Etage seine Jalousien in der Küche seit Tagen nicht hochgezogen hatte.

Während sie dem Geschwätz zuhörte, erinnerte sich Ira an den Abszess, den sie als kleines Kind kurz vor Weihnachten bekommen hatte. Beim Kämmen hatte sie zwischen den Haaren auf dem Hinterkopf eine Beule vermutet, aber dann wurde das Ding zu groß. Als es zu eitern begann, zeigte sie es ihrer Mutter.

»Was ist denn das für eine Schweinerei?«, fragte Christa Wittekind, während sie mit spitzen Fingern auf Iras Kopf herumzupfte.

Ira fühlte sich wieder einmal schuldig. Ihre Mutter wusch die Beule mit Kamillentee und klebte ein Pflaster drauf. »Damit du mir das Bettzeug nicht einsaust«, erklärte sie. Jeden Abend tat es höllisch weh, wenn das Pflaster mit einem Ruck abgezogen und ein Büschel Haare mit herausgerissen wurde.

In der Schule fragten die Kinder kichernd, ob der Vogel da oben bald rauskommen würde oder ob Ira eins auf die Rübe bekommen hätte.

Nach ein paar Tagen war das Geschwür so groß wie eine Aprikose geworden, und am Morgen des Heiligabends ging Iras Mutter mit ihr zum Arzt »Ausgerechnet heute, als hätte ich nicht genug zu tun!«, sagte sie und sah Ira strafend an.

Es war der erste Arztbesuch, an den sie sich überhaupt erinnern konnte. Dr. Krause hatte seine Praxis in der Stadt, sie fuhren mit dem Bus bis zur Haltestelle Haus Fitting und gingen das letzte Stück zu Fuß.

Chirurg stand auf dem Schild am Zaun. Ira buchstabierte das Wort stockend und fragte, was das sei.

»Das siehst du schon noch«, sagte ihre Mutter.

Der Doktor öffnete schlecht gelaunt die Seitentür. Er hatte schwarze Haare und dunkle Augen und legte den Kopf schief wie ein Vogel, während er sie mit schnarrender Stimme hereinbefahl.

Am Ende des streng riechenden Flures erreichten sie ein Zimmer mit Metallschränken, hinter deren Glasscheiben Schachteln und Kästchen mit bunten Aufschriften lagerten. Auf dem Schreibtisch stapelten sich Zettel und Papiere, in überladenen Regalen standen mächtige Bücher. Die blonde Frau, die sich an einem Waschbecken die Hände abtrocknete, nickte den beiden unmutig zu.

Ira musste sich auf einen Plastikstuhl setzen. Der Doktor riss das Pflaster ab und sah sich, ihren Aufschrei ignorierend, das Geschwür an. Dabei hatte er die Brille auf die Mitte der Stirn geschoben. Als er auf seinem rollbaren Hocker zurückfuhr, machte er eine schnelle Kopfbewegung, und zack, saß die Brille wieder auf seiner Nase.

Christa Wittekind umklammerte Iras Unterarme, als die Frau des Doktors ihr mit einem Messer die Haare am Hinterkopf abrasierte.

»Wir müssen das aufmachen, damit die Soße abfließen kann«, sagte Dr. Krause, und Ira verstand nicht, was er mit »aufmachen« meinte.

Die Frau und ihre Mutter hielten sie eisern fest, als der Arzt an Iras Kopf zu hantieren begann. Sie strampelte und wehrte sich und brüllte wie am Spieß. Die Erwachsenen schrien jetzt auch und wurden hektisch, und das machte Ira noch panischer. Mit Gewalt und erhitzten Gesichtern drückten die Frauen sie in den Stuhl, ihre Hände bohrten sich wie eiserne Zangen in Iras Arme, und der Doktor setzte sich auf ihren Schoß und tat irgendetwas Schreckliches an ihrem Kopf. Er roch nach Medizin, Seife und Zigaretten. Ira heulte, schrie und zappelte, aber es half nichts.

Später bekam sie einen Kopfverband, wie ihn die Kranken in den gezeichneten Witzen von Vaters *Bildzeitung* trugen.

Irgendwann stolperte sie an der Hand ihrer Mutter zur Bushaltestelle. In den Schaufenstern konnte sie sich wie in einem Spiegel sehen: eine Witzfigur mit weißer Verbandmütze. Sie weinte immer noch, denn die frische Wunde schmerzte mit ihrem puckernden Herzschlag im Takt.

»Na, Frollein, da hast du ja wieder mal eine bühnenreife Vorstellung hingelegt«, zischte Mutter. »Der Herr Doktor hat gesagt, so ein schlecht erzogenes Kind wie dich hätte er überhaupt noch nie erlebt.«

Ira starrte sie fassungslos an.

»Nun guck nicht so wie 'ne Gans, wenn's donnert. Ich sag ja nur, was der Herr Doktor zu mir gesagt hat. Meine Güte, was hab ich mich eben geschämt.«

Am späten Nachmittag gingen sie mit Bekannten ihrer Eltern in den Kindergottesdienst, zum Krippenspiel. Vater blieb zu Hause und wartete mit der Oma aufs Christkind.

Ira war aufgeregt und freute sich auf den Tannenbaum und die Bescherung, aber zuerst genoss sie, dass sich Tante Martha und Onkel Horst vor der Kirche nach dem Grund ihres Verbandes erkundigten.

»Dr. Krause hat ihr heute Morgen ohne Betäubung einen Abszess aufgeschnitten …«, antwortete Christa Wittekind.

Die Tante stieß ein paar hohe Töne aus und streichelte Ira mitleidig über die Wange.

»Ach Gottchen«, sagte Onkel Horst.

»Da warst du aber tapfer, kleine Ira«, fügte die Tante hinzu.

In dem Moment genoss Ira es unendlich, ihrer Mutter mit vorgerecktem Kinn einen triumphierenden Blick zuzuwerfen.

»Ira, sag mal, hörst du mir überhaupt zu?«, schnarrte die Stimme an ihrem Ohr.

»Natürlich, Mutter.«

»So? Was habe ich denn zuletzt gesagt?«

»Mutter, ich muss dringend mit dem Hund raus. Schönen Sonntag noch.«

Sie legte auf.

Sie saßen beim späten Frühstück. Draußen nieselte es aus einem trüben Himmel, und es wurde gar nicht richtig hell.

»Das war ein bemerkenswerter Auftritt, den Philipp Holle gestern Nacht am Taxistand hingelegt hat«, sagte Andy.

»Vor allem sein Mantra fand ich bemerkenswert.« Ira äffte den betrunkenen Singsang nach: »Un Lüdija hat ja recht, wenn se sagt …« Sie nahm eine Scheibe Rosinenstuten aus dem Körbchen und bestrich sie mit Butter. Während sie das Glas mit Andys hausgemachter Erdbeermarmelade aufschraubte, dachte sie laut nach. »So hätte ich den Mann niemals eingeschätzt. Der ist so souverän und freundlich, wenn er in der Stiftung auftritt. Okay, er ist eitel und pressegeil, aber das sind andere auch. Dass er die Stiftung um solche Summen bescheißt, um seiner Lydia ein Luxusleben zu finanzieren, hätte ich nicht von ihm gedacht.«

»Hat er ein Motiv?«

Ira wusste sofort, was Andy meinte. »Für einen Mord? Glaubst du, er hat Konstanze umgebracht, weil sie ihm auf die Schliche gekommen war?«

Darüber hatte sie vor dem Einschlafen lange nachgedacht. Philipp Holle hatte das Päckchen, in dem sich die Flasche Alpenbitter mit dem Gift befunden hatte, in Konstanzes Zimmer gebracht, das hatte er selbst zugegeben. Sein mögliches Motiv war klar: Vertuschung seiner Straftaten. Wer weiß, mit welchen Konsequenzen Konstanze ihm gedroht hatte. Einer Alkoholikerin vergifteten Schnaps vor die Nase zu stellen und zu warten, bis sie ihn selbst trinkt, war fraglos eine besonders niederträchtige Art, jemanden zu ermorden.

»Ich glaube nicht, dass er es war«, sagte Ira.

»Aber er hatte ein Motiv!«

Ira hielt ihre Tasse Kaffee in beiden Händen und starrte nachdenklich in die dampfende Flüssigkeit. »Ich weiß nicht. Natürlich kann es möglich sein, dass er Konstanze umgebracht hat. Er war auch da, als Maria unter den Kehrwagen kam. Aber ich glaube nach wie vor, dass Maria, Konstanze und Ilsemarie denselben Mörder haben. Wenn Philipp Holle der Täter ist, hat er folglich auch seine eigene Mutter umgebracht, und das kann ich mir beim besten Willen nicht vorstellen!«

Andy blickte sie skeptisch an. »Aber auch für den Mord an seiner Mutter hätte er ein Motiv. Stell dir mal vor, er hat Konstanze aus dem Weg geräumt, damit sie ihn nicht verpfeift. Dennoch muss er die Unterschlagungen irgendwie aus der Welt schaffen, denn die bleiben auf Dauer nicht unentdeckt und können ihm immer noch den Hals brechen.«

Ira fiel ihm ins Wort: »Willst du darauf hinaus, dass Holle seine Mutter getötet hat, damit er ihr Vermögen erbt und seine Unterschlagungen damit wieder ausgleichen kann?« Sie stellte die Tasse ab. »Wenn du recht hast … verdammt, verdammt. Die eigene Mutter zu ersäufen, um an das Geld zu kommen und der gierigen Gattin jeden Wunsch erfüllen zu können, das nenne ich mal niedere Beweggründe.«

Andy stimmte ihr zu. »Lass uns trotzdem in alle Richtungen weiter überlegen. Wenn er es nicht war, wer war es dann?«

Ira sprach langsam, als wolle sie die Tragweite der Worte dadurch mildern: »Einerseits übersteigt der Gedanke meine Vorstellungskraft, aber ehrlich gesagt habe ich immer wieder Tilly in Verdacht.«

»Im Ernst?«

»Ja. Sie ist die letzte der Königstöchter, die noch lebt. Sie war immer da, wenn eine der anderen starb.«

»In deiner Theorie ist ein Denkfehler«, wandte Andy ein. »Wir wissen von drei Königstöchtern. Aber wir können ganz sicher sein, dass nicht nur diese drei Mädchen im Palais im Park missbraucht wurden. Die müssen dort viele Kinder gehabt haben, sonst wäre es nicht über so lange Zeit ein extrem einträgliches Geschäft gewesen.«

»Daran habe ich auch schon gedacht. Wenn man es so sieht, haben Ilsemarie, Tilly und Konstanze später quasi das Vermögen von ihren Vätern geerbt, für deren Großteil sie selbst ihre kleinen Körper hatten hergeben müssen. Und, ja, es müssen viele Mädchen gewesen sein, nicht nur diese drei. Bei jeder älteren Frau, die mir auf der Straße über den Weg läuft, frage ich mich, ob sie als Kind im Palais im Park gewesen sein könnte.«

»Tilly hat dir neulich gesagt, dass es ihre Tochter war, die sie auf dem Handy angerufen hat, bevor Maria gestorben ist. Hast du das weiterverfolgt?«

»Ja, hab ich. Monika Grote hatte Tilly angerufen, um ihr eiskalt mitzuteilen, dass sie ihrem Enkel Sebastian die Hochzeit finanzieren sollte.«

Tilly war außer sich vor Aufregung gewesen, als sie den Namen ihrer Tochter auf dem Display gesehen hatte. Monika Grote hatte nicht lange um den heißen Brei herumgeredet und war sofort zur Sache gekommen. Es ging um Geld. »Wenn du deine eigenen Kinder schon nicht unterstützt, dann tu es wenigstens für deinen Enkel. Oder hast du den auch schon enterbt?«, hatte Monika gefragt. Dann war das Gespräch allerdings abgebrochen, weil Tilly Marias markerschütternden Todesschrei gehört hatte und sofort zur Straße geeilt war.

»Was für eine Brut!«, meinte Andy entsetzt.

»Kann mal wohl sagen. Sie und ihr Bruder haben sich ihren Erbteil auszahlen lassen, als Tilly die Kinokette verkauft hat. Danach gab es keinen Kontakt mehr zu ihrer Mutter.«

Ira dachte an die Szene, die Tilly ihr geschildert hatte. Sie sah die Sechzehnjährige kniend vor der offenen Hose ihres Großvaters und schüttelte sich vor Abscheu.

Monika Grote war inzwischen Mitte fünfzig und lebte seit Jahrzehnten in Norddeutschland. Ira hatte ihr Profil bei Facebook entdeckt und wusste, dass sie eine Boutique in Travemünde besaß. In ihrer öffentlich einsehbaren Freundesliste entdeckte Ira auch Raimund Grote, den Bruder. Wenn er die Wahrheit über seinen Beruf schrieb, dann betrieb er einen Strandkorbverleih in Travemünde und verbrachte die Wintermonate in Thailand.

»Hatten sie gar keinen Kontakt?«, fragte Andy. »Ich meine, Tilly muss zumindest die Telefonnummer ihrer Tochter gehabt haben, sonst hätte sie die auf dem Display ihres Handys nicht identifizieren können.«

Diese Frage hatte Ira Tilly auch gestellt. Die Antwort war einfach: Monika Grote hatte von ihrer Festnetznummer aus angerufen, und die hatte sich seit ihrem Umzug nach Travemünde nicht geändert. Bei Tilly war sie seit Jahren gespeichert.

Ira schloss Monika und Raimund Grote als Verdächtige aus. Sie waren zum Zeitpunkt der Morde nicht in Bad Oeynhausen gewesen, zudem erkannte sie bei keinem der beiden ein Motiv. Sie rief die Liste der Verdächtigen in ihrer Akte *Königstöchter* auf und markierte die Geschwister als *unverdächtig*.

Sie starrte auf die verbleibenden Namen. »Glaubst du, es war Tilly?«, fragte sie leise.

Andy hatte sie dennoch verstanden. »Wenn ich das wüsste. Tante Sophie sagt immer: ›Man hat schon Pferde kotzen sehen, direkt vor der Apotheke.‹«

»Was soll das heißen?«

»Dass nichts unmöglich ist. Es ist nicht unmöglich, dass Tilly ihre Mitwisserinnen aus dem Weg geräumt hat. Sie haben zu viel geredet. Das Geheimnis drohte rauszukommen, und sie wollte das um jeden Preis verhindern.«

»Und deswegen musste auch Ilsemarie sterben?«, murmelte Ira. »Sie hat nicht geplaudert, zumindest nicht so unkontrolliert wie Maria und Konstanze.«

»Wie meinst du das?«

Ira zögerte. Dann erzählte sie Andy von den Tagebüchern, die veröffentlicht werden sollten. »Aber niemand außer diesem Robert Lindemann wusste davon, jedenfalls war Ilsemarie sich dessen sicher.«

Andys graublaue Augen wirkten dunkel. Er schaute ihr nicht ins Gesicht, als er sagte: »Sie hat darüber mit dir geredet, und sie hat dir viele Details über die Königstöchter erzählt. Du bist keine Privatperson, sondern eine Journalistin, die davon lebt, Storys zu veröffentlichen. Irgendwer hat vielleicht davon Wind bekommen. Es ist also nicht ausgeschlossen, dass Tilly von eurem Gespräch wusste. Vielleicht war das Ilsemaries Todesurteil?«

Ira begann zu frieren. Sie versuchte sich vorzustellen, wie Tilly Maria den tödlichen Schubs gegeben haben könnte. Wie sie den Schnaps vergiftet haben könnte, an dem Konstanze gestorben war. Und wie sie vielleicht Ilsemarie unter Wasser gedrückt hatte.

Sie schlug so heftig mit der Hand auf den Tisch, dass die Kaffeetassen hüpften und Tante Erna erschrocken aufsah. »Nein. Ich glaube das nicht. Ich kann mir viel eher vorstellen, dass es Philipp Holle war. Der Typ hat mehr als zweihunderttausend Euro unterschlagen. Hinzu kommen sein ausgeprägtes Geltungsbedürfnis und seine extrem geldgierige Frau. Diese Kombination ist doch ein richtiges Motiv. Und das unterschlagene Geld ist ja nicht alles. Jetzt erbt er auch noch.«

»Aber nur, wenn man ihm nichts nachweisen kann, sonst geht er leer aus!«, wandte Andy ein.

Sie diskutierten darüber, ob Ira die Polizei über Holles

Geständnis bezüglich der Unterschlagung informieren sollte, aber sie waren sich schnell einig, dass das Gelalle eines Volltrunkenen nicht ausreichte, um ihn zum Mordverdächtigen zu machen.

Wer war es gewesen: Tilly? Holle? Der große Unbekannte?! Verdammt noch mal, es musste doch einen gemeinsamen Nenner geben, den sie bisher übersehen hatten!

»Was wirst du nun mit dem Ergebnis deiner Recherchen anfangen?«, fragte Andy.

Ira sah ihn verständnislos an. »Wenn ich den Mörder schneller finde als die Polizei, schreibe ich eine fette Reportage über mindestens vier Seiten.«

»Geht es dir darum? Um deine Reportage?«

»Andy! Für diese Frage könnte ich dir mit dem Arsch ins Gesicht springen! Warum sagst du das? Ich will die Wahrheit hinter der Schlagzeile kennen, und diese Wahrheit will ich schreiben, bevor ein anderer sie verzerrt wiedergibt. Das müsstest du aber inzwischen wissen, du kennst mich nicht erst seit gestern.«

Andy stand auf, ging um den Tisch herum und stellte sich ganz nah vor Ira. Er beugte sich hinunter, stützte sich mit beiden Händen auf ihre Knie und sah ihr in die Augen. »Seit Monaten recherchierst du in Lebensgeschichten, die so grausam sind, dass du nachts Albträume hast. Du weinst und sprichst im Schlaf – wenn du schlafen kannst. Du weißt, dass Tilly, Konstanze und Ilsemarie als Kinder missbraucht worden sind und dass sie als erwachsene Frauen ihre Väter umgebracht haben. Sie haben das vorsätzlich und aus Rache getan, daran gibt es keinen Zweifel. Du weißt von zahlreichen kriminellen Aktivitäten eines Typen, den du selber für den Hauptverdächtigen der Frauenmorde hältst. Und du gehst mit deinem Wissen nicht zur Polizei. Ich empfinde meine Frage, was du mit deinem Wissen anfangen willst, als absolut berechtigt.« Er gab ihr einen Kuss. »Aber du hast sie ja beantwortet.«

26

Der Friedhof auf dem Mooskamp war zu klein für die vielen Menschen, die sich anlässlich der Totenfeier von Ilsemarie Holle vor der Kapelle und auf den Wegen drängelten. Bis auf den Parkplatz hinaus reichte die Schlange der Trauernden und Schaulustigen, wobei Letztere fraglos in der Überzahl waren. Etliche Zeitungen hatten ihre Fotografen geschickt, sogar ein Fernsehteam stand an der Seitenwand der Kapelle und filmte die Ankommenden.

Philipp Holle und seine Frau Lydia posierten in modischer Garderobe und mit ernsten Gesichtern. Lydia Holle-Golominski trug ihr gelbblondes Haar heute als üppige, toupierte Löwenmähne. Ihr Trenchcoat aus schwarzem Leder war gewiss teuer gewesen, wirkte aber ebenso overdressed wie ihre hochhackigen schwarzen Lederstiefel und die überdimensionale Umhängetasche, deren wehende Fransen ihr bis an die Knie reichten. Sie hatte sich bei ihrem Mann eingehakt und nahm jetzt eine Pose ein, bei der sie in der Hüfte leicht einknickte und das Kinn nach vorn reckte. Ira hob ihre Kamera hoch und fotografierte die Szene über die Köpfe der Leute hinweg.

Sie und Andy hatten den Friedhof nicht durch den Haupteingang betreten; sie waren an der Ostseite durch ein kleines Tor gekommen, um der Menge auszuweichen. Zweihundert

Zeilen und fünf Fotos sollte Ira für die morgige Ausgabe von *Tag 7* bringen.

Während Ira die Trauergäste unauffällig knipste, informierte sie Andy gleichzeitig über Personen, die sie erkannte. »Der Dicke mit den Locken, der zwischen dem alten Mann mit dem bayrischen Hut und Tilly steht, das ist Roland, der Sohn von Maria.«

»Der arbeitslose Dozent, der von Tilly kein Geld bekommt, um eine Musikschule zu eröffnen?«

»Genau der. Tilly hat ihn in ihrem Haus aufwachsen lassen und ihn behandelt wie ein eigenes Kind. Sie hat ihm sein Studium mit allem Drum und Dran bezahlt, und er nimmt ihr heute übel, dass sie ihm keine Kohle für einen beruflichen Neustart gibt, nachdem er einen sicheren Posten durch Zockerei und Spielschulden verloren hat.«

»Undankbarer Schmarotzer«, stellte Andy fest.

»Das hast du gesagt«, antwortete Ira, stimmte ihm aber insgeheim zu.

Sie beobachtete Roland. Seine wulstigen Lippen wirkten wie ein Schmollmund. Er hatte die Hände in den Jackentaschen vergraben und schaute gelangweilt. Ira erinnerte sich an seinen Satz: *Wäre ich schlank, würde ich gerne Ballett tanzen.* Sie zwang sich, ihre Gedanken wieder dem Ernst der Lage anzupassen, als sich ihr das Bild von Roland Klabunde im Tutu aufdrängte.

Andy flüsterte in ihr Ohr: »Kommt er eigentlich als Täter infrage?«

»Roland Klabunde? Wie kommst du darauf?«

»Was du mir von ihm erzählt hast, macht ihn mir so unsympathisch, dass ich es ihm zutraue.«

»Klassischer Fall von Schubladendenken und Vorverurteilung, Andy Weyer!«, rügte Ira.

Sie sah nachdenklich zu Klabunde hinüber. Niemand hatte ihn gesehen, als seine Mutter starb, im Gegenteil, die Polizei hatte ihn suchen müssen, um ihn über den tragischen Unfall zu informieren. Ira schüttelte den Kopf. »Nein, er hatte für den Zeitpunkt des Unfalls ein Alibi. Und wenn wir weiterhin von einem einzigen Täter ausgehen, hätte er Konstanze vergiftet und Ilsemarie ertränkt – warum sollte er? Wenn Tilly ermordet worden wäre, hätte ich Roland Klabunde in Verdacht, weil er einen Batzen Geld von ihr erben wird, aber sie lebt.«

»Wer ist der Mann mit dem buschigen Pinsel am Hut?«, fragte Andy.

»Das ist kein Pinsel, sondern ein Gamsbart, und der Mann ist Hans Klabunde, Marias Bruder und Rolands Onkel. Er kennt Tilly seit seiner Kindheit, sie waren in der Evakuierungszeit zusammen auf Hof Eskendor.«

»Ja, du hast mir von ihm erzählt. Er ist mit Tilly aufgewachsen, hat die Villa Augusta gehütet und war in den Kinos und in der Stiftung Betriebselektriker, stimmt's?«

»Ist er immer noch«, ergänzte Ira. »Tilly lässt ihn mit kleinen Nebenjobs seine Rente aufbessern, obwohl sie weiß, dass er sie mal bestohlen hat.«

Andy sah sie verdutzt an. »Und den hattest du nie in Verdacht? Er könnte über alles Bescheid wissen, wenn er die Frauen seit der Kindheit kannte und immer mit Tilly zu tun hatte!«

In diesem Moment trat ein Mann auf die Dreiergruppe zu. Er war groß und hager, trug eine sportliche dunkle Bikerjacke und Jeans. Als er sich über Tillys Hand beugte, zeitgleich seinen breitkrempigen Hut lüftete und sich ein wenig zur Seite drehte, sah Ira, dass er sein schneeweißes Haar im Nacken zu einem langen Pferdeschwanz gebunden hatte.

Sie fokussierte das Gesicht des Mannes mit der Kamera und zoomte ihn heran.

»Wer ist das?«, fragte Andy.

»Keine Ahnung, den habe ich noch nie gesehen.« Ira schoss mehrere Fotos, bekam den Mann jetzt aber nur noch von hinten aufs Bild, weil die Gruppe sich umdrehte und auf die Kapelle zuging. *Auf alle Fälle kennt Tilly ihn*, dachte Ira, als der Weißhaarige seinen Arm anwinkelte und Tilly sich bei ihm einhakte. Hans und Roland Klabunde folgten den beiden.

Aufmerksam ließ Ira ihren Blick über die Menschenmenge schweifen, scannte Gesichter, zoomte mit der Kamera Köpfe heran, die zu weit weg waren, um sie mit bloßem Auge erkennen zu können, und fotografierte sie.

»Suchst du jemand Bestimmtes?«, fragte Andy.

Ira nahm ihr Handy und hielt ihm die Fotografie eines Schwarz-Weiß-Fotos hin. Andy setzte seine Lesebrille auf und sah sich das Bild an.

Es zeigte einen Mann mit auffallend hellen Augen. Seine dunklen Locken wurden von einer Sonnenbrille zurückgehalten, die er in die Haare gesteckt hatte. Der Mann war braungebrannt, sein helles Hemd gab bis zur Mitte des Bauches den Blick auf üppige Brustbehaarung und eine Kette mit einem Amulett frei. Er saß auf der Motorhaube eines Sportwagens.

»Wer soll das sein? Ein Playboy aus den Siebzigern?«, fragte Andy.

»Fast. Das ist Klaus-Armin Holle, der falsche Doktor, mit dem Ilsemarie verheiratet war.«

»Philipps Vater? Glaubst du, dass er hier ist?«

»Kann sein. Ich weiß aber nicht, ob ich ihn erkenne. Das Bild habe ich von einem alten Zeitungsartikel abfotografiert, den meine Mutter mir besorgt hat. Vielleicht ist der Typ heute dick, trägt eine Brille und hat Glatze, und ich erkenne ihn nicht. Lass uns trotzdem die Augen offen halten.«

»Wenn du ihn entdeckst, was versprichst du dir davon? Er kann nichts mit den Morden zu tun haben, oder?«

»Wahrscheinlich nicht. Aber er gehört zu Ilsemaries und Philipps Lebensgeschichte.«

Die Türen der Kapelle blieben während der Trauerfeier geöffnet, zu viele Leute drängelten sich drinnen und draußen, der Platz vor dem Gebäude war jetzt schwarz vor Menschen. Ira und Andy versuchten gar nicht erst an der Zeremonie teilzunehmen. Sie überließen Verwandten, Freunden und Schaulustigen den Vortritt und suchten sich einen Platz vor dem Haupteingang des Friedhofs, um dort zu warten.

Es dauerte ewig, bis Philipp Holle aus dem Tor trat. Er bemerkte nicht sofort, dass Ira ihn und seine Frau fotografierte.

Zum ersten Mal sah sie Lydia Holle-Golominski aus der Nähe. Der Ledermantel betonte ihre breiten Hüften, die Stiefel spannten über den drallen Waden, und obwohl die Frau noch keine dreißig war, sah sie verlebt und verbittert aus. Sie kniff die Augen zusammen wie jemand, der seine Brille vergessen hat. Jetzt schaute sie direkt zu Ira hinüber, bemerkte die Kamera und stellte sich sofort in Positur: hob das Kinn, straffte die Schultern, schob die imposante Brust raus und das Becken nach vorn.

Philipp Holle folgte ihrem Blick, erkannte Ira und griff seine Frau am Arm. Er flüsterte ihr etwas ins Ohr, und der Gesichtsausdruck der Walküre wechselte von trauernd zu neugierig. Sie nickte Ira mit einem künstlichen Lächeln zu. Offenbar hatte Holle ihr gesagt, wer Ira war.

Betont aufrecht kam er auf sie zu. Bevor er zu reden begann, schaute er sich um, als wolle er sichergehen, dass seine Gattin ihn nicht hörte. Die unterhielt sich nun mit einer Frau, deren ausgefranste Haare außer am milchig grauen Ansatz rabenschwarz gefärbt waren und die dadurch auffiel, dass sie nur wenige dunkle Zähne im Mund hatte. Trotz der Kälte trug sie ihre Jacke offen. Ira bemerkte einen fahlen Streifen schwabbeligen Bauchspeck unter einem zu kurz geratenen Sweatshirt. Ein Typ mit schütterer, über dem Ohr gescheitelter Frisur und einem Gesichtsausdruck wie Stan Laurel gehörte offenbar zu ihr. Sein Anzug war ihm zu groß, er trug ausgelatschte Turnschuhe und steckte sich mit zitternden Fingern eine Zigarette an.

Die beiden Frauen rauchten jetzt auch. Beide hatten lange, auffällig lackierte Fingernägel.

Philipp Holle nickte unkonzentriert, als Ira und Andy ihm kondolierten. Er räusperte sich. »Also … wegen neulich Nacht … äh … danke, dass Sie mich ins Taxi gesetzt haben.« Er malte mit der Schuhspitze unsichtbare Muster auf den Bürgersteig und warf erneut einen Blick zu dem Trio, das jetzt herüberschaute und offensichtlich über Ira und Andy redete.

Holle räusperte sich noch einmal und senkte die Stimme.

»Meine Frau und meine Schwiegereltern müssen nichts davon wissen, dass ich neulich den Weg nach Hause nicht mehr allein gefunden habe.«

Ira blickte hinüber. Die Frauen pusteten den Rauch ihrer Zigaretten mit zurückgelegten Köpfen aus, man konnte sehen, dass sie dabei Kaugummi kauten.

Sie wandte sich wieder Philipp Holle zu, beobachtete ihn aufmerksam, registrierte jede Regung in seinem hübschen Gesicht. Er druckste herum, bevor er zum Punkt kam: »Na ja, ich war ja total betrunken, ich hab einen richtigen Blackout. Dass wir am Taxistand auf der Bank saßen, weiß ich noch, aber ich weiß gar nicht mehr, was ich Ihnen da alles erzählt habe.«

»Ich schon.«

Er sah sie erschrocken an und warf einen hektischen Blick zu seiner Frau, die entweder fror oder es nicht mehr in ihren hohen Schuhen aushielt oder Pipi musste, denn sie wechselte ständig das Standbein. »Wie meinen Sie das?«

Ira wies mit dem Kopf auf Andy. »Sie haben Herrn Weyer und mir von Ihren finanziellen Heldentaten in der Stiftung erzählt.«

Sie fragte sich einige Sekunden lang, warum sie Holles entsetztes Gesicht so genoss. Er wiederholte mit gesenkter Stimme: »Wie meinen Sie das?«

»So, wie ich es gesagt habe.«

»Frau Wittekind, ich kann das alles erklären!«

»Mir müssen Sie nichts erklären. Ich glaube, Sie müssen zurück zu Ihrer Begleitung, die blonde Dame schaut schon ganz ärgerlich.«

Sie konnte kaum fassen, wie schnell er sich verabschiedete

und sich in beflissener Haltung auf den Weg zu seiner Frau machte.

»Du warst aber garstig!«, sagte Andy, als er außer Hörweite war.

Ira reagierte nicht. Sie dachte über Holle nach. Was war das für ein Mensch? Ein wohlerzogener, gebildeter Mann, attraktiv, gepflegt und beruflich erfolgreich. Seine Frau und deren Familie machten ganz und gar nicht den Eindruck, als könnten sie mit ihm intellektuell auf Augenhöhe kommunizieren. Dennoch hatte er sich für diese unangenehme Person entschieden. Er hatte sie gegen den ausdrücklichen Willen seiner Mutter geheiratet, hatte sich haushoch verschuldet, um ihren finanziellen Ansprüchen zu genügen. Und er umgab sich mit Leuten, die aussahen, als seien sie Hauptdarsteller in einer dieser Serien auf den Privatsendern, die Ira als »Sozialpornos« bezeichnete.

Andy traute Holle die Morde zu, er war seit Tagen sein Hauptverdächtiger, und in diesem Moment hatte Ira das Gefühl, er könnte recht haben.

Inzwischen hatten die meisten Menschen den Friedhof verlassen, und bis auf wenige Autos hatte sich auch der Parkplatz entlang der Friedhofshecke geleert.

»Hast du Tilly, die beiden Klabundes und den Mann mit Zopf schon wegfahren sehen?«, fragte Ira.

»Wenn man vom Teufel spricht … da kommen sie.«

Schnell lief Ira dem Trüppchen entgegen.

Tilly hatte sich wieder bei dem Fremden eingehakt. Roland Klabunde war nirgends zu sehen, vielleicht war er durch einen anderen Ausgang verschwunden. Hans Klabunde ging, mit einer Hand auf seinen Stock gestützt, mit gesenktem

Kopf hinter ihnen. Der Gamsbart auf seinem Hut vibrierte bei jedem Schritt.

Tilly hatte geweint, man sah es an ihren roten Augen, und auch der Mann mit dem Zopf sah verheult aus.

Ira gab zuerst Tilly die Hand, dann Hans Klabunde. Zuletzt sah sie den Fremden an.

Seine Stimme war ein tiefer Bariton. »Guten Tag. Ich bin Robert Lindemann. Ich habe schon viel von Ihnen gehört.«

27

Ira und Andy sahen die letzten Wagen der Trauergemeinde abfahren.

»Glaubst du, dass jemand von der Polizei da war?«, fragte Andy.

»Weil der Kommissar im Fernsehen in solchen Fällen meist abseits hinter einem Grabstein steht und die Gesellschaft beobachtet, in der Hoffnung, dass der Täter sich beim Begräbnis verdächtig macht?« Ira musste schmunzeln, wurde aber gleich wieder ernst. Sie hatte keine Polizisten bemerkt, was aber nicht hieß, dass keine da gewesen waren.

Es stand inzwischen fest, dass Ilsemarie ermordet worden war. Die Polizei hatte eine entsprechende Pressemitteilung herausgegeben und darauf hingewiesen, dass die Ermittlungen auf Hochtouren liefen. Welchen Spuren die Ermittler nachgingen, wusste Ira nicht, aber das war ihr auch nicht wichtig. Viel wichtiger war, dass ihr Verdacht, Tilly könne die Täterin sein, sich jetzt verdichtete.

Ihr vertraulicher Umgang mit Ilsemaries »Bekannten« Robert Lindemann irritierte sie. Die beiden hatten nicht so gewirkt, als würden sie sich nur flüchtig kennen. Vielleicht hatte Tilly in Lindemann sogar einen Komplizen.

Ira spann den Gedanken weiter: Hatte Ilsemarie sterben müssen, weil sie den beiden im Weg gewesen war? Mord aus

Eifersucht. Gab es das in diesem Alter noch? Vielleicht wollte Tilly aber auch ihre Vergangenheit vor Lindemann verheimlichen.

Für Ira wurde es immer unwahrscheinlicher, dass Ilsemaries Buch ein gut gehütetes Geheimnis gewesen war – im Gegenteil, als Mordmotiv bot es sich geradezu an. Vielleicht sah sie aber auch Gespenster, und Tilly und Lindemann kannten sich einfach nur gut.

Sie dachte wieder an Philipp Holle. Seine Habgier war ebenso offensichtlich wie seine Hörigkeit. Ira konnte ihn sich als Mörder gut vorstellen, wenngleich ihr bei dem Verdacht, dass er seine Mutter umgebracht haben könnte, übel wurde. Aber wie passte der Tod von Maria dazu? Was für eine konfuse Geschichte.

Der Artikel über Ilsemaries Trauerfeier musste am nächsten Tag um dreizehn Uhr in der Redaktion vorliegen. Ira hatte keine Lust, jetzt noch nach Bielefeld zu fahren, sie konnte genauso gut in Andys Wohnung schreiben. Außerdem gab es bei Tante Sophie und Tante Friedchen heute Kartoffelpuffer, ein triftiger Grund, um auf Hof Eskendor zu bleiben.

Es war schon dunkel, als Ira und Andy klopften. Der Duft der Reibekuchen drang durch die gekippten Küchenfenster neben der Tür.

Tante Sophie öffnete, in ihrem Mundwinkel klebte der obligatorische kalte Zigarrenstummel, und sie trug einen ihrer unvermeidlichen geblümten Kittel. Zuerst begrüßte sie Tante Erna. Die rannte schwanzwedelnd zum Herd, an dem Tante Friedchen sofort ihre Arbeit unterbrach, um die Pudeldame zu streicheln. Tante Erna setzte sich wie auf ein Kommando hin und hypnotisierte abwechselnd Tante Friedchen und die dünnen Speckstreifen, die auf dem Holzbrett neben dem Herd lagen und in die Mitte der Kartoffelpuffer gehörten.

Ira und Andy setzten sich an den gedeckten Küchentisch. Die bunt gemusterte Wachstuchdecke passte überhaupt nicht zu den Tellern mit den verschiedenen Dekors. Eine Emaillekelle steckte in einer Glasschüssel mit Apfelmus, und auf dem Stövchen dampfte Kaffee in einer geblümten Porzellankanne ohne Deckel. Tante Sophie schlürte zum Büfett, nahm vier Tassen heraus und verteilte sie. Dabei achtete sie darauf, dass sie selber die mit dem Sprung bekam und Ira »eine von den guten«.

Während Tante Sophie frisches Graubrot aufschnitt, nahm ihre Schwester einen flachen großen Teller und legte einen kleineren umgedreht in dessen Mitte, bevor sie die Reibekuchen aus der Pfanne nahm und daraufschichtete. Ira lächelte. Ihre Großmutter hatte das genauso gemacht, damit das Fett ablaufen konnte.

Tante Sophie stemmte die Fäuste in die Seiten, musterte den Tisch und fragte: »Ham wa alles, oda fehlt was?«

Ira schüttelte den Kopf. Es fehlte nichts. Reibekuchen mit Speck und Apfelmus, Zucker und Rübenkraut, dazu frisches Graubrot und heißer, schwarzer Kaffee – perfekt.

»Soffi, du wirst alt!« Tante Friedchen kicherte, als sie ihre Schwester an den Braken und die Schnapsgläser erinnerte.

Tante Sophie lehnte sich nach dem Essen genüsslich zurück und rieb mit den Händen über ihren Bauch. »Außer so'm klitzekleinen Kurzen passt da nix mehr rein«, bemerkte sie.

Sie stießen an und kippten den Klaren auf ex.

»So, Ira, getz lass uns mal aufn Punkt kommen. Was gibts Neues inner Stadt? Ist der Killer schon im Kittchen?«

Ira berichtete von der Beerdigung und dem großen Menschenandrang.

»Tja, Soffi, wenn wir mal abtreten, gibt das nicht so 'n Getöse, da kräht kein Hahn danach, uns buddeln die ganz stickum ein«, sagte Tante Friedchen.

Ihre Schwester machte ein entrüstetes Gesicht und schlug sich mit einer Hand auf den Schenkel. »Wenn der Lump noch frei rumläuft, der die Weiber abgemurkst hat, kannste dich ja bemerkbar machen. Wenn er dich dann auch umme Ecke bringt, kommste danach auch im Fernsehen.«

Ira erwähnte Robert Lindemann und fragte, ob eine der beiden ihn kenne, aber die alten Frauen verneinten.

»Wie, du meinst, die Tilly poussiert getz mit einem, der 'n Pferdeschwanz hat?«, fragte Tante Sophie entrüstet.

Es dauerte etwa zwei Sekunden, bis Andy einen Lachkrampf bekam und die beiden Tanten einstimmten.

Ira genoss die fröhliche Stimmung. In den letzten Wochen hatte es nicht viele solcher Abende gegeben. Dennoch lehnte sie weitere Schnäpse ab und drängte Andy zum Aufbruch, denn sie musste den Artikel noch schreiben.

Hand in Hand gingen sie über den Hof. Tante Erna flitzte über die Wiese und kläffte ein paarmal, bevor sie sich zwischen Ira und Andy durch die Tür drängelte und sich sofort auf den Teppich vor dem Kamin fallen ließ.

Ira nahm ein Ende des Esstisches in Beschlag und packte ihre Utensilien aus. Sie überflog ihre handschriftlichen Notizen, bevor sie begann, die Fotos von ihrer Kamera und dem Handy auf ihr MacBook zu übertragen.

Andy verzog sich mit einem Buch in den Sessel am Kamin. Tante Erna blinzelte, erhob sich träge und legte sich schnaufend auf seine Füße.

Zwei Stunden brauchte Ira, um die Reportage zu schreiben. Die Redaktion hatte den Arbeitstitel »Der dritte Fall« vorgeschlagen, und ausnahmsweise akzeptierte sie die Headline.

Sie fasste die drei Todesfälle in der Stiftung Morgenstern noch einmal zusammen und wiederholte in kurzen, prägnanten Sätzen die Abfolge der Ereignisse seit dem 25. November. Dann rief sie ihre Fotodatei auf und suchte zu jedem Fall geeignete Bilder, die bisher noch nicht veröffentlicht worden waren.

Für den Teil des Berichtes über Ilsemarie Holle wählte sie ein querformatiges Foto, das die Menschenmenge auf dem Friedhof zeigte. Den zweiten Fall, Dr. Konstanze Deppendorf, bebilderte sie mit einer Aufnahme des blumengeschmückten Grabes. Konstanzes Name war auf dem Holzkreuz deutlich zu lesen. In die Bildunterzeile des ersten Falles, Maria Klabunde, schrieb Ira: *Etliche Schaulustige hatten sich vor dem Haus Morgenstern versammelt, während die Rettungskräfte das Opfer bargen.*

Ira hatte dieses bisher unveröffentlichte Foto von der gegenüberliegenden Straßenseite aus aufgenommen. Sie hatte die Kamera hoch über ihren Kopf gehalten, um die Szenerie möglichst weitwinklig zu erfassen. Ihre Kehle wurde eng, als sie wieder die dunklen Planen im Vordergrund der Aufnahme sah, das aufgebockte Führerhaus des Kehrwagens, Feuerwehr, Notarztwagen, Sanitäter. Das Foto gab die Tragik des Unglücks eindringlich wieder.

Ira prüfte alle Details, um auszuschließen, dass irgendetwas auf dem Bild nicht »frühstücksfreundlich« war, wie Horstmann es nannte. Keine Leichenteile, keine Toten, kein Blut. Zentimeter für Zentimeter vergrößerte Ira einen Bildausschnitt nach dem anderen.

Und dann stockte ihr der Atem.

»Andy, komm sofort her, und sieh dir das an!«

Er sprang auf und lief um den Tisch herum.

Sie zeigte mit dem Finger auf etwas, das ihr zwischen den Köpfen der Schaulustigen aufgefallen war. Sie wies auf den Kopf einer Frau.

Andy kniff die Augen zusammen. »Was ist das?«

»Sieh ganz genau hin. Erkennst du es?«

Sie vergrößerte den Ausschnitt noch ein wenig, nun wurde das Bild allerdings pixelig. Andy eilte zum Sessel und holte seine Lesebrille, war in wenigen Schritten wieder bei ihr, setzte die Brille auf und neigte sich so weit herunter, dass sein Gesicht fast den Bildschirm des MacBooks berührte.

Er erkannte sofort, was sie meinte. »Das gibt es doch nicht. Ich dachte erst, das sei ihre Frisur. Ist das …?«

Sie sahen sich an.

»Ja.« Ira nickte. Sie starrte wieder auf den Bildausschnitt. »Das heißt, dass ich den Mörder fotografiert habe, oder?«

»Ja. Damit musst du sofort zur Polizei!«

»Unsinn. Das Foto ist kein Beweis, und die Zusammenhänge deckt es auch nicht auf. Ich brauche ein Geständnis! Wenn ich das habe, dann gehe ich zur Polizei.«

Andy schlug sich mit der flachen Hand vor die Stirn. »Bist du verrückt geworden? Wir haben es mit einem Menschen zu tun, der drei Frauen getötet hat, und du willst ein Geständnis von ihm? Das ist verdammt noch mal nicht deine Aufgabe.«

Ira wurde laut: »Seit drei Monaten befasse ich mich mit diesen schrecklichen Geschichten. Seit drei Monaten finde ich eine Tragödie nach der anderen heraus, beschäftige mich mit kleinen Kindern, die missbraucht und verhökert wurden, wühle in den Lebensgeschichten von Menschen herum, die ich bis dahin gar nicht kannte, erfahre, dass drei Frauen ihre Väter getötet haben. Seit etlichen Wochen bin ich öfter auf dem Friedhof als im Büro und träume nachts von Toten, Begräbnissen und Gräbern. Nein, Andy. Ich gehe nicht zur Polizei. Ich will es zuerst wissen. Das ist jetzt meine Geschichte, ganz exklusiv.«

Er hatte sie nicht umstimmen, aber überzeugen können, dass es besser war, erst am nächsten Morgen hinzufahren.

Andy begleitete sie, darauf hatte er bestanden.

Es war kurz nach acht, als sie in den Mini Cooper stiegen und Hof Eskendor mit quietschenden Reifen verließen.

»Hast du keine Angst?«, fragte Andy.

»Nein. Ich weiß nicht, wieso, aber: nein.«

Um zwanzig Minuten nach acht parkte Ira den Wagen vor der Haustür. Im Erdgeschoß links brannte Licht im Küchenfenster.

Ira atmete tief durch. »Los!«

Sie stiegen gleichzeitig aus.

Ihr Finger zitterte, als sie auf die Klingel drückte.

Die Haustür öffnete sich.

»Sie?«, fragte Hans Klabunde. Er trug einen gestreiften Schlafanzug unter einem weinroten Bademantel.

Ira nickte. »Dürfen wir bitte hereinkommen?«

Er zögerte; man sah ihm an, dass er nicht wusste, was er tun sollte.

»Bitte, Herr Klabunde. Machen Sie es nicht schlimmer, als es ist. Ich weiß, dass Sie am Tatort waren, als Ihre Schwester starb.«

Er trat mit gesenktem Kopf zur Seite.

Im Wohnzimmer roch es ungelüftet. Sie setzten sich an den Tisch. Eine halb leere Tasse Tee stand neben einem Teller mit einem angebissenen Käsebrot.

Die Wanduhr tickte.

»Wollen Sie was trinken? Ich war grad am Frühstücken.«

»Nein, danke.«

Ira zog ein Blatt aus der Tasche und legte es vor Klabunde auf den Tisch.

Er behielt die Hände im Schoß. »Was ist das?«

»Das ist der Ausdruck eines Fotos, das ich an dem Tag gemacht habe, als Ihre Schwester Maria unter den Kehrwagen geriet.«

Klabunde wurde bleich.

Ira zeigte auf einen Punkt im hinteren Drittel des Bildes. »Sehen Sie das hier? Bitte schauen Sie hin!«

Er neigte sich ein Stück vor, warf einen schnellen Blick auf das Bild, runzelte die Stirn und sagte: »Da sind Leute.«

»Nein, das sind nicht nur Leute.« Ira trommelte mit dem Finger erneut auf das Bild, stand dabei auf und stellte sich dicht neben ihn. »Hier! Schauen Sie hin, schauen Sie genau hin! Das Gesicht der Frau, sehen Sie es sich an!«

Er gehorchte. »Ich sehe aber nichts«, protestierte er schüchtern.

»Sie wissen genau, was ich meine. Diese Frau hier, die hat keinen Hut auf. Sie hat auch keine komische Frisur. Was hinter dem Kopf dieser Frau zu sehen ist, das ist ein Gamsbart, nicht wahr?«

Klabunde sank in sich zusammen und begann zu weinen.

28

»Ich hab die Tilly geliebt von dem Tag an, wo ich sie zum ersten Mal gesehen habe. Sie hatte traurige Augen und lange Zöpfe. Manchmal, wenn wir draußen verstecken oder fangen oder wettlaufen spielten, war sie ganz anders, ganz fröhlich war sie dann. Unbeschwert. Das Wort kannte ich damals noch nicht. Ich wusste irgendwann, wohin der alte König Tilly schleppte. Wenn sie zurückkam, hat sie oft im Arm meiner Schwester geweint.«

Andy hatte ein Glas Wasser aus der Küche geholt und es Klabunde gebracht. Er hielt es mit beiden Händen und führte es zitternd zum Mund. Tränen liefen ihm die Wangen herunter und tropften auf seinen Bademantel. Als er das Glas absetzen wollte, schlotterte er so sehr, dass Ira es ihm abnahm.

Er stand zittrig auf, hielt sich an der Tischkante fest, murmelte »Ich muss mal wohin« und tappte ins Badezimmer.

Als er nach fünf Minuten noch nicht zurück war, rief Ira: »Herr Klabunde? Ist alles in Ordnung?«

Unmittelbar danach hörte sie die Klospülung, und Klabunde kam zurück. Als er sich setzte, nahm Ira den Geruch von Mundwasser wahr.

Klabunde zupfte an seinem Bademantel. Er klang jetzt entschlossen. »Einmal schickte Tillys Vater mich mit einer

Zigarrenkiste zu Dr. Deppendorf nach Werste. Ich sollte die Kiste da abgeben. Unterwegs bin ich mit dem Fahrrad gestürzt, die Kiste fiel hin. Sie war mit einem Schiebehaken verschlossen gewesen und ging ganz leicht auf. Es war ein Umschlag drin.«

Er zögerte. Seine Augen schauten in eine andere Zeit. Selten hatte Ira solchen Schmerz im Gesicht eines Menschen gesehen.

»Da hab ich die Bilder zum ersten Mal gesehen. Fotos von Tilly und … und … von Männern. Ich hab geheult und gebrüllt und eine Acht in mein Fahrrad getreten, und dann hab ich gekotzt und mir hundert Mal überlegt, wie ich diese Dreckschweine umbringen konnte. Ich war sechzehn Jahre alt.« Klabunde sah kurz auf und flüsterte: »Sechzehn. Verstehen Sie? Ich war fast noch ein Kind.«

Ira schluckte. Sie schaute zu Andy hinüber, der reglos zuhörte.

Klabunde wechselte abrupt das Thema. »Irgendwann Anfang der Fünfzigerjahre war die Evakuierung zu Ende, und wir durften wieder in unser Haus.« Er zog schniefend die Nase hoch. »Aber das wissen Sie doch alles, das hab ich Ihnen die Tage schon gesagt.«

Ira wusste, dass es wichtig war, dass Klabunde der Reihe nach erzählte. »Ich weiß«, sagte sie. »Ich erinnere mich gut. Ihre Schwester Maria ging damals in die Weserhütte, als Fabrikationshelferin, und Sie waren dort Elektriker.«

»Genau.«

Die Uhr tickte. Andy schien die Luft angehalten zu haben; nur Klabundes Schniefen und das Ticken waren zu hören.

Ira ermunterte ihn, weiterzureden. »Sie haben mir erzählt, dass Sie ab und zu eine Freundin hatten, aber eigentlich immer an Tilly gedacht haben.«

»Ich hatte schon Freundinnen, ja, aber das war nie was Ernstes. Sie hat dann geheiratet, diesen Grote, aber das wissen Sie doch auch.« Klabunde trank einen Schluck Wasser. Er sprach weiter, als redete er zu sich selbst. »Tilly ist mein Ein und Alles, und mein Leben lang war ich in ihrer Nähe. Nein, ich hab nicht geheiratet. Ich hab was mit anderen Frauen gehabt, aber ich liebe Tilly. Nur sie. Ich kann es nicht ändern. Sie ist mein ganzer Lebensinhalt, seit ich ein Junge war.«

Er machte eine Pause, dann fügte er kaum hörbar hinzu: »Seit ich wusste, was diese Schweine mit ihr gemacht haben.« Er verschränkte die Finger im Schoß, seine Gelenke knackten.

»Seit wann wussten Sie denn davon?« Iras Stimme klang verständnisvoll. »Wussten Sie es erst, nachdem Sie diese Fotos in der Zigarrenkiste gesehen hatten, oder schon eher?«

Klabunde heulte auf, als habe ihn jemand geschlagen, bedeckte sein Gesicht mit den Händen und begann plötzlich zu schluchzen, so sehr, dass er nicht mehr reden konnte.

Dann verfiel er in ein langes Schweigen, das Ira nichts ausmachte. Sie wartete geduldig, bis er sich wieder gefasst hatte. Andy verhielt sich so ruhig, dass Klabunde ihn vergessen zu haben schien.

Ira wiederholte ihre Frage und nannte ihn jetzt bewusst beim Vornamen: »Hans, wie haben Sie erfahren, was mit den kleinen Mädchen im Palais im Park geschah?«

Er atmete scharf ein und krallte seine Finger in die Ärmel des Bademantels. Undeutlich flüsterte er ein Wort.

»Wie bitte? Das habe ich nicht verstanden.«

Er räusperte sich wieder. »Von Tilly.«

»Tilly hat es Ihnen erzählt? Damals?«

Ira konnte sich beim besten Willen nicht vorstellen, dass sie mit Klabunde darüber geredet hatte.

Er schüttelte den Kopf.

»Sie verwirren mich, Hans. Ich habe es eben so verstanden, dass Sie von Tilly erfahren haben, was im Palais im Park passiert ist?«

Er schüttelte vehement den Kopf.

»Dann reden Sie doch offen mit mir. Bitte!«

Er wirkte wild entschlossen, als er Ira ansah, und so viel Qual zeichnete sein zerfurchtes Gesicht. Er konnte das, was er zu sagen hatte, nicht flüssig erzählen. Immer wieder schniefte er, wischte sich Rotz und Tränen mit dem Ärmel ab, stockte, flüsterte, setzte erneut an.

Als er geendet hatte, weinte Ira.

Andy war kreidebleich geworden und rang sichtlich um Fassung.

Ira stand auf und lief im Zimmer hin und her. In ihren Gedanken herrschte pures Chaos. Sie versuchte, Satz für Satz zusammenzufassen und zu verstehen, was sie eben gehört hatte.

Der verzweifelte alte Mann, der hier in seiner schäbigen Wohnung saß, war als sechzehnjähriger Junge mit dem Fahrrad gestürzt.

Als er zufällig die Fotos gesehen hatte, auf denen seine Spielkameradin Tilly von fetten alten Männern in verschiedenen Positionen gefickt wurde, ließ er sich ins Gras fallen und konnte sich nicht mehr bewegen.

Es wurde schon dämmerig, als er noch immer wie gelähmt am Straßenrand hockte, die Knie angezogen, das Gesicht in den Armen vergraben, mit einem Schmerz in jeder Faser seines Körpers, der ihn in Stücke riss. Wer waren diese Männer auf den Bildern? Hatte Tillys Vater sich diese Bilder etwa angesehen? Natürlich hatte er. Es gab ja gar keine andere Erklärung. Und warum musste er diese schreckliche Fracht zu Dr. Deppendorf bringen?

Als Hans Klabunde begriffen hatte, was diese Fotos bewiesen, hielt er sich den Bauch vor Schmerzen. Tausend Messer wüteten in seinen Eingeweiden, und sein Hass steigerte sich ins Uferlose.

Dann kam die Erkenntnis: Er musste Tilly retten. Er musste sie aus den Händen dieser widerlichen Dreckschweine befreien.

Als plötzlich ein Mann mit einem Moped anhielt und ihn fragte, was er da im Halbdunkeln zu suchen hatte, antwortete er nicht. Wie von der Tarantel gestochen, riss er sein Fahrrad hoch, stieg auf, ignorierte das eiernde Vorderrad und strampelte wie ein Besessener Richtung Werste.

Deppendorf stand schon an der Straße und hatte nach ihm Ausschau gehalten, als Hans, vor Angst und Aufregung laut keuchend, anhielt.

Wo er denn so lange geblieben sei, wollte der Doktor wissen und streckte die Hand nach dem Kästchen aus. Er wirkte sehr ärgerlich.

Hans reichte ihm die Kiste mit bebenden Händen und wildem Blick. Deppendorf musterte ihn argwöhnisch, schaute dann auf das Kästchen.

Der Hass des Jungen schlug in Angst um, und sein Mut schrumpfte zu einem Zittern zusammen.

Deppendorf schien jedoch arglos zu sein. »Prima, mein Junge«, sagte er mit sehr freundlicher Stimme: »Komm noch mit rein, ich gebe dir was, ein Scheinchen bekommst du, ich hab das Geld im Haus.«

Hans atmete erleichtert auf. Er schien nicht bemerkt zu haben, dass die Kiste offen gewesen war.

Deppendorf packte ihn an den Schultern und schob ihn über den Hof durch die Deele in die Küche.

Hans sah einen Friseurstuhl vor einer Anrichte stehen, registrierte ratlos die stählernen Messer und Zangen, die auf einem Tuch lagen, schaute sich hilflos um und fragte sich, ob er nun ein Held sein oder ob der Doktor ihm gleich den Kopf abreißen würde, weil er doch bemerkt hatte, dass er die Fotos gesehen hatte.

»Setz dich und warte da«, sagte Deppendorf und drückte ihn auf einen Küchenstuhl.

Hans wollte abhauen, vielleicht dort aus dem Fenster, das er hinter den zugezogenen Vorhängen vermutete, aber er wagte nicht aufzustehen und nachzusehen. Hektisch suchte er mit den Augen einen anderen Ausgang, irgendeinen Weg, um hier wieder wegzukommen.

Aber schon öffnete sich die Tür, und der Arzt kam mit jovialem Lächeln und einem Glas Wasser in der einen und einem Geldschein in der anderen Hand herein. »Trink erst mal was, mein Junge!«, sagte er, und Hans trank, durstig und gehorsam wie er war, das Glas in einem Zug leer.

Als er wieder aufwachte, lag er in einem fremden Zimmer.

Sein Kopf dröhnte, als würde er gleich zerspringen. Hans wusste nicht, wo er war. Er schrie auf, als er bemerkte, dass er nackt war. Und er schrie noch einmal, als er die kleine Tilly halb bewusstlos neben sich liegen sah. Auch sie war nackt.

Jemand stand im Halbdunkel. Hans konnte das Gesicht nicht erkennen. Er hörte eine Stimme. »Wir haben dich mit ihr im Bett fotografiert. Ein Wort von dir, und wir werden die Fotos allen Leuten zeigen, die dich kennen. Und der Polizei zeigen wir sie auch. Die wird sich freuen, einen Typen einzukassieren, der es mit einer Minderjährigen treibt.«

Hans konnte sich an nichts erinnern. Jahre später war er sicher, dass sie geblufft hatten, dass sie ihn auf das Mädchen draufgelegt hatten, aber er hatte nicht … er hätte es in diesem Zustand doch gar nicht gekonnt … Als Tilly kurz zu sich kam und Hans erkannte, murmelte sie: »Hans, geh nicht weg, bleib bei mir. Bitte.« Dann schlief sie wieder ein.

An dieser Stelle unterbrach Ira seinen Bericht. Sie fragte Klabunde, wo dieses Zimmer gewesen sei und wie er dort wieder rausgekommen war.

Er starrte sie an und antwortete nicht.

»War das Zimmer im Palais im Park?«

Er nickte.

»Wer hat die Fotos gemacht? Deppendorf? Oder König?«

»Ich weiß es nicht. Ich kann mich an nichts erinnern.«

»Und dann haben die Leute Sie einfach gehen lassen?«

Sie brachten ihn sogar nach Hause, in einem Wagen, den Tillys Vater fuhr. Sie wiesen den Sechzehnjährigen noch einmal darauf hin, dass es Tilly schlecht gehen würde, wenn er jemals auch nur ein einziges Wort über das Zimmer und die Situation verlieren würde. »Die Fotos beweisen, was du mit ihr getan hast«, sagten sie zu ihm.

Hans sprach niemals mit Tilly über diese Nacht. Aber er ließ sie nie mehr aus den Augen.

Ira hatte Klabunde die ganze Zeit über aufmerksam betrachtet. Hatte er dieses schreckliche Geheimnis in den vielen Jahren wirklich niemandem verraten? Er tat ihr leid.

Andy war in die Küche gegangen, um frischen Tee zu kochen. Klabunde hatte erneut das Bad aufgesucht.

Nun saßen sie zu dritt am Tisch und schwiegen lange.

Unvermittelt laut sagte Klabunde: »Es war gut, dass sie die Schweine totgemacht haben. Das waren doch richtige Viecher, Monster waren das. Sie haben die Mädchen zerstört. Ich hab nichts tun können. Sie hatten mich in der Hand. In den gottverdammten schlaflosen Nächten hab ich das alles immer wieder vor mir gesehen. Und als Tillys Vater endlich tot war, hab ich in der Villa Augusta gewohnt. Sie wollte das. Ihr Elternhaus. Dreißig Jahre lang stand das leer. Sie weigerte sich sogar, es überhaupt zu betreten.«

Ira wollte ihn fragen, woher er von den Morden an den Vätern wusste, aber noch während sie nach den richtigen Worten suchte, sagte Klabunde: »Sie wissen, warum sie nicht mehr in die Villa gehen wollte?«

Ira nickte.

»Ich wusste es auch. Tilly konnte nichts vor mir verbergen. Keiner hat sie geliebt, weil sie Tilly war. Nur ich. Egal, was passierte. Ohne Gegenleistung. Das bin ich ihr schuldig. Ich habe Tilly nie betrogen. Ich war immer für sie da. Es war zuerst schlimm für mich, im Haus Morgenstern zu arbeiten. Ich hab das Zimmer gefunden, in dem es … wo es, also … wo es passiert ist … ich meine … wo sie die Fotos von Tilly und mir gemacht haben.« Er lächelte, aber es war ein schiefes, bitteres Lächeln. »Ich habe es zugemauert. Mit meinen eigenen Händen zugemauert. Man kann da nicht mehr rein.«

Ira und Andy sahen ihn unverwandt an, ließen ihn reden. Ira spürte, welche Last von diesem alten Mann abfiel, weil er endlich sprechen konnte. Seine Sätze wurden langsamer, die Worte undeutlicher. Ira beugte sich vor, um ihn besser verstehen zu können.

»Als ich sah, wie tapfer Tilly, Konstanze und Ilsemarie gekämpft haben, um das Böse, das man ihnen angetan hat, mit der Arbeit in der Stiftung wiedergutzumachen, da fiel mir alles leichter. Und dann bin ich, wie gesagt, in die Villa gezogen. Da habe ich einen Karton mit Fotos gefunden. Es waren solche Fotos wie die, die damals in der Zigarrenkiste waren. Auf allen Bildern war Tilly drauf. Als Kind. Nackt. Mit einem Mann oder mit zweien. Die Bilder von ihr und mir waren nicht dabei. Die hab ich nicht gefunden. Ich habe die Bilder verbrannt. Die Asche ist da drin.« Er zeigte mit zittrigem Finger auf die Urne in der Mitte der Fensterbank.

Ira und Andy sahen gleichzeitig hinüber, dann blickten sie sich an. Ira schüttelte unmerklich den Kopf, als wolle sie das alles nicht glauben.

Sie konzentrierte sich wieder auf Klabunde.

»Tilly und Ilsemarie sind millionenschwer, Konstanze war nur wohlhabend. Aber sie haben das Erbe ihrer Väter zu Geld gemacht und daraus die Stiftung gegründet. Es war Tillys Idee. Sie ist ein guter Mensch. Nicht so feige wie ich. Als meine Schwester Maria mit fast vierzig noch schwanger wurde, passierte das Unglück: Roland Marzanke starb bei einem Unfall. Meine arme Kleine. Tilly war für sie da. Wir bauten das Schwimmbad in ein Apartment um, damit Maria und ihr Kind eine schöne große Wohnung hatten. Tilly bezahlte Roland junior das Studium, als wäre er ihr eigener Sohn. Ihre Kinder waren da schon erwachsen. Meine Schwester hat sie großgezogen, Tilly musste doch arbeiten. Monika und Raimund haben es ihr nicht gedankt. Ich weiß, was damals auf der Beerdigung ihrer Mutter passierte. Ich weiß, dass sie ihre eigene Tochter erwischte, als sie vor Tillys Vater kniete und … Meine arme Tilly. Ihr ist nichts erspart geblieben.« Sein Kopf sank leicht nach vorn. Er schien völlig erschöpft zu sein, raffte sich dann aber wieder hoch. »Ich war für sie da. Immer in ihrer Nähe, außer nachts. Nachts war ich allein in der Villa Augusta.«

»Haben Sie von einem gemeinsamen Leben mit Tilly geträumt?«, frage Ira sanft.

Klabunde sah sie verständnislos an. »Nein, wieso, ich habe doch mein ganzes Leben mit ihr verbracht. Als sie die Ponderosa verkauft hat und in die Villa gezogen ist, war ich der glücklichste Mensch. Aber dann bemerkte sie, dass ein paar Sachen fehlten.«

»Die Uhrensammlung.«

Er wischte sich mit dem Handrücken über die Augen. »Ja. Ich habe vor Jahren ein paar finanzielle Engpässe gehabt und die Uhren ihres Vaters verkauft. Tilly hat es gemerkt. Das war ein schwarzer Tag in meinem Leben. Ich musste zugeben, dass ich sie bestohlen hatte. Mein Gott, habe ich mich geschämt! Tilly hatte ganz recht, als sie mich bat auszuziehen. Natürlich wollte ich alles abbezahlen, aber ich hatte kein Geld. Einen Kredit wollte ich aufnehmen, aber sie sagte, das regeln wir anders. Entlassen hat sie mich nicht, die gute Seele, denn ich stand kurz vor der Rente. Sie bestand darauf, dass ich auch als Rentner noch in der Stiftung für die Elektrik und ein paar andere Bereiche zuständig sein sollte. Quasi als Teil der Familie, weil ich schon seit Jahrzehnten bei ihr war und jeden Winkel in der Stiftung kannte. Ich bin sicher, dass Tilly so daran gewöhnt war, dass ich immer für sie da war, dass sie nicht auf mich verzichten wollte.«

Er schwieg einen Moment.

»Dann zog ich hier in diese Wohnung. Bis zur Stiftung ist es ja nicht weit. Ich besuchte Maria, die mit Tilly in der Villa wohnte, fast täglich. Dann wurde Maria krank. Alzheimer. Ich hab erst gar nicht gewusst, was das bedeutet! Man ist doch kein Arzt, man kennt doch eine Krankheit erst, wenn man sie selber hat, oder einer aus der Familie. Ab und zu redete Maria wirres Zeug, da habe ich gar nicht richtig hingehört. Dann war sie tagelang ganz klar, dann mal ein bisschen verwirrt, aber manchmal drehte sie fast durch. Sie wurde dann richtig aggressiv, so hatte ich sie noch nie erlebt. Sie war früher immer so sanft und lieb. Vielleicht hat sie gewusst, dass sie bald ihr ganzes Leben vergessen würde. Ich hab mich oft gefragt, ob sie froh war, alles vergessen zu können, und ob das vom lieben Gott so gewollt war, als Gnade im Alter, damit sie noch ein paar Jahre in Frieden leben konnte. Ohne die schlimmen Erinnerungen und Albträume. Und dann fing sie an von den Königstöchtern zu reden. Oh mein Gott, hab ich einen Schrecken gekriegt! Und als Konstanze auch noch anfing, in ihren Wahnanfällen von den Königstöchtern zu faseln, musste ich handeln. Stellen Sie sich vor, sie hätten auch noch von den toten Vätern geredet! Ich wollte nicht mein Leben lang der Feigling bleiben, der ich als Sechzehnjähriger war. Dieses Mal wollte ich handeln wie ein Mann.«

»Wieso Feigling? Sie waren fast noch ein Kind und wurden erpresst. Was hätten Sie denn tun können?«

»Irgendwas hätte ich tun können. Ich hätte den alten König umbringen müssen, damit er sie in Ruhe lässt.«

Ira kämpfte wieder mit den Tränen. Die Opfer von damals hatten sich alle schuldig gefühlt.

Klabunde sprach weiter; es fiel ihm immer schwerer, er wirkte total erschöpft.

»Ich habe für Konstanze ein Geschenk mit vergiftetem Schnaps am Empfang im Haus Morgenstern abgestellt. Mit einer Grußkarte, die ich in Bünde gekauft habe. Ich hab sie nie angefasst, hab Gummihandschuhe getragen und mit einem Kuli geschrieben, den ich in Bünde in einen Mülleimer am Busbahnhof geworfen habe. Dann habe ich mir in Herford eine Tüte besorgt.«

Er schien stolz auf seinen durchdachten Plan zu sein. Ira hörte ihm gebannt zu. Sie musste nichts fragen; er stellte die nächste Frage selbst und antwortete darauf. »Wie ich den Schnaps vergiftet habe? Mit einer Spritze. Durch den Deckel habe ich das Zeug gespritzt. An eine Spritze zu kommen war einfach. Auf der Pflegestation im Morgenstern gibt es Spritzen in allen Größen. An das Gift zu kommen war auch einfach. Das stand seit etlichen Jahren im Schuppen. Wir haben es früher gegen Unkraut benutzt, bevor es verboten wurde. Ich bin nachts in die Stiftung – ich habe einen Generalschlüssel – und hab die Tüte am Empfang in Konstanzes Fach gestellt. Das war am 25. November. An Marias Geburtstag. Dann kam Tilly, um mit ihr spazieren zu gehen. Ich war schon im Garten und habe sie beobachtet. Sie gingen jeden Tag um dieselbe Zeit, man konnte die Uhr danach stellen. Auch wenn ich darauf geachtet habe, dass sie mich nicht sah, ich glaube, Tilly hat gespürt, dass ich immer in ihrer Nähe war. Als Tilly plötzlich telefonierte und Maria einen Moment auf der Straße an der Mauer abstellte, stand ich zufällig genau hinter Maria, hinter einer Konifere. Sie konnte mich nicht sehen und brabbelte vor sich hin. Immer lauter. Und dann sagte sie das Wort, sie sagte Königstöchter, das hab ich genau gehört. Ich hab sie von hinten mit meinem Stock gepikst. Durch den Busch, verstehen Sie? Sie sollte ruhig sein, einfach ruhig sein. Maria muss einen Schrecken bekommen haben, und dann rannte sie los, das dumme Ding, und dann war da die Kehrmaschine. Oh mein Gott, das war ein Schrei! Ich hab gar nichts gedacht, bin einfach weggerannt, so schnell ich das mit meinem kaputten Knie konnte. Mich hat keiner gesehen, alle stürmten auf die Straße. Ich hab mich unter die Leute gemischt. Das war's. Maria bringt meine Tilly nicht mehr in Gefahr, dachte ich. Sie war geistig wie tot gewesen, die kriegte doch schon lange nichts mehr mit. Noch ein paar Wochen, dann hätte sie sogar vergessen, wie man atmet. Das habe ich in einer Zeitschrift gelesen, dass Alzheimer so endet. Das war doch Schicksal, dass sie vorher gestorben ist, oder nicht? Und Konstanze hat sich selber umgebracht. Die hätte das Zeug ja nicht trinken müssen. Ich konnte nicht zulassen, dass die Morde an den Vätern der Königstöchter rauskommen würden und dass meine Tilly ihre letzten Jahre im Gefängnis verbringen würde. Als Mörderin.«

Klabunde wirkte so müde, dass Ira befürchtete, ihm könnten die Augen zufallen. Aber er schüttelte sich, als könne er die Müdigkeit dadurch loswerden, und sagte: »Dann blieb noch Ilsemarie. Ich hatte zufällig zugehört, als sie in ihrem Büro telefonierte. Sie hat Tagebücher geschrieben, die ganzen Jahre, alles hat sie aufgeschrieben. Wenn das einer in die Finger gekriegt hätte! Weiß der Teufel, was da drinsteht! Es war nicht schwer, eine schwimmende Frau zum Schweigen zu bringen, wenn es morgens um sechs ist und in dem Teil der Stiftung noch keiner arbeitet.« Hans Klabunde sah auf und blickte Ira direkt in die Augen. »Ja, ich habe es getan.«

Ira hatte noch nie ein stilleres Schweigen erlebt.

Ihr war klar, dass sie die Polizei verständigen musste: Klabunde hatte soeben zwei kaltblütig geplante Morde und die Schuld am Tod seiner Schwester gestanden.

Als Ira ihm das sagte, nickte er. »Natürlich.« Dann stand er umständlich auf, zog den Gürtel seines Bademantels fest und sagte: »Ich muss noch mal wohin, und dann zieh ich mir mal was an.«

Er ging ins Bad, langsam, fast bedächtig, drehte sich nicht um, schloss lautlos die Tür hinter sich.

»Heißt das, dass wir ihn zur Polizei bringen?«, fragte Andy.

»Natürlich, denkst du, der geht zu Fuß? Du hast doch gesehen, wie kaputt er ist.«

»Hätte ja sein können, dass du die Polizei anrufst und die ihn hier verhaften.«

»Ihn der Neugier der Nachbarn aussetzen? Nein, das tue ich ihm nicht an.«

Klabunde kam aus dem Bad, ließ die Tür offen und schleppte sich ins Schlafzimmer.

Ira und Andy warteten fast eine Viertelstunde, lauschten den Geräuschen von nebenan: dem Klappen einer Schranktür, einem Rascheln, dem Quietschen wie von Sprungfedern, als habe sich jemand ins Bett gelegt.

Und dann war es ihnen klar.

Ira erstarrte im selben Moment wie Andy. Sie sprang auf, er machte gleichzeitig einen Schritt in Richtung Schlafzimmer.

Doch dann stellte Ira sich ihm in den Weg und hielt ihn mit beiden Händen an den Schultern fest. Er verstand nicht sofort, erst, als sie stumm auf ihre Armbanduhr wies und dann eine Hand hochhob. Fünf Finger.

Fünf Minuten, hieß diese Geste. Sie sah die Panik in Andys Augen und beruhigte ihn mit ihrem Blick und einem unmerklichen Kopfschütteln.

Ira legte den Kopf an Andys Schulter und begann lautlos zu weinen. Dann gingen sie hinüber.

Hans Klabunde lag tot auf seinem Bett. Es sah so aus, als würde er lächeln.

29

Tante Erna tobte mit einem Schäferhund und einem Mops über die Wiesen am Ufer. Die Vögel zwitscherten, und unterwegs hatten sie schon ein paar blühende Krokusse gesehen.

Sie gingen durch den Sielpark, vorbei an der mächtigen Saline, die Flutmulde entlang bis zum Wehr, auf dessen Brücke sie stehen blieben und hinunter in das strudelnde Wasser der Werre blickten.

Der herrliche Vorfrühlingstag mit seinem strahlend blauen Himmel ließ alle düsteren Gedanken und Gefühle der vergangenen Wochen verblassen.

Ira schmiegte sich in Andys Arm und legte den Kopf in seine Halsbeuge. »Ich bin froh, dass endlich alles vorbei ist.«

»Und ich erst. Ich hatte schon befürchtet, du würdest nie wieder unbeschwert lachen.«

Sie sah ihn nachdenklich an und wiederholte das Wort: »Unbeschwert. Das hat Hans von Tilly auch gesagt. Dass sie als Kind beim Spielen manchmal unbeschwert gewesen sei.«

»Das war eine ganz große Liebe, oder?«

Ira seufzte. Ja, es war eine große, aber auch eine einseitige Liebe gewesen. Hans Klabunde hatte seinen Freitod offenbar lange geplant. Er hinterließ einen Abschiedsbrief, an die Polizei gerichtet, man fand ihn unter seinem Kopfkissen. Darin gestand er die Morde an Ilsemarie und Konstanze –

und auch die an Tillys und Ilsemaries Vätern. Ira war erleichtert, dass er die Geistesgegenwart besessen hatte, den Mord an Dr. Deppendorf nicht auf seine Kappe zu nehmen. Sie vermutete, dass er von Konstanzes Geständnis auf der Kassette gewusst hatte.

Hans Klabunde hatte mit seinem Abschiedsbrief dafür gesorgt, dass Tilly nicht wegen gemeinschaftlichen Mordes an ihrem Vater verhaftet werden konnte. Der Polizei genügte das Geständnis eines Mannes, der vier Morde und die Schuld an einem tragischen Unfall zugab. Damit wurden die Akten geschlossen.

Über die Art seines Selbstmords gingen keine Details an die Öffentlichkeit. Ira wusste aber von Kommissar Brück, dass Klabunde eine ganze Flasche hochprozentigen Melissengeist getrunken und mit einem tödlichen Tablettencocktail gemischt hatte. Kommissar Brück hatte sie lange angesehen, und Ira hatte geglaubt, die Frage, warum sie den Notarzt nicht eher gerufen hatten, in seinen Augen zu lesen.

Er hatte sie aber nicht gestellt.

Ira und Andy hatten nicht darüber diskutieren müssen, ob sie den Abschiedsbrief anfechten und die Aussagen von Klabunde richtigstellen sollten. Sie achteten seinen letzten Willen und waren sich einig, dass Tilly in ihrem Leben genug gelitten hatte.

Ira fragte sich oft, ob es unrecht war, zu schweigen. Sie wusste es nicht. Aber mit diesem Zweifel konnte sie leben.

Gestern war eine Ansichtskarte von Tilly angekommen, aufgegeben in einem Dorf an der Côte d'Azur. Der Text war kurz, nur sechs Worte, die eine ganze Geschichte erzählten: *Danke für alles. Tilly und Robert.*

Ira lächelte, als sie an die Karte dachte.

Sie pfiff gellend auf zwei Fingern, als sie sah, dass Tante Erna ins Wasser gesprungen war. Die Pudeldame kam sofort angeflitzt und schüttelte sich genau vor ihnen.

»Du Schwein! Jetzt sind wir pudelnass!«, schimpfte Ira, aber sie musste lachen.

Arm in Arm verließen Andy und sie die Brücke und machten sich auf den Weg nach Hause.

Ein Satz, den Tilly einmal zu ihr gesagt hatte, kam Ira in den Sinn: *Ich hatte aufgehört zu kämpfen, weil ich dachte, dann kann man nicht mehr besiegt werden.*

Nein. Nein, das sah Ira ganz anders.